L'auteure tient à remercier Ghislain Lavoie et Pierre Weber pour leurs encouragements et leurs commentaires pertinents.

www.quebecloisirs.com

UNE ÉDITION DU CLUB QUÉBEC LOISIRS INC.
Avec l'autorisation du Groupe Ville-Marie Littérature et Mylène Gilbert-Dumas

Dépôt légal – Bibliothèque et Archives nationales du Québec, 2010
ISBN Q.L. : 978-2-89666-016-2
(Publié précédemment sous ISBN: 978-2-89649-084-4)

Imprimé au Canada par Friesens

LILI KLONDIKE

Tome III

Mylène Gilbert-Dumas

LILI KLONDIKE

Tome III

roman

À ma grande chum, Danielle

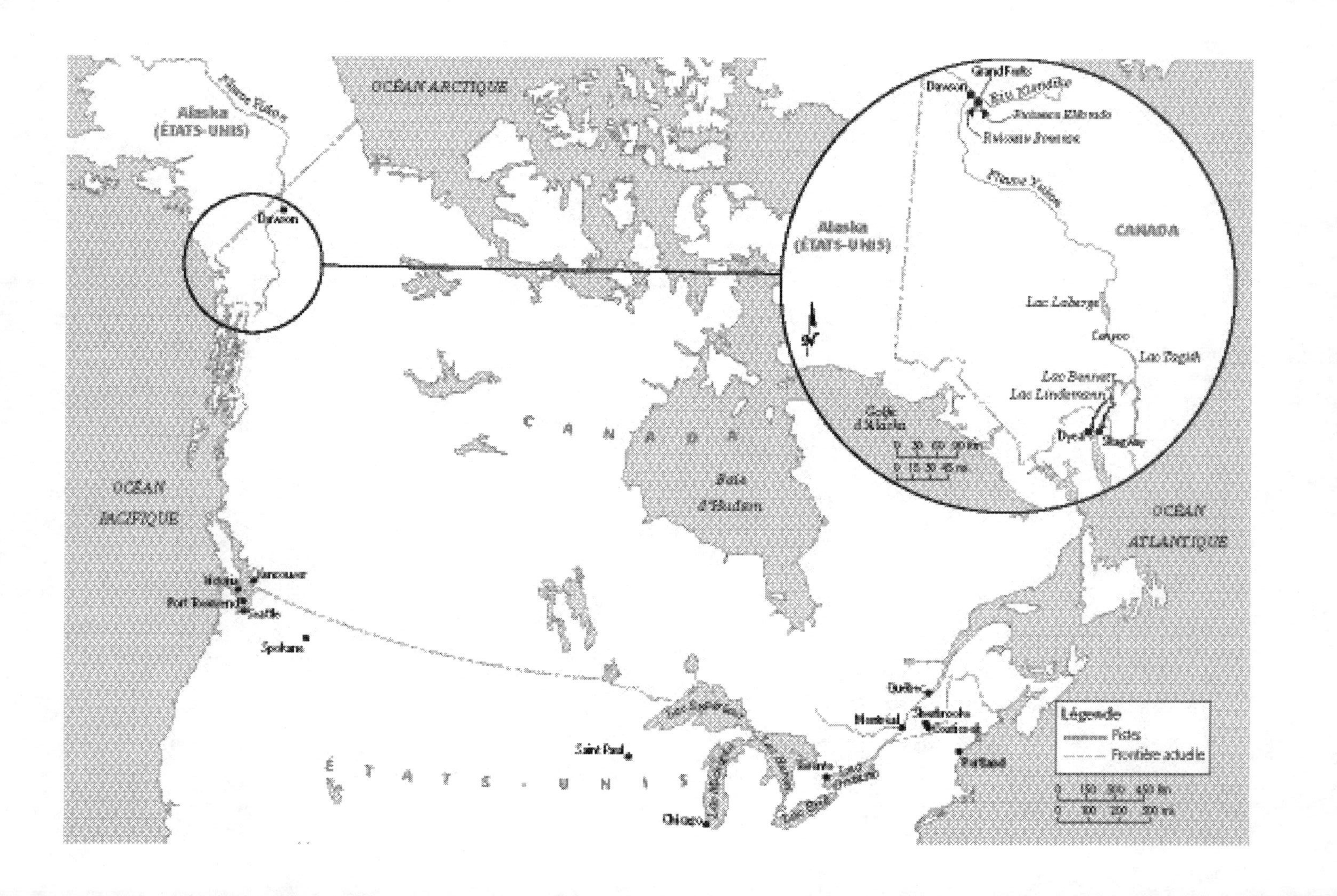
OCÉAN ARCTIQUE
Alaska
(ÉTATS-UNIS)
Dawson
Grand Forks
Alaska
(ÉTATS-UNIS)
CANADA
Lac Laberge
Lac Tagish
Lac Bennett
Lac Lindeman
Dyea
Skagway
Golfe d'Alaska
C A N A D A
Baie d'Hudson
OCÉAN PACIFIQUE
OCÉAN ATLANTIQUE
Victoria
Vancouver
Port Townsend
Seattle
Spokane
Saint Paul
É T A T S - U N I S
Chicago
Toronto
Montréal
Québec
Sherbrooke
Portland
Légende
Pistes
Frontière actuelle

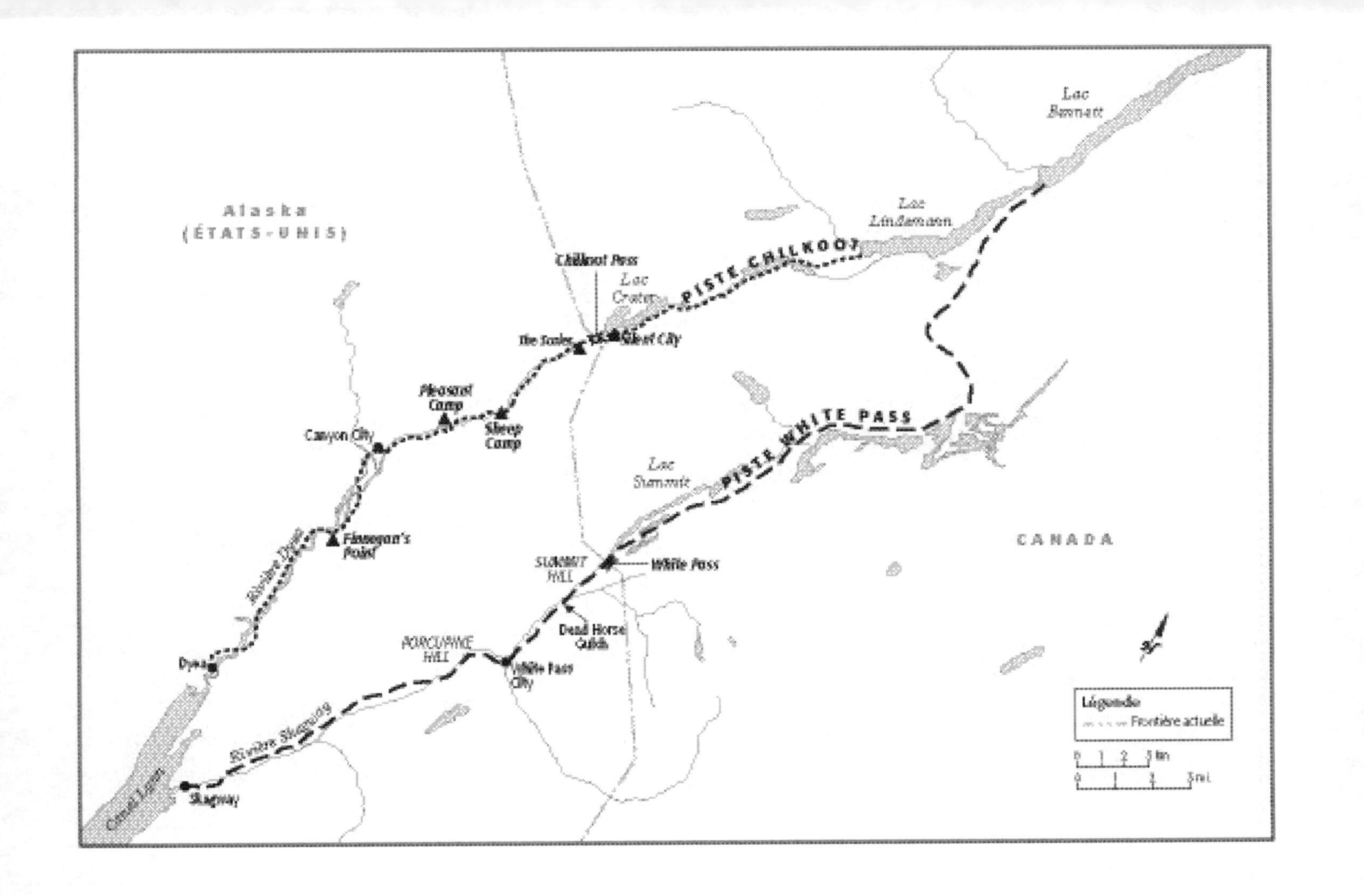
Alaska
(ÉTATS-UNIS)
CANADA
Lac Bennett
Lac Lindemann
PISTE CHILKOOT
PISTE WHITE PASS
Chilkoot Pass
Lac Crater
The Scales
Sheep Camp
Pleasant Camp
Canyon City
Finnegan's Point
Dyea
Lac Summit
White Pass
SUMMIT HILL
Dead Horse Gulch
PORCUPINE HILL
White Pass City
Rivière Skagway
Skagway
Légende
Frontière actuelle
0 1 2 3 km
0 1 3 mi

Résumé des tomes I et II

Le 15 juillet 1897, le *SS Excelsior* accoste dans le port de San Francisco avec à son bord une tonne de pépites d'or. La nouvelle fait le tour de l'Amérique le jour même grâce au télégraphe, et ils sont bien cent mille personnes à prendre la route de Dawson City où, paraît-il, les rues sont pavées avec de l'or. Contrairement à ce qu'on aurait pu croire, plusieurs femmes sont du voyage…

Fille timide et taciturne, Liliane Doré surprend tout le monde en abandonnant son fiancé au pied de l'autel pour se sauver avec l'argent des cadeaux de noces. Après avoir traversé le Canada en train, elle débarque à Vancouver et se laisse aussitôt envoûter par la fièvre de l'or. Elle s'associe à Mr. Noonan, un redoutable homme d'affaires, et entreprend avec lui de se rendre au Klondike par la piste du col Chilkoot. Lorsqu'un problème de santé conduit Mr. Noonan à faire demi-tour, Liliane se lie d'amitié avec Dolly La Belle, une prostituée originaire de la côte ouest. Ensemble, elles réussissent à franchir à pied les montagnes Rocheuses et s'embarquent sur le fleuve Yukon à bord du bateau des frères Ashley. Malgré les attentions que lui prodiguent ses compagnons de voyage, Liliane n'a d'yeux que pour Samuel Lawless, un jeune voleur qui veut se servir d'elle pour brouiller les pistes et semer le détective lancé à ses trousses. Par un concours de circonstances, Samuel est arrêté peu après son arrivée à Dawson. Sans protecteur et sans provisions, Liliane est forcée de se trouver du travail. Elle se fait embaucher au Sourdough's Café où Mr. Berton, son patron, lui invente de toutes pièces une réputation de « meilleure cuisinière du Grand Nord ». Toutefois, Liliane ne se contente pas de cet emploi mal rémunéré. À l'insu de Mr. Berton, elle récupère la poudre d'or tombée dans le bran de scie répandu quotidiennement sur le plancher du restaurant. Les choses tournent mal cependant. Après l'incendie du restaurant, au cours duquel Liliane perd tous ses avoirs, elle se retrouve à la rue, et ce n'est pas de gaieté de cœur qu'elle permet à Dolly de la vendre à l'enchère pour quinze mille dollars. Surtout que l'acquéreur, un dénommé Saint-Alphonse, est l'homme le plus laid du Klondike. Pendant cet hiver de disette et de grands froids, Liliane s'éprend pourtant de cet homme au physique ingrat. Elle ne perd pas ses ambitions pour autant. Au 1er juin, date à laquelle son contrat prend fin, elle reçoit, comme promis, son salaire et ouvre enfin son propre restaurant au confluent des ruisseaux Eldorado et Bonanza. Elle n'est pas encore au bout de ses peines, car son partenaire dans cette affaire, le célèbre Big Alex McDonald, lui réserve des surprises.

Pour sa part, Rosalie Laliberté est une Canadienne française en exil dans le Maine. Quand l'occasion se présente, elle n'hésite pas à quitter son poste de cuisinière pour suivre le pianiste Dennis-James Peterson sur la route du Klondike. Le couple débarque à Skagway un mois plus tard, et Dennis-James, de constitution peu robuste, décide d'y passer l'hiver. Toujours en proie à la fièvre de l'or, Rosalie abandonne son amant et s'engage dans la piste de la White Pass. La neige se charge cependant d'entraver sa progression et elle se voit forcée de s'arrêter à White Pass City le temps que le froid fige le sol et lui permette de reprendre la route. En utilisant la ruse, Dennis-James réussit à la faire revenir à Skagway où elle finit par apprendre la vérité à son sujet : il est marié depuis des années et sa femme l'attend à New York. Aussi furieuse que déçue, Rosalie tente de prendre sa vie en main, mais se rend vite compte que, sans la protection d'un mari, elle est une proie facile. C'est ainsi qu'elle subit le harcèlement de Soapy Smith qui insiste pour la faire travailler au saloon. Rosalie réussit à fuir vers la montagne sans se douter que celle-ci lui réserve d'autres épreuves. Après plusieurs péripéties, elle reprend enfin la piste et franchit la frontière avec l'aide des cousins Picard et de l'arrogant Arthur Hicks. Elle rejoint le lac Bennett, qu'elle quitte au printemps quand les glaces descendent sur le fleuve Yukon. Elle atteint Dawson City après plusieurs jours de navigation, en même temps que trente mille autres aspirants prospecteurs. Plus rien désormais ne peut l'empêcher de faire fortune au Klondike.

Chapitre premier

21 juin 1898, solstice d'été. Il est tard mais, aussi loin au nord, le soleil brille toujours, refusant obstinément de descendre derrière la ligne d'horizon. Ainsi, les rayons de ce soleil de minuit jettent une lumière crue sur la mythique Dawson City et sur les milliers de tentes blanches qui l'entourent. Quelle que soit l'heure, chaque jour offre une centaine d'occasions de s'enrichir, boire, danser ou rendre visite à une fille de joie. Or, à Dawson, les femmes de rêve exigent, comme tout le monde, un prix exorbitant. L'homme peu fortuné n'hésite donc pas à traverser la rivière Klondike pour s'offrir les services des belles moins difficiles qui ont établi leurs quartiers dans la toute nouvelle Klondike City.

Sise du côté sud du confluent et constituée tout d'abord d'un amas de tentes disparates, Klondike City, qu'on appelle parfois avec mépris Lousetown, « la ville des poux », compte aujourd'hui, en plus des toiles, quelques centaines de cabanes rudimentaires. C'est le refuge des malchanceux, des pauvres et de ceux qui ont perdu leurs illusions. On y retrouve un demi-monde moins luxueux, moins compliqué aussi. Ici, nul besoin de robes chics, d'escarpins, de caviar ou de champagne. Pour deux onces de poudre d'or ou pour deux livres de farine, une femme vous invite dans son lit le temps de quelques caresses. Plus longtemps peut-être, si le client possède assez de charme.

En cette nuit inondée de lumière, les hommes sont nombreux à s'entasser en bordure de l'unique rue qui traverse cette nouvelle ville. Des « Ho ! », des « Ha ! » et des éclats de rire s'élèvent de la foule qui assiste à un spectacle devenu un rituel quotidien. Tout à l'avant, un paravent sert de décor au théâtre improvisé où un homme et une femme discutent à voix forte. Soudain, la femme fouille dans une poche de sa jupe et en sort un revolver qu'elle pointe en direction de son compagnon. Aussitôt, l'homme abandonne l'énorme sac qu'il portait sur ses épaules et lève les mains haut dans les airs. Ce geste fait basculer vers l'avant les plumes glissées dans une lanière de cuir qui lui ceint le front. Ainsi aveuglé, l'homme penche la tête vers l'arrière pour essayer d'apercevoir sa partenaire. Sa mimique provoque un nouvel éclat de rire dans l'assistance.

– Je vous ai payé d'avance, lance la femme sur un ton agressif.

En prononçant ces mots, Rosalie plonge dans ses souvenirs et laisse remonter à la surface des émotions enfouies. Il y a environ six mois, au cœur des montagnes Rocheuses, elle pointait son arme sur un Indien, mais avec davantage de colère qu'elle en affiche présentement. Elle a haï les Indiens ce matin-là, quand ils l'ont abandonnée pour une meilleure offre. Ils lui ont manifesté une telle indifférence, en plus de se montrer redoutable. Par comparaison, ce soir, Maxence semble inoffensif, car ce n'est pas aux Tlingits qu'il ressemble, mais aux Indiens du Far West, ceux que décrivent les journaux du Sud, ceux du spectacle de Buffalo Bill. Mais malgré son accoutrement ridicule, Maxence imite à la perfection l'impassibilité des porteurs tlingits. Pas un battement de paupières, pas l'ombre d'un sourire. Les spectateurs sont sur les dents et attendent la suite des événements. Qu'arrivera-t-il à cette femme qui affronte seule un Indien ?

– Je vous ai payé d'avance, répète Rosalie, alors vous allez reprendre mes affaires et poursuivre la route avec moi.

Ces derniers mots constituent un signal et Arthur Hicks entre en scène. Parce qu'il arrive derrière elle, Rosalie ne le voit pas, mais elle sait exactement de quoi il a l'air. Il a revêtu son long manteau et coiffé son chapeau à large bord, comme ce jour-là sur la piste de la White Pass. Il adresse un clin d'œil malicieux à la foule et caresse d'une manière pensive son menton couvert de barbe rousse. Bien qu'il s'efforce de ne pas faire de bruit, Rosalie l'entend qui s'avance. Elle sait qu'il sourit à l'auditoire, car elle le surveille du coin de l'œil. Il lève un bras et vient appuyer sur sa tempe une branche sculptée en forme de pistolet.

– À votre place, je laisserais tomber.

Ces mots font monter en Rosalie toute une gamme d'émotions. Elle garde les yeux rivés sur Maxence, mais son esprit n'est plus à Klondike City. Il n'est plus au théâtre. Il est retourné à ce matin glacial où les Indiens hissaient sur leurs épaules l'équipement d'un homme sans scrupule. D'un homme qui arborait une barbe rousse, un grand manteau et un grand chapeau. Elle revoit Arthur alors qu'il levait lentement une arme chargée, l'apposait sur sa tempe, la forçant à renoncer aux porteurs.

Une légère caresse dans son cou ramène Rosalie sur scène. À côté d'elle, Arthur vient de faire semblant d'amorcer son pistolet. Les spectateurs s'agitent, certains rient. Rosalie se retient de les imiter. Elle demeure immobile et continue de fixer Maxence en le menaçant de son revolver.

– Jetez votre pistolet ! lance Arthur, répétant à la perfection ces mots qu'il avait prononcés avec dureté ce matin-là.

Rosalie se détourne et, avec un sourire entendu, s'adresse directement au public :

– Il ne peut pas tirer, ce serait un meurtre.

Cette réplique provoque une seconde vague d'hilarité dans l'assistance. Arthur attend que le silence revienne et souffle d'un air ingénu :

– Je me demande bien qui pourrait me dénoncer. Lui ?

Il désigne Maxence de sa main libre. La surprise exagérée du faux Indien fait naître un élan de protestation chez les spectateurs. Rosalie jette un regard hautain en direction d'Arthur et, feignant la colère, elle dépose son revolver sur le plancher. Puisqu'on ne le menace plus, Maxence la dépasse et disparaît derrière le paravent.

– C'est MON porteur ! s'écrie encore Rosalie.

– Plus maintenant, réplique Arthur avec cynisme. Maintenant, c'est le mien.

– Mais je l'ai payé d'avance. Il n'a pas le droit.

– Vous vous trompez. Ici, les Indiens ont tous les droits.

La voix d'Arthur est cinglante et elle déclenche de nouveaux éclats de rire qui se mêlent à des « Non ! » véhéments. Un peu partout, on s'insurge devant le traitement injuste que vient de subir Rosalie. Celle-ci profite des encouragements de la foule pour accuser son partenaire de scène :

– Vous êtes un voleur !

– C'est bien vrai, raille Arthur qui se détourne pour s'en aller. Mais quand on part à l'aventure, il faut toujours être sur ses gardes, ma jolie. Et puis on ne doit jamais payer d'avance.

Un tollé s'élève de l'assistance, mais Rosalie l'ignore, interdite. « Ma jolie », ces mots ne faisaient pas partie du texte, elle en mettrait sa main au feu. Arthur lui adresse d'ailleurs un clin d'œil complice puis, dans un geste hautement dramatique, il fouille dans une poche de son manteau et en sort une poignée de papiers qui ressemblent, vus de loin, à des billets de banque.

– Tenez ! dit-il en les lançant sur le plancher. Pour le dédommagement.

Encore une fois, les insultes fusent à l'intention d'Arthur. Rosalie s'en nourrit et lève un poing rageur alors qu'Arthur s'éloigne et rejoint Maxence derrière le paravent. Puis, sans un mot, elle ramasse les bouts de papier et quitte la scène à son tour.

Dès qu'elle pose le pied sur la terre battue, des applaudissements jaillissent de la foule.

– Bravo ! crie quelqu'un.

– Oui, bravo ! répète un autre.

– Encore ! supplie une femme, aussitôt imitée par plusieurs.

Malgré la demande, les trois acteurs ne reprennent pas leurs rôles. Ils remontent néanmoins sur la plateforme, se donnent la main et s'inclinent d'un même geste pour saluer leur public. Puis, chacun s'emparant d'un chapeau, ils font le tour de la place et recueillent les dons avant que l'auditoire se disperse.

*

Les heures ont passé et les hommes s'en sont retournés. La plupart ont regagné leur campement. Certains, cependant, ont trouvé refuge dans une chambre louée, d'autres, dans une cabane ou un commerce. Partout on prépare du thé, on boit du whisky, on se raconte des histoires. Personne ne va au lit car ça ne servirait à rien. Impossible de dormir quand il fait jour à ce point.

Un peu en retrait des bâtiments principaux, Rosalie retrouve Maxence et Arthur qui s'affairent près de leur tente. Leur « tente » : une toile carrée et rapiécée pliée en deux sur un bout de bois ébranché. Le campement le plus rudimentaire que Rosalie a habité depuis son arrivée dans le Nord. N'empêche que ce sera suffisant pour s'abriter les jours de pluie. Jusqu'à ce que l'hiver vienne...

– Tu t'es surpassée, Lili, lance Arthur Hicks en la voyant arriver. Encore trois soirs comme celui-là et on pourra s'acheter une vraie tente. À moins qu'on opte pour un peu de viande fraîche...

Il se gratte encore une fois le menton, l'air faussement indécis. Maxence, qui se défait de son accoutrement d'Indien, ne perd pas un mot de l'échange et, une fois redevenu lui-même, il s'empresse d'exprimer son opinion :

– Moi, je choisirais la viande, dit-il sur un ton railleur. Mais mon avis ne compte pas vraiment étant donné que je n'ai pas à me plaindre.

Il s'assoit près du feu et se roule une cigarette qu'il allume ensuite pour en aspirer une longue bouffée. Son regard n'a pas quitté celui de Rosalie, qui lui tire la langue avant de déposer le fruit de sa collecte dans le chapeau d'Arthur. Si Maxence n'a pas à se plaindre, il n'en va pas de même pour elle. Depuis leur arrivée catastrophique, ils dorment tous les trois sous cette toile qu'on leur a donnée un jour de pluie parce qu'ils faisaient trop pitié. Dormir sur le sol avec deux hommes ne plaît pas du tout à Rosalie et elle espère que ses compagnons ne font que la taquiner quand ils feignent de vouloir acheter de la viande. Il leur faut absolument une seconde tente.

– On a ramassé combien aujourd'hui ? demande-t-elle pour se rassurer.

Arthur fait le compte des pièces qui gisent dans son chapeau.

– Cinq dollars, plus un morceau de lard salé.

Apercevant la grimace de dégoût qui apparaît aussitôt sur le visage de Rosalie, il ajoute, le plus sérieusement du monde :

– Ce sera un régal.

Rosalie grimace de plus belle.

– Le régal habituel, dit-elle en empoignant la viande roulée dans un chiffon.

– Gardez-le, souffle Maxence, perdant soudain tout entrain. Je n'ai pas faim.

Sans donner d'explication, il se lève et se dirige à grands pas vers le bois. Rosalie le suit des yeux, avant de jeter un regard perplexe vers Arthur. Ce dernier lui désigne le morceau de viande qu'elle tient toujours dans les mains.

– Je crois que Max a son voyage du lard salé.

Rosalie approuve, mais demeure perplexe.

– Il n'avait pas l'air d'avoir faim, dit-elle. Il n'a pourtant pas mangé depuis deux jours.

Sensible à son inquiétude, Arthur se penche vers elle.

– Tant pis pour lui, dit-il en déposant un bref baiser sur sa joue. Ça en fera plus pour nous.

Il se redresse et s'éloigne à son tour, laissant à Rosalie le soin d'imaginer une nouvelle façon d'apprêter le lard salé.

*

L'horizon est diffus, mais le ciel, d'un bleu limpide. Le vent se lève, ce qui rend le fleuve houleux. Assise dans un bateau en compagnie d'Arthur et de Maxence, Rosalie scrute la rive, cherchant chez les hommes qui vont et viennent un visage familier. Elle ne reconnaît personne, pas même ces dames en belles toilettes qui déambulent sur le trottoir de bois, une ombrelle à la main. On entend des rires et de la musique, une conversation en sourdine. L'air sent la viande grillée, le pain, l'alcool. Les rues étincellent, pavées avec de l'or. Rosalie tressaille de voir tant de richesses, mais elle a la curieuse impression qu'au-delà de Dawson le monde n'existe pas.

Son attention revient sur la grève où un chien aboie, assis sur les galets. Sa maîtresse s'en est approchée et caresse d'une main distraite la fourrure fauve. Tant la femme que le chien ont les yeux rivés sur une chaloupe qui s'éloigne. Est-ce bien le détective Perrin que Rosalie aperçoit à bord ? L'image devient floue soudain, comme brouillée par trop de soleil. Seule la femme au chien conserve un contour défini. Elle est jeune et de forte stature, la chevelure sombre. Élément incongru dans ce décor onirique : elle porte un pantalon d'homme. Pire, des mocassins boueux lui moulent les jambes, des chevilles jusqu'aux genoux, et on dirait même que ses lèvres esquissent un sourire fantasque. Rosalie ressent un vif dédain devant ce mépris des convenances, mais se désole lorsque la femme appelle son chien, pivote et s'éloigne dans la rue au milieu des hommes dépenaillés et des dames en robes de soie.

Rosalie la suit des yeux pendant un moment avant de se rappeler qu'elle se trouve encore dans un bateau. À côté d'elle, Maxence exprime sa joie d'avoir enfin atteint Dawson. D'un mouvement brusque, Arthur se lève pour étudier de plus près la tache sablonneuse qui déchire la montagne juste au-dessus de la ville.

– C'est le résultat d'un éboulis, dit-il sans remarquer les vagues qui s'amplifient.

Le bateau avance toujours, mais se met à tanguer au moment de s'arrimer à la file d'embarcations qui le précèdent. La berge est toute proche, mais elle leur semble soudain très loin. Rosalie n'ose bouger. Il lui faut tout son courage pour accepter la main qu'Arthur lui tend afin de l'aider à passer de bateau en bateau.

Elle n'a parcouru que la moitié de la distance qui la sépare de la grève lorsqu'un bruit puissant s'élève derrière elle. La chaîne d'embarcations se met à onduler comme une vague articulée et Maxence est projeté pardessus bord. Rosalie se retourne à temps pour voir leur bateau se briser, embouti par un autre. Sans pouvoir intervenir, elle le regarde couler à pic, emportant avec lui tous leurs biens.

– Non ! hurle-t-elle en s'éveillant.

Le corps tremblant, la nuque couverte de sueur, Rosalie s'assoit sur sa paillasse de sapin, aussitôt rejointe par Arthur et Maxence que ce cri a tirés du sommeil.

– Ça va ? demande le premier en posant une main sur son épaule.

– Encore ce cauchemar ? l'interroge le second avec empathie. C'est à croire que vous êtes tombée dans l'eau à ma place, mademoiselle.

Rosalie les rassure d'un geste, reprend son souffle et s'allonge de nouveau, les yeux grands ouverts. Arthur et Maxence se recouchent eux aussi et Rosalie les entend vite ronfler. Elle les envie. Elle souhaiterait pour elle-même une bonne nuit, une longue nuit. Et non pas ces quelques heures de sommeil glanées chaque jour et qui s'avèrent tellement insuffisantes.

Comme chaque fois qu'elle fait ce rêve, Rosalie en analyse les détails. Mis à part l'or dans les rues, le reste est si réel, si proche de ce qu'elle a vécu à leur arrivée. Il y a bien deux semaines de cela, mais elle s'en souvient comme si c'était la veille. La femme et son chien sur la rive, la longue file de bateaux, l'accident et la perte de cet équipement qui leur avait coûté tant d'efforts et tant d'argent. Rosalie ne se rappelle pas la houle cependant, ni aucune vague. Elle ne se rappelle pas non plus si l'embarcation tanguait. Mais le fleuve, oui, ça, elle s'en souvient. Elle l'a vu avaler d'un coup la moitié de la cargaison et entraîner vers le nord ce qui flottait. Il ne leur est resté que les vêtements qu'ils portaient tous les trois ce jour-là. Et ce que contenaient leurs poches. De même que son revolver et quelques billets de banque. À peine de quoi survivre une semaine à Dawson.

Pendant les jours qui ont suivi, la charité dont elle a bénéficié a ému Rosalie. Jamais sur la piste de la White Pass elle n'avait vu qui que ce soit partager son repas avec un autre. Jamais non plus elle n'avait été témoin du moindre don, du moindre geste d'entraide sauf parmi les coéquipiers. Or, à Klondike City où elle et ses compagnons ont dû se réfugier faute d'argent, Rosalie a observé une générosité exceptionnelle. Outre la toile qui leur sert de tente, ils ont reçu de la vaisselle d'étain, deux casseroles, une cafetière et de la nourriture en quantité suffisante pour une semaine. Un homme est même venu lui porter une jupe et une blouse ; « le cadeau d'une dame », a-t-il précisé avant de s'éloigner.

Quand les provisions se sont mises à manquer, Arthur a eu l'idée de cette pièce de théâtre, impressionné qu'il avait été par les prouesses de Rosalie sur la White Pass. Son flair ne l'a pas trompé. Dès la première représentation, la foule a été nombreuse et la quête, payante. Elle diminue cependant à mesure que les jours passent. Rosalie se dit qu'il est temps de se renouveler. À défaut de dormir, elle décide donc de s'occuper de manière productive. Elle quitte le couvert de la toile, s'installe près du feu, un bout de papier sur les genoux, un crayon à la main. Et alors que le soleil recommence à monter dans le ciel, elle écrit ce qui sera le deuxième chapitre des aventures de Lili au Klondike.

Chapitre II

Au confluent des ruisseaux Bonanza et Eldorado, à une quinzaine de milles de Dawson, Grand Forks a vu sa population quintupler en deux semaines. Les tentes ont poussé partout où se trouvaient deux verges carrées d'espace, et cette vie grouillante confère à la ville une atmosphère digne de San Francisco. Ou presque. Le Grand Nord offre un avantage de taille aux commerçants assez téméraires pour s'y installer. L'absence de noirceur en été permet aux mineurs de travailler, de se restaurer, de fêter tout le jour et même pendant ces heures qui, dans le Sud, constituent la nuit. Parce que les occasions d'affaires ne manquent pas, les saloons et les restaurants demeurent ouverts tant qu'il y a des clients. Et des clients, ici, on en trouve treize à la douzaine. Aussi bien dire à l'infini.

Le Lili's Café, Hotel, Baths and Laundry paraît bondé. Par ses fenêtres entrouvertes s'échappent des notes de musique, des cris, des rires. On y entend aussi de la vaisselle qui s'entrechoque, des verres qu'on fracasse, exprès ou par accident. Les mots *ragoût*, *soupe*, *pain*, *grands-pères* et *whisky* résonnent de la salle à manger jusqu'à la cuisine, parfois portés par une voix grave d'homme, parfois par un souffle fluet, à peine éraillé.

Quelques rideaux ont été tirés à l'étage. Dans une des chambres, un mineur consciencieux, et moins fêtard que les autres, profite de quelques heures de répit pour essayer de dormir. Or, avec le bruit qui monte du restaurant, il n'est pas près de fermer l'œil. Ses tentatives infructueuses viennent finalement à bout de sa volonté et l'homme ne tarde pas à rejoindre ses compagnons pour un plat de fricassée arrosé d'un verre d'alcool.

La cuisine embaume un mélange de caramel, de volaille et de pain. Un nez plus fin remarquerait le parfum des oignons cuits dans la sauce, des navets peut-être aussi. Mais l'odeur la plus alléchante s'avère sans contredit celle qui émane des chaudrons de desserts. À défaut de sirop d'érable, Liliane a dû faire fondre du sucre et du beurre pour fabriquer elle-même le liquide sirupeux dans lequel baigne la pâte à grands-pères. Le résultat ressemble assez à ce que cuisinait sa mère, la note boisée typique de l'érable en moins. Aucun client ne s'en est plaint, pas même les Canadiens français pourtant friands du sucre du pays. Plusieurs en redemandent et Liliane espère que la soirée ne se prolongera pas trop, sans quoi elle devra servir aux derniers clients une beurrée de cassonade au sirop au lieu des grands-pères désirés.

Parce qu'elle s'affaire derrière les fourneaux depuis des heures, Liliane trouve la chaleur de moins en moins tolérable. Elle transpire comme rarement elle a transpiré dans sa vie. C'est qu'à l'extérieur il doit bien faire 80 °F. Aussi chaud qu'au Québec en plein été. Liliane a donc roulé son abondante chevelure brune sous un foulard, dont elle utilise un des pans pour s'essuyer le front. Son tablier est couvert de graisse, sa robe, trempée de sueur.

Ses mains, rougies à force de plonger dans l'eau de lessive et dans l'eau de vaisselle, semblent sur le point de se fissurer. Malgré ces inconvénients, Liliane affiche un air satisfait. Certes, elle a travaillé fort pour préparer la fricassée, la soupe, le pain et les grands-pères, et, elle emplit sans arrêt depuis deux heures maintenant, les assiettes et les bols. Elle accomplit néanmoins chaque geste sans qu'une plainte franchisse ses lèvres. Si, par moments, un soupçon d'inquiétude voile son regard, ce détail passe complètement inaperçu. Pour le déceler, il faudrait jeter un œil dans la cuisine. Mais qui aurait l'idée de regarder dans cette direction quand le principal centre d'intérêt se trouve dans la salle à manger ?

Occupant toutes les tables, la cinquantaine de clients se délectent avec entrain. Leur bonne humeur se manifeste à coup de rires et de blagues grivoises. Au milieu de la pièce, Big Alex va et vient, recevant les félicitations de certains, accueillant les remerciements des autres. Debout parmi tous ces hommes assis, il a l'air d'un géant. On lui serre la main, on prend avec plaisir le verre qu'il tend, on lui remet une assiette vide, un bol à retourner à la cuisine. Contrairement à Liliane, le sourire de Big Alex est franc, communicatif et insouciant. Jamais il ne lui viendrait à l'idée que son associée puisse éprouver autre chose que du contentement.

Lorsqu'elle porte son regard vers la salle bondée et joyeuse, Liliane s'arrête un instant, tiraillée entre son désir de profit et celui de lire le plaisir dans le regard des clients. Et quand bien même Big Alex franchirait le seuil de la cuisine pour s'enquérir de son moral, elle sait qu'elle n'arriverait pas à exprimer ce qu'elle ressent. Un mélange de souci et de bonheur, sans doute.

Le restaurant n'a pas dérougi depuis son ouverture. Toutes les chambres sont occupées. Les hommes utilisent les bains plusieurs heures par jour et les chaudrons pour la lessive bouillent en permanence. Liliane n'aurait pu rêver d'un plus grand succès. Si tous les clients payaient, elle serait déjà riche. Mais voilà justement la source de sa contrariété. La majorité de ceux qui fréquentent son établissement sont des amis de Big Alex, sont invités, par lui, à faire comme chez eux. Cela dure depuis deux semaines maintenant, et, bien qu'elle trouve acceptable de faire connaître son commerce au plus grand nombre, Liliane ne peut s'empêcher de se demander quand son associé cessera de tout offrir gratuitement pour commencer à vendre. Car il n'a jamais été question que le Lili's Café, Hotel, Baths and Laundry soit une œuvre de charité. Big Alex a sans doute un plan. Il se montre peut-être généreux pour mieux fidéliser la clientèle. En ce moment, soixante-dix pour cent des clients ne paient pas. Il s'agit d'un nombre beaucoup trop élevé pour permettre le profit, mais quand ces gens deviendront des réguliers et acquitteront enfin leur addition, le restaurant connaîtra une prospérité sans précédent.

Depuis l'ouverture, Liliane travaille dans la cuisine pendant que Joe, le nouvel employé, prend les commandes et fait le service. C'est que le jeune homme à la voix faiblarde a des capacités limitées. « Un brave garçon », a dit Big Alex en l'embauchant. Le fait que le *brave garçon* ne sache ni cuisiner, ni faire la lessive, ni accomplir rien d'autre que se déplacer entre les tables n'allège pas beaucoup la tâche de Liliane. Qu'il refuse de nettoyer les chambres sous prétexte que Big Alex l'a engagé pour le restaurant ne l'aide en rien non plus. Et parce que les profits se font attendre, Liliane considère qu'il ne serait pas judicieux d'embaucher du personnel supplémentaire. Elle doit donc voir à tout, toute seule.

Ainsi, en plus de préparer les repas, elle s'occupe de la lessive, des bains, des chambres et des commandes pour la cuisine. Elle dort trois ou quatre heures par nuit et, le reste du temps, s'active sans ressentir la moindre fatigue. Elle ne sait pas d'où lui vient cette énergie, mais elle remercie le ciel de l'avoir faite forte et travaillante. Bientôt, les clients paieront l'addition. Elle sera riche et aura bien mérité ce succès.

*

Il est deux heures du matin. Big Alex a donné congé à Joe pour le reste de la nuit. Les clients sont partis, eux aussi, sauf le dernier qui prend encore un verre avec le patron. Liliane a quitté ses chaudrons et a commencé à faire la caisse, assise sur un banc derrière le bar. Au bout d'un moment, elle s'appuie la tête sur le comptoir en fermant les yeux. Elle soupire, déçue mais non surprise. Encore une fois, les revenus sont minces si on les compare aux coûts de production et à celui des provisions.

Elle se souvient de son restaurant de la piste Chilkoot. Il n'y avait pas eu de période de rodage et le succès avait pourtant été immédiat. C'était peut-être seulement un coup de chance. Après tout, elle ne connaissait pas grand-chose au commerce à ce moment-là. Mr. Noonan avait eu beau lui enseigner ce qu'il savait, l'Irlandais n'a pas atteint le camp The Scales. Il n'a jamais vu le village de tentes où tous les hommes étaient forcés de camper le temps de hisser leurs provisions au-delà du col. Cet arrêt imposé dans la marche s'était avéré bénéfique pour le restaurant. La compétition était quasi inexistante et, à cette époque, Liliane possédait encore ses épices, ce qui lui permettait de se distinguer des deux ou trois autres établissements.

Liliane se demande tout à coup si Mr. Berton a été obligé de répandre ses largesses lorsqu'il a ouvert le Sourdough's Café. Y avait-il autant de concurrence à Dawson au début ? Les affaires ne devaient pas rouler aussi rondement puisque quand il l'a embauchée, il a jugé bon de lui inventer une réputation d'excellence en cuisine. La vérité, c'est que sans ses épices, Liliane est une cuisinière douée, mais sans plus. Heureusement, comme le dit Dolly, aussi loin au nord, une femme peut compter longtemps sur sa réputation.

À l'autre bout de la pièce, quelqu'un vient de hausser le ton. Liliane relève la tête, intriguée par ce changement d'humeur qui contraste avec la gaieté habituelle de son restaurant. C'est le compagnon de Big Alex qui argumente avec véhémence. Il parle vite et, dans sa colère, il escamote plusieurs mots. Parce que son anglais n'est pas parfait, Liliane ne comprend que des bribes, mais elle constate que les propos de l'homme laissent Big Alex indifférent pendant plusieurs minutes. Puis, comme l'autre ne se calme pas, Big Alex se lève. Il repousse sa chaise, qui produit un grincement strident en glissant sur le plancher. Avec des gestes posés, il se penche vers celui qui l'invective toujours et l'empoigne par le collet. Sans un mot, il le soulève de terre, l'emmène à l'autre bout de la pièce, ouvre la porte de sa main libre et envoie rouler son *ami* dans la poussière de la rue.

– Tu n'es qu'un ingrat, Wilson ! vocifère Big Alex. Je t'invite à manger à MA table, dans MON restaurant. Je te sers la MEILLEURE cuisine de tout le Klondike et tout ce que tu trouves à dire pour me remercier, c'est que tu veux que je te rembourse ce que je te dois. Avec une attitude comme celle-là, pas étonnant que tu creuses tout seul sur ton *claim* !

Demeurée derrière le bar, Liliane n'entend pas ce que réplique Wilson. Elle le voit cependant qui s'en va sans même se retourner. Big Alex, lui, est demeuré devant la porte, les mains sur les hanches, l'air menaçant. Lorsque Wilson a disparu de son champ de vision, il s'éloigne à son tour, laissant à Liliane le soin de débarrasser les tables, laver la vaisselle et tout préparer pour le lendemain.

*

Il doit bien être trois heures du matin. Allongée sur le dos, les yeux grands ouverts, Liliane observe la chambre qu'elle s'est réservée près de la cuisine. Un lit, une chaise, une table et une commode en constituent l'ameublement. La présence de rideaux obscurcit à peine la pièce, créant seulement un demi-jour qui n'empêche même pas la lecture. Trois semaines se sont écoulées depuis l'ouverture du restaurant. Les jours ont passé à la vitesse de l'éclair, alors que les nuits…

Lasse de se tourner sans arrêt en quête d'un sommeil qui ne vient pas, Liliane se redresse, traîne sa chaise jusqu'à la fenêtre puis écarte les rideaux. Elle plisse les yeux, éblouie par la lumière crue. Puis sa vision s'habitue, assez pour qu'elle remarque, au-delà des collines, le ciel qui paraît virer au bleu marine. Il s'agit d'une illusion, évidemment. À la mi-juin, les jours n'offrent pas un brin d'obscurité. La noirceur ne viendra pas en quantité suffisante avant l'automne. S'il fallait que le repos lui soit refusé jusque-là, Liliane en mourrait, c'est certain.

Elle s'est assise sur la chaise et, accoudée au montant de la fenêtre, elle plonge dans ses souvenirs. Il y a presque un an, lors de son passage dans la piste Chilkoot, elle dormait à poings fermés, même allongée sous la toile blanche de sa tente. Peu lui importait qu'il fasse jour ou qu'il fasse nuit. Elle travaillait aussi fort que maintenant, pour transporter son équipement d'un camp à un autre. Elle se souvient très bien que rien ne pouvait l'empêcher de dormir, ni le soleil, ni les bruits émanant des villages improvisés. L'épuisement physique venait à bout de tout. Alors pourquoi le sommeil la fuit-il autant cette année ? Tous ses muscles la font souffrir et son corps entier réclame du repos. Le problème, elle s'en doute bien, ne se trouve pas dans son corps, mais dans sa tête. Il faudrait qu'elle arrête de penser. Qu'elle fasse le vide dans son esprit dès qu'elle s'allonge sur la paillasse. Pourtant, quand elle se couche, ce qui la préoccupe pendant la journée continue de la hanter. Pire, si elle se détend un peu trop, si les soucis du jour semblent sur le point de s'évaporer, une vague de panique s'empare d'elle. Comme si sombrer dans l'inconscience la terrifiait. Au matin, elle se trouve ridicule, mais pendant la nuit – qui n'a de nuit que le nom – elle n'arrive pas à se raisonner.

Liliane soupire de lassitude, aussitôt imitée par Canuck. Couché à côté du lit, le chien dort roulé en boule. Liliane étire la jambe et enfonce ses orteils nus dans la fourrure de l'animal, près du cou. Canuck ronronne, presque comme un chat, puis se tourne sur le dos. Ainsi contorsionné, les pattes en l'air, il ne craint rien, et Liliane lui envie cette capacité de s'abandonner complètement.

D'un bras, elle remonte la fenêtre à guillotine et glisse un bâton sur le côté pour la maintenir ouverte. L'odeur de la ville envahit la chambre. Liliane y reconnaît un mélange de résine, de sciure de bois, de fumée – encore et toujours. Le bruit des *rockers* qu'on a dressés partout dans la région lui semble moins présent, presque tamisé, comme si tout le monde s'efforçait, comme elle, de trouver la paix. Prendrait-on vraiment une pause dans le nettoyage du gravier ? Elle en doute. Les jours de chaleur et de lumière sont comptés. Dans deux mois à peine, les ruisseaux se tariront et le froid menacera de les figer pour de bon. Comme l'opération de triage nécessite un apport en eau, personne n'a de temps à perdre, les mineurs moins que quiconque. Ce sont d'ailleurs les plus riches d'entre eux qu'on entend en ce moment dans les saloons. Seuls les *Klondike Kings* ont les moyens de se payer des employés pendant qu'ils jouent au faro ou au poker en plein été.

En pensant au poker, Liliane songe encore une fois à Mr. Noonan. Le vieil Irlandais serait-il fier d'elle s'il la voyait aujourd'hui ? Quel conseil lui donnerait-il ? Avec lui, elle avait eu l'impression de négocier d'égale à égal, alors qu'avec Big Alex elle se sent inférieure, surtout quand il lui dit qu'elle s'inquiète pour rien, qu'il est normal que le restaurant accuse un déficit au début.

– Heureusement qu'il me reste les lavages, soupire Liliane en s'étirant.

Cette pensée l'apaise et, refermant les rideaux, elle se dirige vers le lit, un sourire narquois sur les lèvres. Elle se rallonge, ferme les yeux et songe à ce pot de verre qu'elle garde hors de vue. Pendant que son esprit se détend enfin, Liliane se dit que, dans le fond, elle peut certainement laisser les rênes du restaurant à Big Alex. Surtout qu'il ne peut pas saboter ses autres activités, car il ne s'y intéresse jamais. La vérité, c'est que la principale source de profit du Lili's Café, Hotel, Baths and Laundry ne se trouve pas dans le restaurant, mais bien dans la buanderie. Certes, Liliane exige le gros prix pour laver les vêtements, comme c'est devenu la coutume dans la région. Mais cette activité comporte un second bénéfice. Un bénéfice aussi payant qu'illicite. Lorsque Liliane retire les chemises et les pantalons du chaudron où elle les a fait bouillir, ils sont délestés de toute crasse, de toute sueur, mais également de toute poussière d'or. Et cette poussière d'or, Liliane prend grand soin de la récupérer à la fin de chaque journée, quand Joe et Big Alex regardent ailleurs, évidemment.

Chapitre III

Petite journée brumeuse sur le Klondike. Une pluie aussi fine qu'un embrun tombe depuis deux heures du matin. Rien n'échappe à l'humidité ambiante, de la toile des tentes aux vêtements les plus épais, des amas de planches aux sacs de provisions entassés un peu partout. La pluie efface également le paysage au-delà du fleuve. Ne reste qu'un mince voile blanc qui refuse de se dissiper.

Les quelques rues de Lousetown ressemblent, comme toujours, à des rivières de boue. Si aujourd'hui la majorité des gens demeurent sous les tentes, dans les cabanes, les restaurants, les saloons ou les maisons de jeu, quelques-uns bravent la bruine et vaquent à leurs activités habituelles. C'est le cas de Maxence et d'Arthur dont l'occupation principale consiste à chercher du travail dans une concession. Depuis quelques jours, ils sillonnent la région, visitant des *claims* jusqu'à vingt, trente et même cinquante milles de Dawson. Car c'est toute la région qui a été prise d'assaut par les prospecteurs, pas seulement le confluent du Yukon et de la Klondike. Sur chaque rivière, sur chaque ruisseau, on cherche de l'or, à genoux dans la boue ou les deux pieds dans l'eau. À défaut d'avoir réussi à obtenir un *claim*, Maxence et Arthur en sont rendus à louer leurs bras à qui veut bien les embaucher. Comme plusieurs milliers d'autres…

À l'abri sous leur nouvelle tente, Rosalie prépare le prochain spectacle. Devant elle, un cahier ouvert dans lequel elle inscrit réplique après réplique. Elle s'inspire de son vécu, mais aussi de ce qu'elle a vu ou entendu à Skagway et ailleurs dans la piste. Par moments, elle frissonne et reserre les pans de son manteau de laine. Jamais elle n'aurait imaginé porter des vêtements d'hiver au mois de juin. Mais il y a tant de choses qu'elle n'aurait pu imaginer…

Les doigts engourdis par le froid, elle approche son banc du poêle, où mijote le sempiternel repas de fèves au lard. Elle tend les mains le plus près possible de l'appareil et grimace. Ce n'est pas que l'odeur la dégoûte. Ni que le plat ait perdu de sa saveur ou sa capacité à rassasier. Elle est simplement lasse de toujours manger la même chose. Des fèves ou des pois. Des pois ou des fèves. C'est sans doute d'ailleurs ce menu limité qui cause les problèmes digestifs de Maxence. Le pauvre affirme ne plus pouvoir souffrir le sel et maigrit à vue d'œil. Heureusement pour lui, quand les profits du spectacle le permettent, Rosalie boulange un pain. Il s'agit d'agrément non négligeable, même si la mie en est lourde et friable. Mais ce qu'il faudrait, c'est un jambon, un rôti saignant, un potage fait avec de vrais légumes, peut-être même un poisson en croûte comme elle en préparait pour la table de Mrs. Wright. Du fromage, de la crème, du beurre, des pâtisseries. Juste à y penser, elle salive. Dire que de l'autre côté de la rivière Klondike, sur la Front Street de Dawson, on mange des huîtres, du consommé, de la langue de bœuf, des tartes aux fruits. Tous ces arômes lui parviennent des restaurants de luxe, ponctuant les heures de repas. Rosalie les perçoit, les détaille et ressent chaque fois un pincement au cœur en se rappelant qu'il y a un an elle cuisinait elle-même ces mets de choix. Qu'un tel luxe soit à la fois si proche et si loin la consterne. L'or du Klondike, elle n'y a pas encore touché. Et si elle en juge par sa condition plus que précaire, elle n'est pas près de se glisser quelques pépites dans les poches. À cette pensée, elle frissonne de nouveau. Il ne fait pourtant pas si froid…

Bien que ses cheveux soient roulés serré dans un chignon, elle les sent aussi humides que le reste. Sur son front, quelques mèches rebelles lui collent aux sourcils ou aux tempes. Que d'inconfort! C'est presque pire que l'hiver.

Comme Rosalie possède une mémoire sélective, quand elle pense à l'hiver, elle ne revoit pas les heures passées sous la tente à Lac Bennett ni les nuits glaciales à dormir sur le plancher à White Pass City. Elle ne revoit pas non plus les tempêtes ni même le vent. Ce qui ressurgit, ce sont les murs de la chambre qu'elle partageait avec Dennis-James à Skagway. Ce sont ces heures où ils étaient blottis l'un contre l'autre, dans un lit douillet, à quelques pas d'un poêle ronronnant. Sa rêverie ne dure toutefois qu'un moment car, dans son esprit, Skagway représente aussi l'enfer. Tandis que des souvenirs moins plaisants refont surface, Rosalie se persuade qu'elle est bien mieux ici, à affronter ce crachin tenace, que sous l'emprise de Soapy Smith, surveillée par des hommes de la trempe de Walsh.

Voilà que surgit une nouvelle idée pour le spectacle et elle retourne à son cahier pour la noter. Elle n'a pas écrit trois lignes quand quelqu'un l'appelle.

– Miss Lili ? Êtes-vous là ?

Rosalie ne reconnaît pas la voix. Intriguée, elle referme son cahier, se lève et se dirige vers la porte. À l'extérieur, elle découvre un étranger, les deux pieds dans la boue et un sourire embarrassé sur les lèvres.

– Êtes-vous Miss Lili ? demande-t-il en retirant son chapeau.

L'homme est assez courtaud et arbore, comme bon nombre d'habitués de la région, un menton bien rasé. Rosalie acquiesce et l'invite à la suivre sous la toile. Il hésite et elle doit insister :

– Je vis sous une tente depuis presque un an maintenant, monsieur. Il y a belle lurette qu'une telle promiscuité ne m'intimide plus. Prendrez-vous une tasse de thé ?

Pour toute réponse, l'homme entre avec elle en murmurant un simple merci.

– Je m'appelle John Mulligan, poursuit-il alors que Rosalie met de l'eau à chauffer. Je monte un spectacle au théâtre Tivoli.

Il s'interrompt, s'attendant peut-être à des félicitations, mais, comme Rosalie ne fait aucun commentaire, il continue :

– J'ai entendu parler de votre pièce. Comme je suis justement à la recherche d'actrices…

Il n'en dit pas davantage, persuadé que son offre est évidente. Or, aux yeux de Rosalie, cette retenue rend l'homme suspect. Il lui rappelle Soapy Smith. Elle se souvient avoir perçu la même assurance dans ses propos.

– Nous sommes trois, précise-t-elle pour éviter qu'on la prenne encore une fois pour une fille de cabaret. Deux *acteurs* et moi-même. Ce sont mes amis. Vous comprendrez que je ne peux pas vraiment les abandonner.

Forte des leçons apprises à Skagway, Rosalie a insisté sur le masculin de manière à montrer qu'elle n'est pas seule, qu'il y a des hommes pour veiller sur elle.

– Je sais, rétorque simplement Mulligan que ce détail laisse indifférent. On m'a parlé de votre groupe et de votre spectacle. Du vaudeville, à ce qu'il paraît.

Rosalie n'a aucune idée de ce qu'est le vaudeville. Elle entreprend de décrire ce qu'elle et ses compagnons jouent sur la place publique :

– J'écris des pièces comiques. Je m'inspire des aventures que j'ai vécues ou de celles dont j'ai été témoin dans la piste, sur le fleuve ou ici même, au Klondike.

– C'est exactement ce que je recherche.

L'insistance de M. Mulligan indispose de plus en plus Rosalie.

– Ce n'est pas très...

Elle hésite. Elle n'a rien d'une actrice et ses compagnons ont tout des clowns de service. Les pièces qu'elle monte conviennent au public peu difficile de Lousetown où la plupart des gens n'ont rien à faire de leurs journées. Rosalie s'inquiète un peu de la manière dont ses textes seraient perçus à Dawson où la population est riche et habituée au luxe.

– Nous ne sommes pas des acteurs professionnels, finit-elle par admettre en s'excusant presque.

L'homme lui adresse alors un sourire indulgent.

– Ce n'est pas très grave, personne ne verrait la différence de toute façon. Ici, chacun fait ce qu'il peut pour s'enrichir. Moi, je monte des spectacles dans un théâtre. Vous avez peut-être entendu parler du Tivoli. Il s'agit d'un établissement honnête, avec un saloon à l'avant et une salle à l'arrière. Le propriétaire, Joe Cooper, m'a engagé pour présenter quelque chose d'intéressant, une pièce qui distrairait les clients entre deux parties de poker ou qui les ferait patienter avant les danses…

À en croire cette description, le Tivoli ressemble assez aux saloons de Skagway, ce qui convainc Rosalie de demeurer sur ses gardes. Elle s'apprête d'ailleurs à mettre l'homme à la porte mais il ne lui en donne pas l'occasion.

– Si vous avez envie de quitter Lousetown, lance-t-il en affichant son air le plus sympathique, je suis prêt à vous offrir un emploi respectable dans un théâtre respectable. Vos amis sont les bienvenus, pourvu qu'ils montent sur scène eux aussi. Vous gagneriez un public plus large en vous installant sur l'autre rive. Et puis…

Mulligan jette un œil sur l'ameublement rudimentaire de la tente, sur le poêle rouillé, sur le plancher de terre battue. Un peu gênée, Rosalie comprend que ce qu'il lui propose ne se compare pas à sa situation actuelle. Il lui offre la lune et elle, elle hésite. Heureusement, Mulligan ne s'offusque pas de cette attitude. Peut-être même devine-t-il les inquiétudes de Rosalie, car il ajoute :

– Vous et vos compagnons seriez logés au théâtre. Je sais qu'il reste deux chambres à l'étage. Vous ne comptiez pas passer l'hiver sous cette tente, n'est-ce pas ?

La perspective de dormir au grand froid pousse Rosalie à se décider. Si on veut d'elle de l'autre côté, pourquoi se gênerait-elle ?

– On commence quand ?

Mulligan sourit, visiblement heureux du dénouement.

– Ce soir, si vous êtes prêts.

Rosalie grimace.

– Ce soir, mes compagnons ne seront peut-être pas rentrés. Vous devinez que nous n'avions pas l'intention de donner de représentation sous la pluie.

– Demain, dans ce cas.

Rosalie réfléchit à toute vitesse. Demain signifie une autre nuit sous la tente. Il lui paraît désormais difficile de résister à l'appel du confort.

– Demain serait parfait, à condition évidemment que je puisse emménager aujourd'hui. J'aurais le temps de m'installer, de peaufiner les textes, de…

– Pas de problème, coupe Mulligan. Je retourne de ce pas au Tivoli et je vais demander à Cooper de vous envoyer trois hommes pour vous aider à transporter vos affaires.

Rosalie jubile. Ce soir, elle dormira sous un vrai toit.

– Et pour les repas ? s'enquiert-elle. Y a-t-il une cuisine ?

Mulligan éclate de rire en secouant la tête.

– Vous serez payés cent cinquante dollars par semaine et vous serez logés. Si, avec ça, vous ne trouvez pas le moyen de manger dans les restaurants de Dawson…

Rosalie n'en revient pas. Cent cinquante dollars par semaine. Aussi bien dire une fortune !

– Pouvons-nous obtenir une avance ? demande-t-elle, consciente d'y aller un peu fort mais déterminée à ne pas laisser passer l'occasion. Ça nous permettrait de nous installer confortablement.

D'un geste, l'homme lui lance un petit sac de cuir.

– Il doit bien y en avoir pour quatre-vingts dollars là-dedans. Est-ce suffisant ?

Les yeux ronds, Rosalie soupèse le sac avant de l'ouvrir, incrédule. Elle y découvre une fine poudre dorée, mais aussi quelques pépites plus grosses. C'est la première fois qu'elle voit de l'or. De l'or du Klondike.

Lorsque Mulligan s'en retourne à Dawson après lui avoir serré la main, Rosalie jette un œil dédaigneux sur le chaudron de fèves qui mijotent toujours.

– Désolée, mes chères, mais vous allez nourrir quelqu'un d'autre aujourd'hui.

Sur ce, elle attrape un chiffon, empoigne l'anse du chaudron et sort en direction de la tente voisine où, elle le sait, on acceptera ce repas avec plaisir.

*

Arthur a lissé ses cheveux vers l'arrière et omis volontairement de se raser pendant quatre jours. Le résultat est surprenant. Vêtu d'un manteau et coiffé d'un chapeau empruntés à Mulligan, il se présente sur scène littéralement transformé. La salle, enfumée, est bondée. Le public, surtout des hommes, se tient entassé à l'avant et suit avec attention les déplacements d'Arthur.

Rosalie est couchée sur un lit de camp et, de ses yeux entrouverts, elle observe les loges où des *Klondike Kings* suivent le spectacle d'un œil distrait, une femme sur les genoux. Contrairement à ce qu'elle avait cru, le Tivoli s'avère de loin plus respectable que les saloons de Skagway. Sa situation d'actrice en est d'autant plus enviable.

Arthur s'est approché sans faire de bruit. Elle le voit s'agenouiller et se pencher vers elle. Elle aperçoit ses doigts qui viennent se plaquer contre ses lèvres. Aussitôt, elle se débat. D'une main, elle fouille sous son oreiller et en ressort son pistolet qu'elle pointe en direction de l'intrus.

Certes, ce n'est pas ainsi que les choses se sont déroulées à Lac Bennett l'hiver dernier. Quand ce salaud de Walsh l'a réveillée en pleine nuit, elle n'a pas eu le temps de prendre son arme. Mais pour les besoins de la pièce, peut-être un peu aussi pour soigner son orgueil blessé, elle a ajouté ces quelques gestes au moment d'écrire le texte. Évidemment, afin de demeurer proche de la réalité, Arthur réussit à la désarmer en moins d'une seconde. Cette tentative pour se défendre suffit néanmoins à sauver l'honneur de Rosalie.

– Cette fois, vous ne m'échapperez pas, lance Arthur en l'aidant, avec un effort exagéré, à se mettre debout.

Dans la salle, les gens rient de ses acrobaties, mais le silence revient dès que Rosalie est sur pied.

– Walsh, mon maudit!

La réplique a été formulée en français, comme à l'époque. Et même si quatre-vingt-dix pour cent des hommes présents ne parlent qu'anglais, plusieurs comprennent ce que signifient ces mots, car on entend des rires ici et là. Maintenue en équilibre par les bras d'Arthur, Rosalie fait toujours semblant de se débattre. Quelques personnes poussent des exclamations horrifiées lorsqu'elle passe près de tomber de la scène. Arthur la redresse de sa poigne solide, mais son geste trahit une certaine impatience.

– Taisez-vous et habillez-vous! ordonne-t-il en lançant vers Rosalie le manteau qui gisait sur le sol.

Rosalie s'exécute. Elle n'a pas le temps d'attacher les boutons qu'Arthur lui joint les bras derrière le dos.

– Maintenant, sortez! Et sans faire de bruit.

Tout en avançant, elle s'agite, comme si elle essayait de se défaire des liens invisibles qui lui retiennent les mains dans le dos. Puis, feignant d'être en proie à une vive impatience, elle se retourne pour affronter son adversaire.

– Si vous pensez que vous allez réussir à passer la frontière sans que la Police montée intervienne, vous êtes vraiment un imbécile.

D'un geste brusque, Arthur lui fait faire demi-tour et lui donne une petite poussée.

– Ce sont eux, les imbéciles, dit-il. Ils ferment le poste la nuit. Il y a bien quelqu'un de garde, mais ne vous inquiétez pas. Nous n'allons pas le réveiller, je vous le promets.

La raillerie provoque de nouveaux éclats de rire. Rosalie continue de se secouer les bras pour montrer au public qu'elle est toujours attachée.

– Vous perdez votre temps, Walsh. Il n'est pas question que je vous suive.

À ce moment, Arthur lui enfonce un mouchoir dans la bouche. Ainsi bâillonnée, Rosalie se met à geindre avec énergie. Son compagnon s'empare alors du pistolet qu'il lui plaque sur la tempe.

– Taisez-vous et avancez sans faire de bruit.

Parce que Rosalie se débat et continue de gémir, il appuie plus fort.

– J'ai dit « sans faire de bruit », répète-t-il sur un ton menaçant.

Rosalie obéit, avance de quelques pas puis, comme si elle tentait de fuir, elle se dirige vers le côté droit de la scène. Arthur la rejoint et, après avoir levé le bras, il imite Walsh qui, ce soir-là, a assommé Rosalie sans ménagement. Cette fois-ci, elle n'oppose aucune résistance et se laisse choir. Son geste gracieux provoque les applaudissements de la foule.

Quelques minutes suffisent aux hommes de Mulligan pour modifier le décor. Un drap est suspendu pour séparer la scène en deux. D'un côté, on place un lit de camp et un tisonnier qu'on appuie contre ce qui représente le mur. De l'autre, une table de travail et une chaise reconstituent le bureau du surintendant Steele à Lac Bennett. Le silence revient dans l'assistance dès que Rosalie se couche sur le lit. Elle feint de s'éveiller, s'étire et s'assoit, mimant la surprise.

– Qu'est-ce que je fais ici ? dit-elle en jetant un regard circulaire dans le théâtre.

Quelqu'un marche et le plancher craque de l'autre côté du rideau. Voilà le signal. Arthur doit s'approcher. Depuis le départ de Maxence pour une concession sur le ruisseau Bonanza, Arthur doit jouer tous les rôles, ce qui le force à changer de costume à la vitesse de l'éclair. Rosalie s'attend à ce que l'imitation d'uniforme de la Police montée porté par Arthur fasse sourire l'auditoire. Ce n'est pourtant pas ce qui se produit. Dans la salle, personne ne rit, personne même ne dit mot. Comme elle ne peut voir de l'autre côté du drap, elle imagine Arthur avançant lentement et ne comprend pas l'inquiétude qu'elle lit dans les yeux des spectateurs les plus proches. Soudain, elle aperçoit des doigts qui agrippent le rideau. Rosalie s'empare du tisonnier qu'elle lève bien haut et fait semblant de vouloir assommer celui qui va apparaître d'un instant à l'autre dans son champ de vision. Le drap se soulève et… La surprise est telle que Rosalie pousse un cri, ce qui provoque enfin l'hilarité du public. De l'autre côté vient de surgir, dans le vrai uniforme écarlate de la Police montée, le véritable visage du surintendant Steele, soigneusement coiffé, impeccablement rasé.

– Qu'avez-vous l'intention de faire avec ça? dit-il, répétant exactement les mots qu'il a prononcés ce jour-là dans sa cabane de Lac Bennett.

Sous le choc, Rosalie laisse tomber le tisonnier qui produit un bruit sourd en heurtant le plancher. Steele ne regarde pas l'objet. Ses yeux demeurent rivés à ceux de Rosalie qui ne se souvient plus de ses répliques.

– Je ne parle pas de cette arme-là, lance Steele en poussant du pied la tige de métal, mais de l'autre. Celle qui est entrée au Canada à mon insu.

Prise au dépourvu, Rosalie choisit de feindre l'innocence de manière à intégrer l'arrivée du policier dans la scène.

– Je ne comprends pas, lance-t-elle en levant un menton frondeur, presque hautain, mais parfaitement risible. Je n'ai pas d'arme.

Ces mots font naître un brouhaha dans tout le théâtre. Du balcon aux loges, de même qu'au parterre, on rit et on proteste contre ce mensonge éhonté. Même Steele esquisse un faible sourire avant de tourner vers l'assistance un visage impassible qui impose le silence. Puis, comme les yeux du policier reviennent vers Rosalie, les spectateurs se mettent à chahuter. Plusieurs bras pointent vers la droite de la scène d'où provient tout à coup la voix d'Arthur.

– Le surintendant Steele parle de cette arme-là, Lili.

Rosalie se retourne, surprise de découvrir Arthur derrière elle, le pistolet à la main.

– Je pense qu'on l'a eue assez longtemps, dit-il en lui tendant le revolver.

De l'assistance s'élèvent des « Non! » énergiques, mais Rosalie s'empare quand même du pistolet. Arthur a raison. Elle en a bien profité. Qu'elle s'en serve pour menacer ou pour jouer la comédie, l'arme demeure illégale au Canada. Elle inspire un grand coup, serre les doigts sur la crosse et, d'un geste cérémonieux, dépose l'objet dans la main de l'officier.

– Je vous demande pardon, dit-elle en baissant les yeux.

Elle espère que son air penaud contribuera à adoucir sa sentence. Elle imagine le surintendant sortant ses menottes, la mettant aux arrêts sur scène, là, devant tout le monde. Le journal *The Nugget* en fera ses choux gras.

– Vous êtes pardonnée, déclare Steele en étudiant le pistolet. Mais ne recommencez plus.

Puis il tourne les talons et quitte les lieux sous les applaudissements enthousiastes de la foule. Rosalie demeure sur place à le regarder partir, soulagée plus qu'elle ne l'aurait cru possible. Lorsque le policier disparaît derrière le décor, elle attrape la main d'Arthur et, sans se consulter, les deux comédiens s'inclinent d'un même geste. Rosalie a vécu suffisamment d'émotions pour ce soir et elle vient de décider que le spectacle est terminé. Au parterre, les hommes sifflent et, au balcon, on s'est levé pour une ovation. Seuls les occupants des loges demeurent assis à cause des filles sur leurs genoux. Ils applaudissent néanmoins avec autant d'ardeur. Un peu partout, on s'exclame, ravi.

– Bien joué ! s'écrie quelqu'un.

– Comment vous avez fait pour obtenir le concours de la police ? demande un autre.

Décidément, l'intervention impromptue de Steele est un succès. C'est John Mulligan qui résume le mieux la situation en rejoignant les comédiens sur la scène :

– Quand tu écriras la suite, Lili, libre à toi d'inclure qui tu veux. On leur enverra une invitation.

La foule rit et le délire se poursuit jusqu'à ce qu'on cède la place aux musiciens. Il est presque minuit. Rosalie descend dans la salle au bras d'Arthur qui se montre aussi fier qu'un paon. Tous deux défilent sous les regards envieux du public majoritairement masculin. Ils n'ont cependant pas fait dix pas que deux hommes, vêtus et coiffés comme des riches, repoussent Arthur et s'installent de chaque côté de Rosalie.

– Permettez-nous de vous offrir à boire, Miss Lili, dit l'un d'eux en la guidant par le coude pendant que son compagnon commande une bouteille de champagne au serveur.

En quelques secondes, Rosalie se retrouve assise à une table, un verre de vin pétillant à la main. Les deux hommes se montrent agréables, lui adressant compliment sur compliment.

– Vous jouez merveilleusement! s'exclame le premier.

– Quel talent, oui! renchérit l'autre.

Rosalie est flattée par tant d'attention, mais un coup d'œil autour d'elle suffit pour lui faire prendre conscience de sa tenue négligée. Sur la piste de danse, les femmes virevoltent en riches toilettes dans les bras de cavaliers aussi élégants. Rosalie a beau se promettre d'y voir dès le lendemain, elle trouve difficile de se concentrer sur l'instant présent. Elle a l'air d'une pauvresse dans ses vêtements de tous les jours. Ça ne paraissait pas trop tant qu'elle jouait la comédie, tant qu'elle interprétait la Lili de la White Pass. Or, à boire ainsi en bonne compagnie, son apparence l'incommode grandement. Elle ne se sent pas à sa place et cherche en vain Arthur des yeux.

Ses compagnons de table, eux, poursuivent leur conversation :

– Vous avez dû payer cher pour convaincre Steele de venir au théâtre, dit l'un des deux.

– Très cher, sûrement, enchaîne l'autre, car ce n'est pas le genre de personne qu'on a l'habitude de voir sur scène.

Les deux hommes s'esclaffent puis l'un d'eux, reprenant son sérieux plus rapidement que l'autre, tend une main en direction de Rosalie.

– M'accorderiez-vous cette danse, Miss Lili ?

– Euh, je ne sais si..., balbutie-t-elle en cherchant de nouveau la silhouette d'Arthur dans la salle.

Elle l'aperçoit soudain, debout près de la scène, le regard fixé sur elle, l'air courroucé. Serait-il jaloux ? Cette idée amuse Rosalie et, pour le taquiner, elle accepte la main tendue et entame une valse avec l'inconnu. Elle s'étonne aussitôt de son succès. Bien qu'elle n'ait pas la moitié de la prestance des femmes qui tournoient autour d'eux, c'est elle la vedette. C'est avec elle que les hommes veulent danser. C'est pour elle qu'ils se tiennent près de la table à attendre que la musique cesse. Car ils savent bien, eux, que la musique ne dure pas longtemps. Un tour de piste et la dernière note s'éteint. Un autre homme se présente alors devant Rosalie en lui tendant la main. Arthur choisit ce moment pour s'interposer :

– C'est suffisant pour ce soir, Lili. Viens-t'en !

Sans plus d'explication, il la prend par le bras et l'entraîne derrière les décors, à l'endroit où se trouvent leurs accessoires de théâtre. Une fois seul avec elle, il la relâche et commence à la houspiller :

– À quoi tu penses, Lili ?

Estomaquée, Rosalie cherche ses mots.

– Euh… à rien. On m'a simplement invitée à…

– Tu ne m'avais pas dit que tu voulais aussi faire le *dance hall.* Avoir su, je serais parti avec Maxence.

Comprenant enfin le sous-entendu, Rosalie tente de s'expliquer :

– Ne te fâche pas. Je ne me suis pas fait payer pour danser.

– C'est tout comme, tonne Arthur en frappant le mur avec colère. Et quand tu verras Cooper, ne sois pas surprise s'il t'offre de travailler à vingt-cinq cents la danse. Tu as commis une grave erreur, Lili, en te laissant entraîner de la sorte.

L'attitude paternaliste d'Arthur finit par exaspérer Rosalie.

– Je n'ai pas quinze ans, tu sauras. Et je n'ai rien fait de mal. Tu t'emportes parce que tu es jaloux, un point c'est tout. Admets-le, au moins ! Dis-le que tu n'as pas aimé me voir dans les bras d'un autre.

– Ce n'est pas ça, Lili. J'étais d'accord pour le théâtre, mais pas pour le reste. Si tu commences au *dance hall*, tu finiras par arrondir tes fins de mois autrement.

Piquée au vif, Rosalie riposte :

– Bien voilà que tu m'accuses de me prostituer ! Pour qui tu me prends ?

– Tu n'es pas ce que j'appellerais une sainte, Lili. Tu…

– Pour qui tu TE prends, dans ce cas-là ? On dirait ma mère, à vouloir me diriger et diriger ma vie. Et on dirait…

Elle s'interrompt soudain, les larmes aux yeux. À se faire sermonner de la sorte par Arthur, l'image de Dennis-James lui est venue à l'esprit. Furieuse contre elle-même, elle change de sujet :

– Tu n'es pas obligé de rester, lance-t-elle avec mépris. C'est moi que Mulligan désirait embaucher. Toi, si tu préfères les mines, tu peux bien y aller. Je suis capable de me débrouiller.

Pris de court, Arthur n'a pas le choix de s'excuser.

– Je ne voulais pas t'accuser de quoi que ce soit, Lili, dit-il presque avec douceur. Tu as raison, je suis jaloux. Ça m'a viré à l'envers de te voir à la table de ces deux gars. Alors quand je t'ai vue danser avec l'un d'eux… Je n'ose imaginer ce qui serait arrivé si je n'étais pas intervenu.

Cet aveu apaise un peu la fureur de Rosalie.

– Ça s'est passé trop vite, concède-t-elle à son tour. Une minute, je marchais avec toi, la suivante, j'étais assise avec eux. Je n'ai rien vu venir. Pour ce qui est de la danse, je l'avoue, j'ai voulu t'asticoter. Tu avais l'air tellement furieux tout seul près de la scène que j'ai…

Rosalie ne termine pas sa phrase. Voyant Arthur approcher son visage du sien, elle se pend à son cou et lui offre, avec toute la générosité dont elle est capable le baiser de la réconciliation.

Chapitre IV

Le vent souffle du sud, chaud et caressant, et Liliane suspend les derniers vêtements aux cordes à linge qu'elle a installées derrière le restaurant. Combinaisons, chemises, pantalons et chaussettes constituent un paysage familier et domestique, ce qui n'est pas sans lui rappeler la vie qu'elle menait chez ses parents, il y a à peine un an. Un an ? Elle a vécu tant d'événements depuis qu'il lui semble bien loin le temps où elle changeait les couches de ses frères et sœurs, où elle se préparait pour un mariage dont elle ne voulait pas, où elle souffrait, coincée dans un carcan de traditions. Comme elle en a fait du chemin ! Certes, sa situation n'est pas encore parfaite, mais elle s'est débarrassée de ce destin qu'on voulait lui imposer. Voilà ce qui importe.

Liliane s'empare du dernier vêtement, trempé et roulé en boule, au fond de son panier. Il s'agit de la jupe que Dolly lui a donnée à Noël. À la taille, les coutures sont tellement forcées qu'on les dirait sur le point de céder. Pour la porter, Liliane doit retenir son souffle et rentrer le ventre. Si elle réussit à attacher l'agrafe, les heures qui suivent sont pénibles puisqu'elle ne peut bouger à son aise. Devant ce détail qui lui rappelle son embonpoint, elle pince les lèvres, ennuyée. Il faudra découdre la ceinture et agrandir le tour de taille. Un travail long et fastidieux dont elle se passerait bien. Dire qu'elle avait maigri au début de l'hiver... Quelle gêne elle a ressentie la dernière fois en revêtant le pantalon offert par Saint-Alphonse! Le vêtement lui collait à la peau et elle avait l'impression d'être à découvert, presque nue. Avec un soupir exaspéré, Liliane fixe l'ourlet de la jupe à la corde à linge et, après avoir tiré la langue en direction du vêtement, elle va s'asseoir, en plein soleil, sur le banc près de la porte.

Adossée au mur, elle admire l'insouciance de Canuck qui folâtre dans les herbes hautes. Un chien ne s'inquiète pas de grossir. Tandis qu'une femme...

Il y a déjà un bout de temps que Liliane est arrivée à la conclusion que son chien possède l'énergie typique du Nord. Et malgré les rondeurs qui la caractérisent, elle se reconnaît dans l'infatigable animal. En fait, elle y reconnaît un peu tout le monde dans les environs. Jamais on n'entend quelqu'un se plaindre, chacun travaillant avec bonheur. Exactement comme elle. Elle a peut-être mal aux bras à force de faire la lessive, la cuisine et la vaisselle, mais sur ses lèvres un sourire béat dissimule toute trace de fatigue. Elle est heureuse d'être ici. Personne ne pourrait en douter.

Savourant cette pause bien méritée, elle laisse son regard errer sur les collines, sur les cabanes de rondins, sur les amoncellements de gravier. Le soleil, à son zénith, lui chauffe le visage et la force à fermer les yeux. Elle se détend avec plaisir. Un plaisir non coupable. Un plaisir de femme honnête.

Dans ses oreilles, les bruits typiques de Grand Forks lui rappellent où elle est. *Qui* elle est. Il y a les voix qu'elle connaît et celles qu'elle ne connaît pas. Elle s'attarde aux accents, qui trahissent l'origine de plusieurs personnes. Elle remarque une certaine intensité dans les rires des filles qui, bien que moins nombreuses qu'à Dawson, égaient la vie éreintante des mineurs.

Une exclamation familière se distingue soudain de l'ensemble. Liliane n'a pas besoin d'ouvrir les yeux pour savoir que Dolly s'en vient lui rendre visite. Elle l'entend qui discute devant le restaurant. Joe l'informe que Miss Lili travaille dans la cour, à l'arrière. Quelques secondes plus tard, Dolly La Belle tourne le coin du bâtiment, éblouissante dans une robe à froufrous qu'elle n'a pas portée depuis des lustres.

– J'en profite pour venir te saluer avant de partir, dit-elle en embrassant son amie.

Liliane demeure un moment interdite, puis, la voix hésitante, elle demande :

– Tu t'en vas ?

Dolly acquiesce et, au moment où les deux femmes s'assoient sur le banc, elle lance, comme si cela constituait une explication :

– Constantine part demain.

– Ah oui ?

Liliane a entendu parler du départ de l'agent de la Police montée. Elle ne pensait pas, cependant, qu'il quitterait la région si tôt.

– Les gars lui préparent une fête à Dawson, poursuit Dolly. Ils ont tous donné une pépite. Il y en a pour deux mille dollars. Il paraît qu'elles ont été moulées pour former une assiette ou une coupe, je ne sais trop. Tout un gage d'appréciation, tu ne trouves pas ? Je me demande s'il est marié.

Ce nouvel intérêt de Dolly pour le statut matrimonial du policier laisse Liliane perplexe.

– Pourquoi ça t'intéresse ? N'épouses-tu pas le Suédois ?

Dolly secoue la tête et Liliane écarquille les yeux, estomaquée. Ce n'est pas la première fois que les propos ou les décisions de son amie la surprennent. Habituellement, son étonnement provoque l'hilarité chez Dolly, mais aujourd'hui celle-ci se contente de secouer la tête encore une fois, avant de s'appuyer contre le mur. Plongée dans ses pensées, elle lève un pied d'un geste provocant. La robe glisse et dévoile une jolie bottine de cuir verni dont les boutons reluisent au soleil. « Retour à la case départ ! » semble dire Dolly en admirant distraitement sa chaussure.

Liliane est plus confuse que jamais. Le mariage a été annoncé, les bans, publiés. Qu'a-t-il pu se passer pour que le Suédois change d'avis ? Elle pense à interroger Dolly, mais lui revient tout à coup le souvenir d'une conversation avec Walter. Le *sourdough* ne visait pas que Liliane lorsqu'il décrivait le manque de discernement des hommes du Klondike. Dans le Sud, personne n'épouse les prostituées, alors qu'ici… L'offre se fait trop rare pour que les hommes se montrent difficiles. La pitié envahit Liliane et elle s'apprête à réconforter son amie quand celle-ci reprend la parole.

– Il n'y a pas d'or sur le *claim* de Hans.

Ces mots bouleversent Liliane bien davantage que les propos qu'avait tenus Walter en cette froide soirée d'hiver.

– Comment ? demande-t-elle, incrédule. C'est toi qui as annulé le mariage ?

Cette fois, Dolly ne répond pas. Elle soupire simplement, comme si cela allait de soi.

– Je ne comprends pas…, poursuit Liliane dont l'esprit oscille entre curiosité et désir de respecter l'intimité. Tu as passé les derniers mois à essayer de me convaincre que je devais accepter Saint-Alphonse et te voilà qui reviens au…

Elle hésite à utiliser le terme exact pour nommer le métier de Dolly.

– … Au demi-monde, souffle-t-elle, optant pour le synonyme le moins offensant.

– Saint-Alphonse est riche, précise Dolly sans cesser de fixer le bout de son pied. Pas Hans.

Liliane devrait être scandalisée. Elle devrait trouver que son amie n'a aucun scrupule ni aucun respect pour le Suédois. Refuser un homme parce qu'il est pauvre ne lui paraît pas plus acceptable que d'en épouser un parce qu'il est riche. Elle ne dit rien pourtant. N'a-t-elle pas elle-même repoussé Joseph Gagné parce qu'il ne possédait rien ?

« Ce n'est pas la même chose, lui répète sa conscience. Tu ne l'aimais pas. »

C'est vrai qu'elle ne l'aimait pas, mais ce n'est pas par manque d'amour qu'elle l'a abandonné au pied de l'autel. Elle ne pouvait se résoudre à une vie de misère, voilà tout. En cela, elle n'est pas si différente de Dolly. Elle a simplement d'autres talents : un don pour les chiffres, de même qu'une certaine débrouillardise en cuisine.

Qu'elle réfléchisse ainsi la surprend elle-même. Il y a un an, jamais elle n'aurait été capable de se comparer à Dolly sans en rougir. Il y a six mois non plus. Il faut croire que la vie dans le Nord l'a transformée. Pour le meilleur ou pour le pire, elle ne saurait encore le dire. Ce qu'elle peut admettre, toutefois, c'est qu'elle juge les prostituées beaucoup moins sévèrement qu'avant. Voilà pourquoi elle n'a pas hésité à acheminer quelques vêtements à une pauvre fille dont le bateau s'est renversé en accostant à Dawson. Il n'était pas difficile d'imaginer quel sort l'attendait, celle-là. D'ailleurs, s'il n'y avait eu Dolly et son idée d'encan, Liliane elle-même n'aurait pas échappé aux *dance halls* et aux bordels.

Elle se tait donc, se rappelant aussi combien elle déteste qu'on lui dise quoi faire. Chaque personne n'a qu'une vie. À chacun de décider comment utiliser le temps qui lui est imparti. Et puis elle se souvient que l'insistance de Dolly au sujet de Saint-Alphonse l'avait dérangée, presque insultée. C'est pourquoi elle choisit la tolérance, sans toutefois abandonner son interrogatoire. À défaut d'approuver, elle veut au moins comprendre.

– Est-ce que tu l'aimes ? réussit-elle à demander sur un ton neutre.

– Ça n'a rien à voir.

Cette réponse de Dolly trahit une telle douleur que Liliane préfère changer de sujet.

– Et où logeras-tu ?

– Je trouverai bien. J'ai pris un peu de poudre dans le sac de Hans. Oh, pas beaucoup ; il ne s'en rendra même pas compte. J'en ai juste assez pour m'installer dans Paradise Alley. Tu sais, c'est là que la Police montée a confiné les filles. Il s'agit d'une ruelle située derrière les saloons de la Front Street. C'est probablement une bonne idée. N'est-ce pas toi qui disais qu'il est toujours préférable de rapprocher un service de ses clients ?

– Ça vient de Mr. Noonan, proteste Liliane qui n'aime pas voir ses propos utilisés de la sorte.

Le Nord ne l'a pas changée au point de trouver honorable le travail de son amie. Par la fenêtre ouverte, elle entend soudain des éclats de voix. Les hommes commencent à arriver pour le souper. Elle se lève et entreprend de décrocher les vêtements que la brise achève de sécher.

– De toute façon, déclare Dolly en lui donnant un coup de main, j'ai maintenant de quoi me lancer à mon compte. Ce n'est pas autant que ce que tu as eu de Saint-Alphonse, mais c'est suffisant pour louer une maison.

Liliane est quand même un peu blessée par la comparaison. Walter avait raison : la ligne qui la distingue de Dolly est bien mince. Sans ajouter un mot, les deux femmes continuent de décrocher la lessive et lorsque tous les vêtements sont proprement pliés dans le panier, Dolly serre Liliane dans ses bras.

– Viens me voir quand tu descendras à Dawson. Je ne serai pas difficile à trouver.

Puis, avec un clin d'œil, elle pivote et s'éloigne en se déhanchant joyeusement. Cependant, avant de disparaître derrière le coin du restaurant, elle se retourne, lui fait une large révérence et, un sourire coquin aux lèvres, elle lui lance :

– Si Saint-Alphonse cherche quelqu'un pour l'hiver prochain, tu lui diras que je suis disponible. Je ne sais peut-être pas faire la cuisine aussi bien que toi, mais je ne suis pas trop mal pour le reste.

Sur ce, elle reprend la route. S'agit-il d'une plaisanterie ? C'est bien dans les cordes de Dolly de la taquiner ainsi. La jeune prostituée n'a toutefois aucune idée de l'état dans lequel elle vient de plonger Liliane. Affalée sur son banc, elle a fermé les yeux, bouleversée.

Une image a envahi son esprit: celle de Saint-Alphonse dansant et riant avec Dolly lors d'une soirée du temps des fêtes. Se ravive alors le pincement au cœur si caractéristique de la jalousie. Dolly a touché une corde sensible.

Il s'est écoulé presque un mois depuis que Saint-Alphonse a mis les pieds au Lili's Café, Hotel, Baths and Laundry et Liliane n'a pas eu le courage de lui rendre visite. Leur dernière rencontre ne s'est pas très bien déroulée, même si elle a donné lieu à ce baiser fougueux. Les commentaires qui se sont élevés dans la rue alors qu'ils s'embrassaient devant tout le monde ont jeté sur leur relation un froid troublant. Ainsi, chaque fois que son regard glisse vers la colline, Liliane sent la tristesse l'envahir. Elle pense à lui, certes, mais elle pense aussi à cet aspect d'elle-même qu'elle exècre: son orgueil. Elle aimerait retrouver cette vision qu'elle avait de Saint-Alphonse quand elle dormait dans ses bras, quand elle vivait avec lui au quotidien. Or, depuis qu'elle s'est établie au centre de Grand Forks, elle doit affronter le regard des autres. Qu'est-ce que les gens vont penser?

Elle se déçoit de ressembler à ce point à sa mère. Mme Doré était obsédée par l'image de leur famille. Il ne fallait jamais avoir l'air de manquer d'argent ni de trop user les robes. On devait toujours recevoir le curé avec cérémonie, pour éviter qu'il aille ensuite se plaindre chez le voisin. Bien qu'elle ait quitté la maison paternelle il y a presque un an, Liliane n'arrive pas à s'affranchir complètement de son éducation. Elle peut se justifier, raconter qu'elle s'est vendue à l'encan pour une question de survie. Elle peut même rationaliser l'engourdissement nocturne qui l'a menée dans les bras de Saint-Alphonse. Il lui est impossible cependant d'oublier les commentaires entendus dans la rue.

Si elle s'y attarde un peu plus longtemps et qu'elle regarde au fond d'elle-même, Liliane est obligée de conclure qu'elle se leurre. Elle blâme son éducation parce que ça lui convient. Sauf que, en vérité, ce n'est pas l'opinion que les autres ont de Saint-Alphonse qui la dérange à ce point, mais bien l'opinion qu'elle a d'elle-même quand elle s'imagine avec lui. Et elle se déteste pour ça.

*

Dolly vient à peine de quitter Grand Forks que Liliane donne déjà des instructions à Joe :

– Les chaudrons du dîner sont en avant sur le poêle. Surtout, ne touche pas à ceux du fond : ils contiennent le souper.

Elle couvre l'assiette bien remplie qu'elle tient à la main et confie le restaurant à son employé. Elle a bien sûr pris le temps de se changer, de faire un brin de toilette aussi. Elle a retiré son foulard, coiffé sa chevelure en un chignon un peu lâche, car elle se trouve plus belle ainsi. Maintenant qu'elle gravit la colline, l'angoisse la reprend. Et s'il la repoussait ? Et s'il en avait assez de ses hésitations ? Elle cesse de se questionner au moment où elle remarque la présence de fumée dans la cheminée. « Il aura déjà mangé », se désole-t-elle en regrettant un peu sa témérité.

La sueur a trempé sa robe et quelques gouttes perlent sur son front lorsqu'elle atteint enfin la cabane de Saint-Alphonse. De sa main libre, elle frappe trois petits coups si discrets qu'il faudrait que la vallée soit silencieuse pour qu'on les entende. La porte s'ouvre néanmoins sur un Saint-Alphonse surpris, mais heureux.

– Je t'apporte à dîner, lance Liliane, retrouvant avec plaisir la possibilité de parler en français. C'est un bouilli de *par chez nous*.

Un peu essoufflée, elle s'apprête à lui tendre l'assiette mais s'immobilise en reconnaissant l'odeur de la soupe aux pois qui règne dans la pièce.

– Oh ! s'exclame-t-elle, cachant mal sa déception. J'arrive trop tard…

– Pas du tout.

Il désigne le chaudron sur le poêle.

– C'est le souper, ment-il avec candeur.

Comme s'il avait peur qu'elle fasse demi-tour et s'en retourne avec son dîner, il ouvre plus largement la porte et l'invite à entrer.

– J'ai fait du café, dit-il après avoir approché un autre banc de la table.

Liliane s'assoit et, instantanément, des souvenirs de l'hiver dernier lui reviennent. Tant de repas partagés à la lueur d'une bougie, dans la noirceur d'une nuit sans fin. Tant de nuits à espérer que le temps s'arrête et à souhaiter, contre toute logique, que l'été ne vienne jamais. Ces moments chéris ne sont plus que de vagues réminiscences. Aujourd'hui, la complicité a fait place à une certaine gêne. Pendant qu'elle réfléchit à une manière de briser la glace, Saint-Alphonse remplit une tasse de café et la dépose sur la table devant elle. Liliane s'amuse de le voir ensuite retirer le couvercle de l'assiette qu'elle lui a apportée puis humer la viande.

– Comment ça se passe avec Big Alex ? demande-t-il en piquant sa fourchette dans la chair juteuse. Il paraît que vous avez du monde.

Qu'il oriente la conversation vers le restaurant réjouit Liliane. Elle n'est pas peu fière de sa réussite et, à cause de la charge de travail, les occasions d'en parler se font plutôt rares.

– Ça se passe bien. Les clients ont l'air contents.

Elle montre sa joie, mais se garde bien de préciser que les clients ne paient pas souvent. L'important, c'est l'impression de prospérité qu'elle dégage. Pour éviter d'aborder les détails embarrassants, Liliane cherche autre chose à dire. Un malaise l'envahit quand elle remarque que la cabane est exactement telle qu'elle l'a laissée en partant. Les meubles, les fourrures, la vaisselle, Saint-Alphonse n'a absolument rien déplacé. Cela lui donne l'étrange sensation d'avoir quitté les lieux la veille. Touchée, elle revient à son hôte et esquisse un timide sourire. Saint-Alphonse a suivi le fil de sa pensée, et Liliane constate qu'il rougit.

– Comment ça va, à la mine ? s'enquiert-elle pour détourner son attention.

– Bien, répond simplement Saint-Alphonse en terminant son assiette. C'était bon.

Une conversation entre deux êtres taciturnes ne dure jamais longtemps. Saint-Alphonse s'en rend compte et, pour éviter de la voir se lever et repartir, il change de sujet à son tour :

– Savais-tu que le mariage est annulé ?

Liliane hoche la tête. Oui, elle le sait. N'est-ce pas justement pour ça qu'elle a escaladé la colline afin de lui rendre visite ? N'est-ce pas justement parce qu'elle craint désormais de perdre sa place ?

– Dolly s'est arrêtée au restaurant ce matin. Elle s'en allait à Dawson.

Liliane a prononcé ces mots en fixant la tasse de café. Saint-Alphonse devine sans doute qu'elle a honte de son amie.

– Je me doutais bien que ça finirait comme ça, souffle-t-il. Dès que j'ai compris que le Suédois ne trouvait rien…

Bien qu'il ait parlé à voix basse, Liliane ne décèle aucune amertume dans ses paroles. Son ton est neutre, comme s'il constatait seulement les dégâts.

– Dolly est venue dans le Nord pour les mêmes raisons que tout le monde, poursuit-il en fixant le coin de ciel visible de la fenêtre. Elle veut de l'or. Les moyens qu'elle prend pour atteindre son but ne sont peut-être pas honorables aux yeux de certains, mais au Klondike, l'honneur n'a pas grande valeur.

Comme toujours, la comparaison trouble Liliane. Les mineurs vont chercher l'or au fond de la mine. Les femmes, elles, le puisent au fond des poches des mineurs. Liliane ne fait pas exception et elle espère ardemment que Saint-Alphonse aura pour elle la même indulgence que pour Dolly.

Elle lève la tête et s'efforce d'observer avec impartialité cet homme dont elle ignore presque tout. Elle se rend compte qu'elle admire son intelligence, sa sensibilité, sa façon de voir le monde. Quelle épreuve a forgé un si beau caractère ? Est-ce qu'un physique ingrat et une amputation ont contribué à le rendre plus fort ? Plus courageux ? Liliane examine de nouveau chacun de ses traits, étudie sa silhouette, ses cheveux noirs parsemés de gris. Elle constate encore une fois qu'il n'y a rien de vraiment disgracieux chez lui. C'est juste l'ensemble qui manque d'harmonie. Et ce midi, alors qu'un rayon de lumière entre par la fenêtre, Liliane s'attarde sur les pupilles qu'elle n'arrive pas à distinguer des iris, même en plein soleil. Elle trouve à Saint-Alphonse un côté diablotin qui, loin de l'effrayer, l'attendrit. Surtout lorsqu'il recule sur sa chaise, se tourne vers elle et soutient son regard.

– Est-ce que j'ai changé à ce point-là en trois semaines ?

Surprise par une question aussi directe, Liliane balbutie, les joues en feu :

– Euh... non. Je te demande pardon ; je suis impolie.

– Ce n'est pas la première fois.

Ce commentaire, lancé sur un ton narquois, la fait rougir de plus belle. Lorsqu'il bascule vers l'arrière d'un air satisfait, lissant ses cheveux de sa main mutilée, Liliane se demande s'il dormait vraiment la nuit où elle l'a étudié avec intérêt à la lueur de la bougie.

– Est-ce que tu m'écoutais, au moins ?

Elle répond par l'affirmative. Comment lui dire que ce sont justement ses propos qui l'ont plongée dans une réflexion où se confondaient admiration et curiosité ?

– Dolly m'a annoncé que l'inspecteur Constantine partait demain, lâche-t-elle pour éviter qu'il ne perçoive son trouble.

– Je sais, les gars lui ont préparé une fête pour ce soir...

Il se tait, et Liliane se demande ce qui lui cause tout à coup autant d'embarras. Il regarde ailleurs, semble chercher ses mots puis se jette à l'eau :

– J'aimerais que tu m'accompagnes à cette soirée. Peux-tu prendre quelques jours de congé au restaurant ?

– Oui.

Elle a répondu avec une spontanéité qui la surprend elle-même.

– On en profitera pour voir s'il y a du courrier, ajoute Saint-Alphonse, aussi radieux que si elle lui avait donné la lune. Depuis l'arrivée du *SS Bellingham*, le 14 juin, le bureau de poste ne dérougit pas.

Liliane doute d'y trouver une lettre pour elle, mais la perspective de marcher seule avec Saint-Alphonse jusqu'à Dawson lui plaît au point qu'elle acquiescerait à n'importe quoi.

– Demain, c'est la Saint-Jean-Baptiste. On pourrait célébrer ça ce soir. Entre nous, je veux dire.

Ce n'est pas le feu de joie que Liliane imagine. Ni les danses, d'ailleurs. L'espace d'un instant, elle se surprend à rêver des bras de Saint-Alphonse se refermant sur elle.

*

Il fait chaud. L'humidité est intolérable et les rues de Dawson sont à peine praticables. Pourtant, ce sont des centaines d'hommes, voire des milliers, qui s'entassent sur la King Street, entre la Front Street et la Troisième Avenue. On s'interpelle, on discute et on fait parfois un pas en direction du bureau de poste. La foule est si dense qu'on y respire un air lourd, chargé de sueur et de fumée.

Quand Liliane et Saint-Alphonse atteignent Dawson et aperçoivent la masse indistincte qui a envahi les rues, ils ont un mouvement de recul.

– Ça n'a pas de bon sens ! s'écrie Liliane. Tous ces hommes attendent du courrier ?

– Faut croire que oui.

– Dans ce cas, on en a pour la journée !

Ils se mettent en file, ce qui revient dans le cas présent à se joindre à un amas compact. En peu de temps, ils se retrouvent à discuter avec leurs compagnons d'infortune. C'est ainsi qu'ils apprennent la nouvelle : les États-Unis sont en guerre avec l'Espagne depuis février. Tous en parlent, mais personne ne sait rien. Les Américains présents imaginent les batailles navales et vantent les exploits de leurs compatriotes. Aucun ne s'attarde à l'origine du conflit. Ce qui importe, c'est d'en connaître juste assez pour avoir quelque chose à dire quand quelqu'un aborde la question, pour avoir l'impression que le monde est tout proche, même s'il est loin au possible. Voilà qui explique l'attroupement devant le bureau de poste. On veut du courrier, on veut des journaux, on veut des nouvelles. Et comme la plupart des hommes n'ont rien d'autre à faire, ils attendent et espèrent que quelqu'un, quelque part, a pensé à eux.

– Il vaut peut-être mieux revenir demain, soupire Liliane au bout d'une heure. Plus on s'approche, plus il y a de monde.

– Demain, ce sera pire à cause du départ de Constantine, lui rappelle Saint-Alphonse qui soupire à son tour.

– Là-dessus, vous avez bien raison, mon vieux, l'informe un inconnu en s'immisçant dans leur conversation. Mieux vaudrait envoyer la petite dame. Les responsables laissent entrer les femmes en premier.

Saint-Alphonse le remercie pour cette information puis, attrapant la main de Liliane, il tente de fendre la foule.

– Si je ne présente pas de procuration, proteste Liliane, on ne me remettra jamais ton courrier. As-tu au moins un bout de papier pour...

– Inutile de t'inquiéter pour moi, l'interrompt-il. Contente-toi de ramasser tes lettres, si tu en as.

Liliane s'immobilise, forçant Saint-Alphonse à faire de même. Ils sont aussitôt bousculés par les autres qui essaient toujours d'avancer.

– Mais il n'y a aucune chance que j'en aie, s'écrie-t-elle. Personne ne sait que je suis au Klondike.

Saint-Alphonse s'avance vers elle et fronce les sourcils.

– Qu'est-ce que tu veux dire ?

Le ton est sec, sérieux, presque sévère, et Liliane hésite.

– Personne dans ma famille n'est au courant. Je suis partie…

Elle réfléchit. Comment décrire de manière avantageuse son départ de Sherbrooke ?

– … sans en informer qui que ce soit.

Voilà la plus stricte vérité ! Qu'elle ait abandonné son fiancé au pied de l'autel n'y change rien. Qu'elle se soit sauvée avec l'argent des cadeaux de noces non plus. Alors, aussi bien ne pas en parler.

Saint-Alphonse la regarde fixement, comme s'il n'en croyait pas ses oreilles. Puis, lâchant brusquement sa main, il éclate d'un rire si puissant que les hommes qui les entourent lui jettent des regards intrigués. Il rit de bon cœur et Liliane se demande ce qu'elle a dit de si drôle.

– Es-tu en train de m'annoncer qu'on attend ici depuis une heure pour rien ? interroge Saint-Alphonse en se tenant les côtes.

– Pas pour rien, corrige Liliane. J'irai chercher ton courrier si tu me signes une procuration.

De nouveaux éclats de rire couvrent le tumulte de la rue. Sur les joues de Saint-Alphonse, les larmes roulent en abondance. Il les essuie distraitement puis s'avance vers elle, lui prend le coude et la fait pivoter avant de s'engager, d'un pas aussi rapide que possible, en direction ouest.

– Qu'est-ce qu'il y a ? demande Liliane en jetant un regard vers le bureau de poste dont ils s'éloignent à grands pas. Tu penses qu'ils ne me laisseraient pas entrer ?

Ils continuent de longer la King Street jusqu'à ce que la foule soit moins dense. Saint-Alphonse s'arrête alors, se tourne vers elle et doit faire un effort pour ne pas éclater de rire encore une fois.

– Ma chère Lili, soupire-t-il, tu es adorable. Tu as attendu avec moi pendant une heure en croyant que j'avais du courrier, alors que moi, j'attendais avec toi pour que tu ailles chercher le tien.

– Tu veux dire que…

– … que personne ne sait que je suis ici, moi non plus.

Cette fois, c'est à Liliane de rire. Il attendait pour elle. Quelle délicate attention ! Et elle qui attendait pour lui ! Elle se rappelle leur conversation de l'hiver, puis les paroles de Dolly. Saint-Alphonse a quitté le Québec depuis si longtemps qu'il est normal qu'on l'ait perdu de vue.

– Qu'est-ce qu'on fait, dans ce cas ? demande-t-elle en jetant un regard amusé en direction de la foule qui continue de se densifier.

Saint-Alphonse jette un œil autour de lui puis, désignant la montagne et sa tache de sable, il lance :

– As-tu envie d'admirer le paysage ?

Devant l'air perplexe de Liliane, il précise :

– De là-haut, on voit à des milles à la ronde.

Liliane se tourne vers le Dôme qui domine la ville et essaie d'évaluer les difficultés et la durée de l'ascension.

– Est-ce qu'il y a un sentier ?

Saint-Alphonse hoche la tête et, lui prenant la main de nouveau, il se dirige vers le bout de la King Street. De toute évidence, ce n'est pas la première fois qu'il se rend au sommet.

*

Le cercle polaire. Liliane l'a imaginé bien davantage qu'elle ne l'a aperçu lors de son arrivée à Dawson l'automne précédent. Une mince rangée de blanc qui se superposait à d'autres rangées de blanc. Il fallait, en effet, beaucoup d'imagination pour y distinguer autre chose que des nuages. Aujourd'hui cependant, debout au sommet du Dôme, elle laisse les images la pénétrer de leur beauté, fascinée de voir aussi loin. Au nord se dessinent plusieurs lignes de crêtes, parfois rocheuses, parfois enneigées.

– C'est le pôle Nord, là-bas ? demande-t-elle à Saint-Alphonse, en pointant un doigt vers l'horizon.

L'homme regarde au loin.

– Non, dit-il. On ne voit pas le pôle d'ici. Ce que tu aperçois, c'est le prolongement des montagnes Rocheuses jusqu'à l'océan Arctique.

Liliane détaille les montagnes qui s'étirent, disparaissant de temps en temps sous un voile brumeux. À l'ouest et à l'est se déroulent à perte de vue les monts arrondis et familiers. Un paysage sauvage, couvert de sapins et de mousse. Au sud toutefois, la civilisation prend sa revanche. Au pied du Dôme, Dawson s'étale, longeant la rive est du fleuve, puis la rive nord du delta de la rivière Klondike. En face se dresse Klondike City, qu'on appelle souvent Lousetown. La ville des poux. Ou des pouilleux, comme ironise parfois Big Alex. Des milliers de pauvres bougres réfugiés dans une tente ou sous un bateau renversé. Certains sont allés jusqu'à munir leur embarcation d'un toit, et ces logis flottants bordent la grève sur près d'un mille en amont. Au-delà de cette triste ville, les eaux vertes du fleuve Yukon s'étirent, zigzaguant entre les îles pour disparaître derrière une deuxième rangée de collines.

– C'est magnifique ! s'exclame Liliane, éblouie tant par le paysage que par la lumière du soleil qui se réfléchit sur le fleuve.

– Je savais que ça te plairait.

La voix de Saint-Alphonse est toute proche et Liliane n'ose se retourner. Elle sent son souffle dans son cou lorsqu'il ajoute :

– Et là, c'est la vallée du Bonanza. On la devine à ses collines déboisées.

Il a levé un bras vers la gauche et désigne un point particulier à l'horizon. Pendant un long moment, Liliane demeure immobile. Elle est si près du torse de Saint-Alphonse qu'elle en perçoit la chaleur. Lentement, le soleil descend à l'ouest, jusqu'à toucher le sommet des montagnes. Soudain, Saint-Alphonse regarde sa montre et se penche à l'oreille de Liliane.

– Bonne Saint-Jean-Baptiste, dit-il doucement, avant de lui déposer un baiser dans le cou.

Liliane frémit. Il est minuit, déjà. Tout en bas, la musique s'élève des *dance halls*. La fête donnée en l'honneur de Constantine ne fait que commencer.

*

Ils n'en ont même pas discuté. Saint-Alphonse voulait éviter de nuire à la réputation que Liliane s'efforce de reconstruire et Liliane doutait de pouvoir résister à l'appel de son corps maintenant qu'elle y a goûté. En conséquence, elle s'est allongée seule dans sa chambre et, depuis un moment déjà, elle fixe le plafond strié de rayons de lumière.

Dehors, la ville grouille toujours d'activité. Partout, on joue, on chante, on danse. Dans les maisons de Paradise Alley ainsi que dans plusieurs hôtels, on fait l'amour, le plus souvent contre rémunération. Même s'ils dorment à moins de dix pieds l'un de l'autre, Liliane et Saint-Alphonse sont séparés par une cloison. Ils ont choisi une nuit chaste, réapprenant à se connaître, respectant la coutume comme s'ils vivaient encore au Québec.

*

Juin égraine ses jours à la vitesse de l'éclair. Après le départ de Constantine, le 24, Liliane revient à Grand Forks avec un lot de savons et de provisions achetés au rabais à trois Anglais qui retournaient chez eux. Dès ce soir-là, elle reprend ses tâches au Lili's Café, Hotel, Baths and Laundry. La tension s'est dissipée entre elle et Saint-Alphonse. Les jours suivants, lorsqu'il vient prendre un repas ou un bain dans son établissement, elle le voit arriver avec bonheur. L'émotion perdure longtemps après qu'il est reparti sur son *claim*, surtout quand il lui apporte sa lessive. En effet, Liliane a la surprise de découvrir, en retirant les vêtements du chaudron, trois fois plus de poudre d'or qu'à l'habitude. La première fois, elle a promptement récupéré et caché cette petite fortune avant de retourner à ses occupations. Cependant, lorsque la chose se reproduit quelques jours plus tard, elle fixe le fond du chaudron, perplexe. Soit Saint-Alphonse travaille plus longtemps que les autres dans sa mine, soit il y trouve davantage d'or. Ou peut-être fait-il simplement exprès de *salir* davantage ses pantalons.

Le commerce prospère et Liliane s'enrichit comme elle le désirait. Big Alex, même s'il continue de prodiguer ses largesses, s'avère un associé intelligent et compétent. Puis, au matin du 1er juillet, alors qu'ils déjeunent tranquillement dans la salle à manger, Big Alex la surprend en lui demandant de se rendre à Skagway à sa place.

– J'avais prévu y aller moi-même, explique-t-il après avoir avalé d'un trait sa tasse de café, mais vous connaissez le proverbe : quand le chat n'est pas là, les souris dansent. Depuis quelque temps, il suffit que je m'absente un jour pour que mes employés en profitent. Ils se reposent plus souvent, ils fument plus longtemps et se permettent toutes sortes de libertés.

Sur le coup, Liliane se demande s'il parle d'elle. L'aurait-il aperçue en train de vider son chaudron d'eau savonneuse pour y récupérer la poudre d'or ? Impossible puisqu'il ne met jamais les pieds dans la cuisine. Et puis elle n'est pas son employée. Jamais Big Alex n'oserait parler d'elle en ces termes, car en tant qu'associée, Liliane peut décider de son emploi du temps. Et ce matin, justement, elle décide de refuser de faire le voyage qu'il cherche à lui imposer.

– Il me faudrait au moins deux semaines pour me rendre à Skagway. Vous savez que je ne peux pas partir aussi longtemps. Qui cuisinerait si je n'étais pas là ? Qui nettoierait les chambres ? Qui... ?

Big Alex l'interrompt sur un ton paternel :

– Ne vous inquiétez pas. Joe et moi, on va s'arranger.

Liliane sait que Joe est un piètre cuisinier. Quant à imaginer Big Alex s'occupant de la lessive... Ce serait tout simplement catastrophique s'il découvrait son secret.

– Joe ne sait même pas préparer la soupe, lance-t-elle en espérant que cette déclaration, qui est la stricte vérité, suffise à dissuader Big Alex d'insister.

L'argument ne provoque qu'un faible rire. Liliane aime de moins en moins la tournure que prend cette conversation. Si elle le pouvait, elle y mettrait un terme immédiatement. Soudain, sans un mot, Big Alex quitte la table et se rend dans la cuisine. Il en revient avec une tasse de café fumant et une bouteille de whisky.

– Pour célébrer notre fête nationale, dit-il en versant un peu d'alcool dans la tasse de Liliane.

– Il est un peu tôt pour ça, vous ne trouvez pas ?

– Il doit bien être midi en Nouvelle-Écosse. C'est une heure raisonnable pour commencer à fêter.

Il lui fait un clin d'œil, avale une gorgée à même la bouteille et reprend la discussion là où ils l'avaient laissée :

– Je m'occuperai de la soupe. Croyez que si je pouvais m'éloigner de mes concessions pendant quelques semaines, j'irais moi-même à Skagway.

Liliane hésite à répondre, se demandant si Big Alex essaie de la berner ou s'il lui demande sincèrement son aide. Pendant qu'il continue de boire, alternant entre son café et la bouteille, elle se met à l'étudier avec davantage d'intérêt. Il est large, fort, solide, avec des doigts épais, des paumes énormes et capables de vous arracher la tête d'un seul coup de patte. Un homme de cette trempe peut-il vraiment avoir besoin d'elle ?

Indifférent au regard scrutateur de Liliane, Big Alex fixe le lointain, plongé dans ses pensées. Liliane ose croire qu'il cherche une autre personne pour accomplir le voyage. Revenant donc à ses habitudes, elle se concentre sur la planification des repas. Elle vient à peine de commencer une liste de tâches à effectuer que Big Alex coupe court à sa réflexion :

– En partant ce matin, vous devriez arriver à Skagway le 7 ou le 8. Environ en même temps que la marchandise.

Liliane est surprise par l'insistance de Big Alex, mais elle s'étonne davantage d'entendre parler de marchandises.

– Qu'est-ce que je devrais aller chercher à Skagway ? interroge-t-elle, une note d'inquiétude dans la voix.

– Tout ce que Baxter m'a expédié depuis San Francisco, voyons !

– San Francisco ?

Liliane fixe son associé, bouche bée, et un long frisson lui parcourt l'échine. Sans rien laisser paraître, elle additionne et soustrait mentalement, et la conclusion est sans équivoque : depuis la fonte des glaces, personne n'a eu le temps de se rendre à Seattle et d'en revenir. Encore moins de descendre jusqu'à San Francisco. Big Alex aurait-il planifié ce voyage depuis plus longtemps qu'elle le croit ?

– Les caisses devraient arriver à Skagway le 10 ou le 11, d'après ce que dit la lettre de Baxter. En prenant un bateau, vous y serez juste à temps.

– Un bateau ? Quel bateau ?

– Le *SS Merwin*. Il est arrivé à Dawson hier et part demain matin pour approvisionner le nouveau village de White Horse. À partir de là, vous remonterez le canyon et prendrez un des vapeurs qui font la navette entre Canyon City et Bennett.

Liliane le regarde, ahurie. Depuis quand Big Alex a-t-il prévu ce voyage ? Pour être à ce point informé sur les allées et venues des bateaux à aubes qui sillonnent le Yukon et les lacs, il faut qu'il y songe depuis un bout de temps. Cette longueur d'avance dans les intentions de Big Alex a de quoi inquiéter Liliane. Le malaise est sans doute visible sur son visage, car l'homme poursuit sur un ton rassurant :

– Ne vous en faites pas ; tout est organisé. J'ai embauché deux hommes pour vous servir d'escorte.

– Une escorte ?

– Vous ne pensiez tout de même pas que je vous enverrais seule dans la gueule du loup ? Skagway est un nid de bandits. Vous n'y survivriez pas vingt-quatre heures. Si moi j'ai besoin de vous et de votre intégrité, vous, vous aurez besoin d'hommes de confiance capables de manier le fusil.

– Un fusil ?

Un mélange de surprise et de crainte a teinté étrangement cette question. Big Alex lève les yeux vers elle, exaspéré.

– Allez-vous répéter chacune de mes phrases, ou bien allez-vous monter faire vos bagages ? Mes gars ont préparé tout ce qu'il faut pour une dizaine de jours. Vous vous réapprovisionnerez à Skagway pour le retour. Vous ne devrez à aucun moment puiser dans les denrées que Baxter m'a expédiées.

– Quand donc avez-vous passé cette commande? s'enquiert enfin Liliane, consciente tout à coup que le contrôle de l'auberge lui échappe complètement.

– Baxter a quitté Dawson le 7 mai avec son attelage. D'après ce qu'il me dit dans sa lettre...

Liliane n'écoute plus, fortement ébranlée par ce qu'elle vient de découvrir. Le 7 mai, Big Alex et elle venaient tout juste de conclure leur entente. C'est donc dire que le ratoureux *Klondike King* prenait déjà les devants en commandant de l'extérieur. L'idée de s'absenter paraît à Liliane plus dangereuse que jamais. Qui sait combien d'autres arrangements Big Alex a pris sans lui en parler? Elle sent alors un urgent besoin de lui tenir tête. C'est une question de survie.

– Les deux hommes que vous avez embauchés peuvent facilement se rendre à Skagway sans moi, dit-elle. Tout le monde connaît le chemin.

Big Alex hoche la tête, affichant lui aussi un air déterminé.

– C'est vrai. Tout le monde connaît le chemin. Mais je vous l'ai dit: j'ai besoin d'une personne de confiance. Je ne voudrais pas qu'une partie des marchandises soit *détournée*.

Détournée? Ce mot fait naître mille scénarios dans l'esprit de Liliane. Que pourrait-on détourner? Les provisions ne manquent plus depuis l'arrivée de la horde de *cheechakos*. À moins que...

– Que contient cette cargaison? demande-t-elle, aussi intriguée que tendue. Et qui aurait intérêt à la détourner?

– Les hommes de Soapy Smith, évidemment! Vous savez bien que ce bandit essaie de mettre la main sur tout ce qui traverse Skagway.

Voilà un aveu que Liliane ne laisse pas passer.

– Je n'ai jamais rencontré Mr. Smith, mais s'il est aussi dangereux que vous le dites, vous devriez aller vous-même à Skagway surveiller votre commande.

– Avez-vous écouté ce que je vous ai dit ? J'ai trop d'employés et trop de choses à surveiller. Je ne peux PAS quitter mes *claims*.

Les dents serrées, Liliane se retient de lui dire qu'elle ne peut PAS, elle non plus, quitter son restaurant. Une telle affirmation serait beaucoup trop dangereuse. Elle pourrait semer un doute dans l'esprit de Big Alex qui pourrait commencer à poser des questions auxquelles Liliane n'a pas du tout envie de répondre.

– Je vous confie cette mission parce que je sais que vous êtes capable de nous éviter des pertes. Ça ne vous prendra pas longtemps : deux semaines, au maximum trois. Et puis votre ascension devrait s'avérer plus facile que la première fois puisque la route entre Skagway et Lac Bennett est désormais carrossable. Si le train était en fonction, je vous aurais réservé un wagon, mais la voie ferrée n'atteint pas encore White Pass City.

– Vous êtes au courant de beaucoup de choses pour un mineur, souffle Liliane en se renfrognant, bien appuyée sur le dossier de sa chaise.

– Je ne suis pas seulement un mineur ! lance Big Alex un peu insulté.

Puis il sort alors de sa poche une lettre manuscrite qu'il déplie et lui place sous les yeux.

– Tenez, lisez. Vous verrez pourquoi j'ai tant besoin de vous.

D'un geste contrarié, Liliane s'empare de la feuille. Elle en commence la lecture pendant que Big Alex continue ses explications :

– Au verso, vous trouverez la liste de tous les achats effectués par Baxter à San Francisco. Vous devrez en faire l'inventaire avant de signer le bordereau de réception dans le port de Skagway. On n'est jamais trop prudent avec ces amateurs qui se sont improvisés armateurs.

Encore une fois, Liliane a cessé de l'écouter. Elle a retourné la lettre et parcourt la liste en question, plus surprise que jamais.

– Comme vous le voyez, conclut Big Alex lorsqu'elle lui rend le précieux document, il ne s'agit pas de bacon ni de bœuf salé. Vous comprenez que si je veux qu'elles arrivent jusqu'ici, il est indispensable que ces marchandises demeurent sous haute surveillance. Alors, je vous les confie. Je sais que je peux compter sur vous pour que nos investissements ne perdent pas de leur valeur.

Ces derniers mots rappellent à Liliane les conditions de leur entente et leur position respective dans cette entente. La voilà vaincue davantage par cette reconnaissance qu'elle éprouve à son égard que par le poids des arguments qu'il a mis une heure à lui exposer. Elle ne le savait pas, mais depuis le début, elle n'était pas en position de négocier.

Chapitre V

La vie au Klondike prend des allures de rêve pour Rosalie. Il ne se passe pas un jour sans qu'elle soit fascinée par Dawson. La ville n'a pas deux ans et pourtant, on compte déjà deux banques, cinq églises et un service de téléphone. Le Yukon Telegraph Company relie le centre de Dawson à Lousetown, sur l'autre rive de la Klondike. Certes, les deux points ne sont pas très éloignés l'un de l'autre, mais, comme aime le répéter Big Alex McDonald, le principal actionnaire de la compagnie, ce ne sont pas les distances qui comptent, mais l'efficacité. Le service a d'ailleurs fait ses preuves, à un point tel qu'on prévoit l'étendre très bientôt. C'est du moins ce que prétend Big Alex McDonald.

En ce vendredi après-midi, le célèbre mineur descend justement la King Street, quelques pas devant Rosalie. Elle l'a tout de suite reconnu à son gabarit; il dépasse tout le monde d'une tête. Elle l'a aussi déjà aperçu dans une des loges du Tivoli. Toujours bien mis et entouré de nombreuses jeunes femmes, Big Alex ne sait que faire de son argent, à ce qu'on dit. Il investit partout, achète la moindre parcelle de terrain à vendre et, de cette manière, il élargit son empire, comme il aime le proclamer haut et fort. Rosalie le suit distraitement des yeux, admirant sur son chemin les fausses façades des saloons, la marchandise étalée devant les magasins, les menus affichés à l'entrée des restaurants. Dehors comme dedans, les hommes s'entassent pour fumer, pour discuter, pour regarder le temps passer. Leurs visages moroses tranchent avec l'effervescence qui règne le soir venu. On dirait qu'ils s'ennuient. Ils sont pourtant près de quarante mille à flâner en ville. On aurait pu croire qu'autant d'hommes sauraient se distraire entre eux.

Rosalie dépasse le bureau de poste lorsqu'une voix d'enfant attire son attention. Il lui faut quelques secondes pour repérer le garçon au milieu des adultes en mackinaw. Elle l'aperçoit enfin, sur le coin de la rue, brandissant un journal à bout de bras.

– *The Nugget!* crie le gamin à casquette. *The dear little Nugget!*

Cette image lui rappelle Portland et Seattle. Elle lui rappelle aussi la civilisation à laquelle Dawson n'a plus rien à envier depuis qu'elle compte deux journaux quotidiens : le *Yukon Midnight Sun* et le *Klondike Nugget*. Chaque jour, les exemplaires, vendus cinquante cents chacun, disparaissent aussitôt imprimés. Les flâneurs ont faim de nouvelles.

En ce 1er juillet, les préparatifs pour fêter la Confédération s'avèrent modestes. L'Union Jack flotte dans la brise, entouré d'une multitude de bannières étoilées. Rosalie espère que les hommes viendront en grand nombre ce soir au Tivoli pour célébrer la fête nationale des Canadiens. Ce n'est pas pour rien qu'elle s'est fait faire une robe neuve. Une robe blanche à froufrous. Une robe dont la tournure et les plis au dos accentuent sa chute de reins. Des manches de mousseline diaphane, de la dentelle, de la soie, tout ce qu'il y a de plus élégant. Si Anna DeGraf, la couturière, tient promesse, la robe sera prête quand Rosalie arrivera à son atelier pour les derniers ajustements. Et ce soir, on la proclamera la reine de la scène. Elle n'en doute même pas.

*

On a tamisé les lumières dans le théâtre Tivoli, et les spectateurs, tous des hommes, chahutent depuis un moment. Rosalie les entend et s'en amuse, tout en demeurant invisible et immobile derrière le rideau. L'agitation la grise, mais son visage garde un air crispé. Ce soir, pour la première fois, c'est elle qui va présenter la pièce. Seule sur scène, elle va affronter les spectateurs, qui manifestent maintenant leur impatience à coup de « C'est l'heure, Mulligan ! ».

Arthur se tient un peu en retrait, fringant dans son costume de Soapy Smith. Son regard glisse sur Rosalie comme une caresse. Elle frissonne. Elle sait qu'elle l'a troublé en enfilant sa nouvelle robe. Ainsi découpé, son corps n'est que courbes pleines. Ses mains moites menacent à tout moment d'échapper l'ombrelle et Rosalie les essuie sur sa jupe avant d'en effacer les plis.

Sous le rideau filtre une lueur suffisante pour lui permettre de suivre les mouvements de John Mulligan lorsqu'il s'avance enfin sur scène. Ses bottes claquent et font vibrer les planches. Le silence s'abat d'un coup et la tension monte, tant dans la salle que derrière le rideau. Rosalie sent son corps se raidir lorsque la voix de Mulligan étouffe les derniers murmures :

– Bonsoir, messieurs! Bienvenue au Tivoli!

Une vague d'applaudissements s'élève du parterre, suivie de sifflements et de claquements de talons sur le plancher. Mulligan demande le calme et poursuit:

– J'ai l'honneur et le grand plaisir de vous présenter ce soir un tout nouveau spectacle. L'actrice, vous l'avez déjà vue à l'œuvre depuis quelques semaines. Vous savez de quoi elle est capable.

Les sifflements s'intensifient et, du balcon, provient un grondement sourd. On frappe sur les garde-corps. Ce remue-ménage enfle jusqu'à devenir une clameur assourdissante.

– Cesse tes explications, Mulligan, crie un homme au parterre, et laisse-nous en juger par nous-mêmes!

– Ouais, ça suffit, Mulligan! ajoute quelqu'un d'autre. Du vent!

Ainsi naît un mouvement de protestation qui gagne rapidement en vigueur. Bon joueur, Mulligan accepte de se retirer.

– D'accord, les gars, lance-t-il en faisant mine de s'éloigner, je m'en vais.

Puis, avant de disparaître, il se tourne vers l'assistance et s'écrie:

– Mais avant, permettez-moi de vous présenter *Les extraordinaires aventures de Lili Klondike*!

Sa voix, bien modulée, a appuyé sur les deux derniers mots, ce qui a provoqué l'excitation de la foule. On applaudit, on crie, on siffle. Lentement, le rideau se lève. Sur la scène, la lumière grandit, dévoilant d'abord les pieds de Rosalie, puis le reste de son corps serré dans la plus belle robe qu'elle a jamais portée. Une robe immaculée, presque brillante dans la salle sombre et surchauffée.

Une robe qui se découpe sur le décor de bois où on a dessiné une rue de Skagway. Les cris et les sifflements se poursuivent. Rosalie incline la tête pour saluer ses admirateurs, faisant osciller gracieusement la plume de son chapeau.

– *Hello, boys!* lance-t-elle avec son accent français qui suscite d'autres éclats de joie. L'un d'entre vous aurait-il l'obligeance de téléphoner au quartier général de la Police montée ? J'aimerais qu'on me rapporte mon pistolet.

Le tapage se transforme en franche rigolade. Satisfaite de la réaction de son public, Rosalie poursuit dans cette voie :

– J'avais donné rendez-vous à huit heures au surintendant Steele. Il a dû oublier.

Encore une fois, les éclats de rire fusent dans la salle. Évidemment, on se souvient encore de l'apparition du surintendant Steele au Tivoli la semaine précédente. Ceux qui n'y étaient pas en ont entendu parler. Tout le monde, donc, est au courant de l'histoire et Rosalie esquisse un sourire complice.

– Vous savez, Constantine avait promis de venir faire son tour ce soir.

Des hommes protestent, d'autres approuvent, mais tous produisent encore beaucoup de bruit. Pour vérifier l'ampleur du contrôle qu'elle peut exercer sur la foule, Rosalie lève la main dans un geste discret. Le silence revient aussitôt.

– Je lui avais réservé un BEAU rôle, poursuit-elle en laissant ses admirateurs imaginer un sous-entendu grivois.

Dans la salle, on chahute de plus belle. Rosalie esquisse une moue narquoise.

– Il a préféré prendre le bateau, lance-t-elle lorsque le vacarme diminue.

Sa voix dénote une fausse déception, et les spectateurs entrent dans le jeu. Elle ajoute :

– Il a répondu qu'il aimait mieux la chaleur du Sud.

Avec 70 °F à l'extérieur, on étouffe dans le Tivoli. La blague fait donc sensation et, tant au parterre qu'au balcon ou dans les loges, on produit un tapage d'enfer. Rosalie ne s'attendait pas à un tel succès. Sa vue s'embrouille et elle rit avec les hommes, oubliant la tension, la sueur et toutes ses peurs. Elle joue avec son ombrelle et distribue quelques clins d'œil avant de lancer, taquine :

– Il va falloir vous montrer plus disciplinés si vous voulez voir la pièce.

Ces mots ramènent le calme, mais les sourires ne s'effacent pas. L'acte I peut commencer.

*

La pièce s'avère un succès. Les soirs suivants, les spectateurs expulsent Mulligan dès son entrée en scène et crient les répliques en même temps qu'Arthur. Si bien qu'au quatrième soir, à minuit moins quart, lorsque le rideau retombe devant Rosalie, la jeune femme exulte. Son bonheur est immense. Elle rayonne, le sourire fendu jusqu'aux oreilles pendant qu'on lui sert une véritable ovation. Son énergie se communique à Arthur qui exécute quelques pas de danse avec elle sous les regards envieux. Puis, leurs mains se rejoignent et, s'inclinant bien bas, ils saluent leur public. Dans la salle, on en redemande, et le soupçon de contrariété qui apparaît sur le visage d'Arthur est dû uniquement à la jalousie. Rosalie le devine, c'est pourquoi, lorsqu'elle se redresse après un troisième salut, elle ouvre les bras en direction de son compagnon.

– M. Arthur Hicks! s'écrie-t-elle, assez fort pour couvrir le vacarme.

Mais la foule ignore ce collègue masculin. Elle n'en a que pour la fille, avec sa robe élégante et ses manières amènes. Sur le coup, Arthur semble déçu. Il se ressaisit toutefois et, soulevant Rosalie dans un geste chevaleresque, il l'emmène en bas de la scène. Avec beaucoup de grâce, il la dépose sur le plancher de danse et, au son de la valse qui commence, l'entraîne dans un tour de piste.

Les hommes ont reculé et se sont massés le long des murs. Quelques-uns se sont trouvé une partenaire et, avec elle, ils viennent rejoindre Arthur et Rosalie qui dansent toujours. Rosalie valse mais ne manque rien des regards de convoitise qu'on jette dans sa direction. Elle aperçoit, près du bar, John Mulligan qui discute avec Joe Cooper, le propriétaire. Tous deux la suivent des yeux. Soudain, Cooper vient se placer en bordure de la piste et lorsque Rosalie arrive devant lui, il étire le bras pour taper sur l'épaule d'Arthur. Ce dernier lui cède sa place sans qu'aucune parole ne soit nécessaire.

– L'emploi vous plaît-il, Miss? demande Cooper en l'entraînant avec vigueur.

Cooper n'est pas très grand, mais assez costaud. Une fine moustache, cirée aux extrémités, suit les mouvements de sa lèvre supérieure, laquelle s'étire maintenant en un large sourire.

– Ça me plaît beaucoup, souffle Rosalie. Le spectacle est un succès.

– VOUS êtes un succès, Miss Mulligan a eu l'idée du siècle en vous surnommant Lili Klondike.

Rosalie acquiesce, mais sa bonne humeur s'efface lorsqu'elle aperçoit, le long du mur, le visage sévère d'Arthur. Il garde ses mains enfoncées dans ses poches et ses yeux, plissés et accusateurs, ont l'effet d'une douche froide.

– Vous savez, poursuit Cooper, l'an dernier, nous avions à Dawson une cuisinière qui portait le même nom.

– Une cuisinière ? demande Rosalie, réellement surprise. Je suis moi-même cuisinière.

– Quelle coïncidence ! s'exclame Cooper. En fait, plus je vous regarde, plus je trouve que vous lui ressemblez. Même visage rond, même chevelure brune, même taille aussi, ou à peu près.

Il rit, comme s'il venait de faire une blague, mais Rosalie ne comprend pas ce qui l'amuse.

– Dans le fond, conclut-il en désignant les autres femmes appuyées sur le bar, vous vous ressemblez toutes un peu.

Rosalie a suivi son regard, mais ne se reconnaît rien de commun avec les autres. Où diable voit-il une ressemblance ? Même si elle avait voulu s'indigner, elle n'en aurait pas eu le temps, car Cooper poursuit sur le même ton badin :

– Vous savez, je ne l'ai rencontrée qu'une fois ou deux, cette Lili Klondike. Elle travaillait pour Ash, au Sourdough's Café. Elle ne sortait pas souvent, si vous voyez ce que je veux dire.

Il jette à Rosalie un regard chargé de sous-entendus. La Lili Klondike dont il parle ne fréquentait pas les saloons.

– C'était donc une *honnête femme*, suggère-t-elle avec un sourire taquin.

Le visage de Cooper devient soudain grave, comme si un souvenir triste venait de refaire surface.

– Ouais, une *honnête femme*, répète-t-il en poussant un long soupir. En tout cas, elle l'était avant l'incendie de la Front Street.

Cooper dévisage longuement Rosalie avant de se pencher vers elle, comme s'il voulait lui confier un secret.

– J'ai une proposition à vous faire, dit-il à voix très basse.

À voir le regard intéressé du patron, Rosalie devine la proposition en question. Elle devine aussi qu'il se trame dans la tête de Cooper des idées semblables à celles qu'a eues Soapy Smith l'hiver dernier. Rosalie le laisse néanmoins s'exprimer, bien décidée à repousser son offre.

– Je suis prêt à vous donner le double du salaire des autres filles si vous acceptez de travailler au *dance hall* après votre spectacle. Je suis certain que les gars paieraient deux fois plus cher pour danser avec vous. En plus, je vous donne cinquante pour cent des profits sur l'alcool consommé en votre compagnie. Vous pourriez facilement empocher cinquante dollars par soir.

En entendant ce montant, Rosalie arrondit les yeux. C'est son salaire hebdomadaire qu'elle toucherait en une soirée ! Autant d'argent ne peut que la troubler et, pendant qu'elle réfléchit, elle sent la main de Cooper affermir sa prise contre sa taille. Une fraction de seconde plus tard, il la fait tourner, tourner et tourner encore. Il rit et Rosalie rit avec lui, se laissant étourdir, grisée par cette vie d'opulence qu'elle imagine déjà. Que ferait-elle avec cinquante dollars par soir ? Comment dépenseraitelle une si grosse somme ? Ses pensées deviennent confuses. Elle n'a qu'une image en tête : un amoncellement de poudre d'or d'une valeur de cinquante dollars. Jamais elle n'a gagné autant d'argent, même à Portland où elle travaillait pour des gens bien nantis. Cooper n'est pas aussi riche que Mr. et Mrs. Wright et, pourtant, il est prêt à lui verser un salaire exorbitant juste pour qu'elle valse avec les hommes. Pourquoi diable refuserait-elle ? Au nom de quel principe ? Il n'y a rien de mal à danser ni à boire du champagne en bonne compagnie. Pendant qu'elle tournoie, Rosalie jette un œil sur les autres filles qui tournoient elles aussi. Quelques-unes s'approchent du bar en compagnie de leur cavalier. On leur sert un verre, qu'elles acceptent volontiers. Elles ne paraissent pas malheureuses, ces filles en robes de soie et de dentelle.

Elle en est là dans ses pensées lorsque s'élève soudain un bruit de fusillade. Les danseurs s'immobilisent, saisis de stupeur, et les hommes s'éloignent du comptoir, inquiets. Il ne s'agit pas seulement d'un ou deux coups de feu, comme Rosalie en a entendu à Skagway, mais bien d'une pétarade qui se poursuit comme si les auteurs ne craignaient pas la police. Sans même se consulter, clients et employés se ruent vers l'extérieur, chacun ne voulant rien manquer de cette bagarre qu'on imagine déjà. Cooper abandonne Rosalie sur la piste et se fraie un chemin parmi les hommes qui s'entassent devant la porte. Pendant un moment, une grande confusion règne dans la salle. On va, on vient, on s'interroge. Dehors, les détonations, loin de se tarir, s'intensifient jusqu'à devenir assourdissantes. Lorsque le passage se dégage enfin, Rosalie en profite pour sortir à son tour. Elle aboutit dans une foule fébrile où se mêlent cris joyeux et rires extatiques. Partout, les hommes brandissent des armes à feu et tirent dans les airs. Rosalie distingue d'ailleurs autant de revolvers, de carabines que de fusils de chasse. Ceux qui bravent l'interdit sont si nombreux qu'on se demande ce qui les a retenus d'agir plus tôt. Au milieu du tumulte, la voix d'Arthur fait sursauter Rosalie.

– Il est minuit une minute, souffle-t-il tout près de son oreille, et on est le 4 juillet.

Rosalie éclate de rire devant son étourderie. Le 4 juillet, voilà qui justifie cette bruyante témérité. Comment a-t-elle pu oublier le jour de l'Indépendance? Elle vit pourtant entourée d'Américains depuis longtemps! Mais il faut dire, pour sa défense, que les célébrations de la fête nationale n'occasionnent généralement pas autant de tapage. Ce soir, c'est comme si les trois quarts de la population de Dawson avaient perdu l'esprit. Les hommes comme les chiens. Ces derniers, d'habitude si tranquilles, courent dans les rues, la queue entre les pattes. Lorsqu'une déflagration éclate soudain aussi fort qu'un coup de canon, les pauvres bêtes prennent peur et une centaine d'entre elles se jettent dans les eaux du Yukon en gémissant. Plusieurs ignorent même les appels répétés de leurs maîtres et pataugent jusqu'à l'autre rive. Rosalie les suit des yeux, amusée, alors qu'ils disparaissent dans la forêt, fuyant à tout jamais cette ville de fous.

Les détonations continuent et la Police montée n'est toujours pas intervenue. Dans les hôtels, à l'étage des chambres, des curieux ouvrent leur fenêtre. Quelques-uns sortent une arme et l'agitent bien haut avant de se joindre au concert. Heureusement, malgré cette heure tardive, la majorité des habitants de Dawson s'amusait encore dans les saloons, les restaurants, les théâtres et ailleurs. Ces réjouissances ont donc éveillé peu de monde.

Lorsque le bruit diminue, quelqu'un, quelque part, entonne le *Yankee Doodle*. Dans une chorale puissante et improvisée, Américains et Canadiens unissent leurs voix pour qu'enfle, au-dessus de la ville, le chant célèbre. Suivent le traditionnel *America* puis le *Star-Spangled Banner*. C'est seulement après que se soit éteinte la dernière note qu'hommes et femmes acceptent de reprendre leurs activités, grisés de patriotisme. Et les Canadiens, toujours plus tièdes dans l'expression de leurs sentiments, secouent la tête, médusés. Jamais ils n'auraient cru possible qu'on puisse tant aimer son pays.

*

– Je le savais ! s'exclame Arthur après que Rosalie lui a résumé sa conversation avec Cooper. J'espère que tu n'as pas accepté.

Assise sur un tabouret, devant une coiffeuse flambant neuve, Rosalie se brosse les cheveux avec nonchalance. Elle n'a revêtu qu'une chemise de nuit blanche qui laisse deviner la rondeur de ses épaules, de sa poitrine aussi, libre sous le fin coton.

– Et pourquoi pas ? demande-t-elle en fixant le reflet de son compagnon dans le miroir. Tu ne penses pas que des hommes seraient prêts à payer juste pour danser avec moi ?

Sur le coup, Arthur hausse les épaules, comme s'il ne prenait pas les propos de Rosalie au sérieux. Il va et vient dans la chambre, observant la robe de taffetas moirée étalée sur le lit, les jupons épars sur la chaise, les nouvelles chaussures alignées près de la porte. Rosalie devine ce qu'il pense. Cette chambre est la sienne, pas la leur, et il se sent étranger dans cet antre de féminité où il lui arrive de passer une heure, parfois deux. Impossible désormais d'ignorer que leur relation a changé depuis leur arrivée au Tivoli. Rosalie est acclamée, adulée, pas lui. Elle gagne beaucoup plus d'argent que lui et les moyens qu'elle prend pour s'enrichir ne lui sont pas accessibles. Est-ce cela qui l'enrage? Comme elle ne se départit pas de son regard dur, Arthur soupire et s'adosse à la porte.

– Ce n'est pas ce que j'ai dit, commence-t-il d'une voix plus douce. Tu es justement trop belle pour que les hommes ne pensent qu'à danser.

Rosalie n'en peut plus de ces doutes sur sa vertu. Son ton devient agressif:

– Insinuerais-tu encore que...

– Je n'insinue rien, Lili. Je dis simplement que si tu acceptes ce travail, rien n'empêchera Cooper de te proposer autre chose plus tard.

Même si Arthur demeure calme, Rosalie continue de le toiser par le biais du miroir.

– Il n'y a rien de mal à danser, lance-t-elle avec un soupçon de mépris.

– Non, pas à danser...

Rosalie soupire à son tour. Cette discussion lui donne l'impression de revivre une querelle avec Dennis-James et cela l'exaspère. Elle pose sa brosse, à bout de patience.

– Je joue la comédie sur scène et ensuite je danse. Il n'y a rien là-dedans qui soit déshonorant.

– Rien maintenant, mais...

– Ah, tu m'énerves avec ta manie d'imaginer le pire pour l'avenir ! Je n'ai pas l'intention de me vendre, si c'est ce qui t'inquiète. Mais je ne vais pas non plus écouter tous ceux qui veulent me dire comment diriger ma vie. Je ne supporte pas qu'on essaie de me contrôler, de m'empêcher d'avancer ou de m'enrichir. À Dawson, une fille qui refuse le saloon ou le théâtre arrive à peine à survivre. Tout coûte trop cher, tu le sais aussi bien que moi. Tu as vu dans quelle misère nous étions à Lousetown. Regarde-nous aujourd'hui ! De quoi as-tu à te plaindre ?

– Je ne me plains pas, je dis juste que tu vis dangereusement et que…

– Tu es jaloux, Arthur Hicks ! l'interrompt Rosalie sur le point d'exploser. Tu es jaloux parce que je vais être plus riche que toi.

Arthur proteste aussitôt :

– Je ne suis pas jaloux, Lili. Tu peux faire autant d'argent que tu veux, ça ne me concerne pas.

– De quoi as-tu peur, dans ce cas ?

Un peu déstabilisé par l'attaque de Rosalie, Arthur prend un moment avant de répondre.

– J'ai peur pour toi, souffle-t-il enfin, pour ta réputation, ton honneur.

– Tu veux dire que tu as peur que je couche avec quelqu'un d'autre que toi ? Quelqu'un de plus payant ?

Arthur écarquille les yeux, bouche bée. Exposée si crûment, cette idée saisit même Rosalie. Elle n'avait pourtant pas l'intention de l'agresser ainsi. Pourquoi ne comprend-il pas qu'elle ne se soumettra jamais aux diktats des autres ? Pourquoi ne peut-il l'accepter telle qu'elle est, respecter ses choix, ses valeurs, l'aimer sans contrainte ? Elle est tellement lasse de ce jeu de pouvoir.

– Je ne suis pas stupide, Arthur, dit-elle en s'efforçant de montrer plus de douceur. Je sais ce que je fais, alors ne t'inquiète pas pour moi. Personne, jamais, n'a réussi à m'imposer ce dont je ne voulais pas. Cooper ne sera pas le premier, je te le garantis.

En parlant, elle s'est levée et se dirige maintenant vers lui. Elle est consciente que les rayons du soleil découpent son corps sous la chemise de nuit et elle fait exprès de se placer en contre-jour. Arthur la regarde venir, un peu incrédule devant ce changement d'attitude. Non, elle ne lui obéira pas, mais elle ne le chassera pas non plus. Il ne dit rien et, lorsqu'elle se pend à son cou pour l'embrasser, ses bras l'enserrent. Elle sent ses grandes mains qui retroussent le léger vêtement, qui lui caressent les fesses. Elle-même laisse ses doigts descendre sur le torse solide, ouvrir la chemise, se perdre dans la toison rousse, puis descendre encore plus bas.

– Miss Lili ?

La voix de Mulligan retentit derrière la porte. Rosalie met un doigt sur les lèvres d'Arthur et répond :

– Je suis là, John, mais je ne suis pas présentable. Qu'y a-t-il ?

– Le père Judge voudrait te parler. Il t'attend dans le saloon.

Rosalie regarde Arthur, perplexe.

– Qui ? demande-t-elle en recommençant à déshabiller son amant.

– Le père Judge, le jésuite qui s'occupe de l'hôpital. Il veut vous voir, toi et Hicks. Il dit que c'est important.

Un quart d'heure plus tard, habillée et coiffée sommairement, Rosalie descend au bras d'Arthur. Elle traverse le théâtre et franchit la porte du saloon adjacent.

Mulligan disait vrai ; un homme en soutane les attend assis à une table près du mur.

– Je viens de la part de Maxence Picard, déclare d'emblée le religieux lorsqu'ils le rejoignent. Il est atteint de la fièvre typhoïde.

Rosalie sent ses mains devenir froides et ses jambes, si molles qu'il lui faut une chaise. Maxence malade. Qui aurait cru cela possible ? Il n'a même pas souffert d'un rhume de tout l'hiver.

– C'est grave ? interroge Arthur qui prend place devant le jésuite.

– Assez.

Une réponse aussi brève ne présage rien de bon. Spontanément, Arthur et Rosalie se proposent pour aller visiter leur ami.

– Vous pouvez venir si vous le désirez, commence le père Judge, mais je vous préviens : Maxence est plongé dans une étrange torpeur. Le plus souvent, il délire, mais dans ses rares moments de lucidité, il a demandé à voir ses cousins. Savez-vous où je pourrais les trouver ?

Rosalie et Arthur se regardent, mal à l'aise. Ils n'ont aucune idée de ce que sont devenus Eudes et Euclide depuis la scission de leur groupe, mais ils n'ont pas non plus envie d'exposer les démêlés de leur équipe.

– On n'a plus de nouvelles depuis des semaines, répond simplement Arthur sur un ton fataliste.

Le jésuite affiche un air pensif, comme s'il comprenait la situation sans que personne n'ait besoin de lui expliquer. De toute façon, partout dans la ville, on raconte la même histoire. Un peu avant d'arriver à Dawson, plusieurs équipes se sont séparées. Des hommes qui travaillaient pourtant ensemble depuis des mois. Ils étaient amis, cousins, frères. Ils avaient franchi la Chilkoot ou la White Pass à la sueur de leur front, se relayant et s'entraidant. Ils avaient ragé dans les *sawpits* tout l'hiver, avaient entrepris la descente du fleuve dans ce jour qui n'en finissait plus. Puis ils s'étaient querellés au point de se séparer à quelques milles en amont de Dawson. On raconte même qu'un groupe, incapable de s'entendre, a scié en deux son poêle de tôle. Depuis, une île a pris le nom de Split-Up Island, et un point de la rive est devenu Split-Up City. Une façon douce-amère de rire de soi.

Rosalie observe le visage émacié du père Judge. Chacun de ses traits exprime la compassion qu'il éprouve pour Maxence, mais pour les autres aussi. Pas une fois il n'a levé vers elle des yeux accusateurs. Il a probablement vu bien des femmes aboutir dans les saloons de Dawson. Il comprend sans doute la situation difficile dans laquelle se trouvent les plus démunies. Le coût de la vie, le faible ratio femme-homme et la tentation du luxe jouent un grand rôle dans le choix de métier exercé par les femmes du Klondike.

– Je dois retourner à l'hôpital, lance-t-il au bout d'un moment.

Il se lève et Rosalie le regarde s'éloigner vers la porte, perdu dans ses pensées. Il ouvre, mais avant de franchir le seuil, il se tourne de nouveau vers le couple qui, lui, n'a pas bougé.

– Si vous avez un peu de temps, pourriez-vous essayer de les retrouver ? Maxence ne verra probablement pas la fin de la semaine.

*

La journée du 5 juillet est consacrée aux recherches. Rosalie et Arthur entreprennent de questionner les gens dans l'espoir que quelqu'un saura où se trouvent Eudes et Euclide Picard. La tâche s'avère plus ardue que prévu. Les rues fourmillent de plusieurs milliers d'hommes désœuvrés, à la mine sombre et au menton couvert d'une barbe en broussaille, des chômeurs dont les vêtements sales et usés ont les teintes délavées des mackinaws. Comment reconnaître Eudes et Euclide dans une foule à ce point uniforme ? Même le fait qu'ils parlent français n'est d'aucune utilité tant les Canadiens français sont nombreux. On dit qu'ils forment cinq pour cent de la population. Rosalie n'a pas de difficulté à le croire, puisqu'elle interroge un grand nombre de francophones au cours de l'avant-midi.

Leur investigation basée sur la description des cousins Picard ne portant pas fruit, Rosalie et Arthur doivent se résoudre à parcourir la ville de long en large. Ainsi, à onze heures, pendant qu'Arthur sillonne le sud et l'est, Rosalie entreprend de patrouiller le nord, un secteur délimité par la Queen Street, le fleuve et le Dôme. Elle aborde les hommes, leur décrit de son mieux Eudes et Euclide et, obtenant une réponse négative, poursuit son chemin. Elle entre dans les saloons, fouille les salles enfumées, les restaurants, les hôtels. Tant qu'elle demeure près de l'eau, les rues sont bordées de maisons de planches, mais à mesure qu'elle s'éloigne, les bâtiments cèdent la place à des milliers de tentes blanches. Rosalie en trouve jusque loin dans la forêt. Elle erre entre les différents campements, s'adressant aux uns, étudiant les autres, en vain. À six heures, tandis qu'elle revient bredouille au Tivoli, elle voit arriver Arthur, l'air aussi déconfit.

– On ne réussira jamais, déclare-t-il en franchissant avec elle la porte du saloon.

D'un geste, il commande deux whiskys et entraîne Rosalie vers une table déserte. Autour d'eux, les hommes discutent, jouent aux cartes, prennent un coup. Quelques filles encouragent deux clients qui s'adonnent à une partie de bras de fer. L'entrée de Rosalie et de son compagnon passe inaperçue.

– Il y a trop de monde en ville, lance Arthur en s'affalant sur sa chaise. Si on ne s'était pas donné un point de rendez-vous, on ne se serait jamais retrouvés, toi et moi. Sans compter qu'Eudes et Euclide ont peut-être été embauchés sur une concession.

– On devrait retourner à Lousetown, suggère Rosalie. Pour vérifier.

– Vérifier ! Tu parles d'un mot inapproprié ! Comme s'il était possible de passer la population au peigne fin ! La foule est trop dense. Les camps s'étendent tout le long de la rivière Klondike. Il y en a même de l'autre côté du fleuve. Sans compter les gens qui restent sur leur bateau en attendant qu'il leur arrive je ne sais quoi.

– Dans ce cas, il faut faire preuve d'imagination.

Arthur se tourne vers elle comme si elle venait de dire une énormité. Puis il rit doucement, de ce petit rire qu'il émet parfois lorsqu'il est confus. Rosalie pose une main sur la sienne en secouant la tête.

– Homme de peu de foi ! lance-t-elle en esquissant son sourire le plus séduisant. Fais-moi confiance ; j'ai une idée.

Deux heures plus tard, alors que la foule se bouscule pour voir le spectacle du Tivoli, Rosalie prouve, encore une fois, qu'elle possède un don naturel pour la scène. Elle contrôle ses admirateurs, joue avec eux, les amène là où elle le désire. Elle leur fait dire ce qu'elle veut, les fait chanter, même, et eux se plient de bon cœur aux volontés de cette jolie fille qui se démène pour les amuser. La pièce se déroule comme de coutume, mais après la chute du rideau, juste avant de descendre sur la piste de danse, Rosalie s'adresse à son auditoire :

– Chers *cheechakos* et chers *sourdoughs*, j'ai besoin de votre aide.

Ces mots suscitent d'abord des commentaires grivois dans la salle. D'un geste de la main, Rosalie fait taire les mauvaises langues.

– Vous savez à quel point il est difficile de trouver quelqu'un dans Dawson, poursuit-elle. Je suis à la recherche de deux amis à moi. Deux hommes que j'aime beaucoup. À celui qui me les ramènera, je promets une soirée en ma compagnie.

Des acclamations, de nouvelles blagues, et Rosalie entreprend de décrire Eudes et Euclide. Puis, lorsque l'enthousiasme de ses admirateurs la satisfait, elle s'écrie :

– Le premier qui me ramène mes amis aura le droit de me payer une bouteille de champagne !

Elle a à peine terminé sa phrase que la foule se rue déjà vers la porte.

*

Depuis les inondations du printemps, l'hôpital Saint Mary's est plein à craquer. Lorsque Rosalie en franchit le seuil, au matin du 8 juillet, l'odeur d'excréments qui émane de la salle la prend à la gorge. D'instinct, elle enfouit son nez dans un mouchoir, puis elle se déplace entre les grabats. À côté d'elle, Arthur grimace à peine et ne fait aucun geste pour se soustraire aux effluves pestilentiels.

« Quel homme courageux ! » raille-t-elle intérieurement, admirant néanmoins le talent d'Arthur pour feindre l'indifférence.

Ils avancent lentement, contournant les tabourets abandonnés, les seaux remplis de liquides infects et les draps souillés jetés par terre. Sur les lits, des hommes râlent, d'autres vomissent sur leur couverture, d'autres encore semblent avoir perdu l'esprit. De partout s'élèvent des paroles indistinctes, des prières religieuses, des supplications. Rosalie aperçoit le père Judge qui s'active d'un patient à l'autre, s'occupant de tous avec le même dévouement et la même patience.

Eudes et Euclide sont là, penchés au-dessus d'un Maxence méconnaissable. Blême, maigre et trempé de sueur, il regarde ses cousins d'un œil vide. Craignant qu'il ne perçoive son dégoût, Rosalie range son mouchoir. Mais elle a beau respirer par la bouche, les relents semblent lui effleurer la langue et lui lèvent le cœur. Elle envie donc un peu ses compagnons qui ne paraissent pas le moins du monde incommodés.

Dire qu'elle croyait que les problèmes digestifs de Maxence étaient liés à leur forte consommation de pois, de fèves et de lard salé ! C'était plutôt la fièvre typhoïde qui le tourmentait déjà, le pauvre, alors qu'ils vivaient tous encore à Lousetown. D'après le père Judge, cette maladie naît de l'insalubrité des camps, des latrines qu'on creuse trop près du fleuve, de la rivière ou des autres sources d'eau potable. Dawson, avec sa population trop dense, avec son terrain inondable et fortement marécageux, s'est avéré le foyer parfait pour ce type de mal. Impossible cependant d'expliquer pourquoi Arthur et Rosalie ont été épargnés.

La visite dure une demi-heure. Une demi-heure durant laquelle les membres de l'ancienne équipe n'échangent pas une parole, pas un regard. Tous demeurent les yeux rivés sur Maxence dont la vie paraît suspendue à un fil. De temps en temps, une douleur le saisit au ventre, le forçant à se plier en deux. Parfois il vomit, parfois il souille son lit. Rosalie est soulagée lorsque le jésuite vient leur demander de quitter les lieux.

– Revenez demain, dit-il avant de les conduire vers la sortie.

Malgré leur promesse, aucun d'eux ne remet les pieds à l'hôpital ; Maxence meurt pendant la nuit.

*

Les cousins Picard disparaissent aussitôt le service religieux terminé. Ils n'assistent même pas à l'enterrement de Maxence. Sans un mot, ils quittent l'église pour retourner là où un admirateur de Rosalie les a découverts. Ce dernier, un homme perspicace, était revenu au Tivoli avec le résultat de sa recherche dès le lendemain de l'appel à tous lancé par Rosalie. Il racontait avoir reconnu les deux Canadiens français dans une fumerie d'opium. Sur le coup, Rosalie n'arrivait pas à le croire. Elle a dû toutefois se rendre à l'évidence quand Eudes et Euclide sont apparus au théâtre, déguenillés et léthargiques.

Deux jours plus tard, elle essaie toujours de comprendre ce qui a pu se produire pour que s'opère un tel changement chez ses amis. Ils ont vendu tous leurs biens et ne possèdent plus ni tente, ni poêle, ni couverture, ni même vêtements de rechange. Et le fruit de ces ventes est déjà dépensé. Impossible pour eux de retourner au Québec. Ils sont condamnés à errer à Dawson jusqu'à ce que mort s'ensuive, à moins de se reprendre en main et de se trouver un travail. Mais de travail il n'y a plus à Dawson. Même Arthur mesure sa chance au point de dire oui à tout ce que messieurs Cooper ou Mulligan lui demandent. Ce sont finalement les femmes qui, avec leurs talents et leur rareté, tirent le mieux leur épingle du jeu.

Voilà à quoi songe Rosalie en cette douce soirée de juillet. Dans moins d'une heure, elle montera sur les planches et offrira son spectacle, mais en attendant, elle poursuit sa promenade sur la Front Street. Elle observe les manœuvres d'accostage du *SS Healy*, le premier vapeur de l'extérieur à rejoindre Dawson par l'océan Pacifique. Dans le temps de le dire, des milliers d'hommes accourent au bureau de poste dans l'espoir qu'une lettre les y attend. Dans le port, les passagers descendent sur la passerelle, tout sourire. La foule les encercle dès qu'ils mettent le pied sur la terre ferme. Les questions fusent de tous les côtés. On veut des nouvelles fraîches de la guerre, du monde, de la vie en dehors. Rosalie demeure indifférente aux informations, souvent contradictoires, véhiculées par les nouveaux arrivants. Aujourd'hui est pour elle un jour de deuil. Elle se rend compte qu'elle n'attend plus rien de l'extérieur. Plus rien ni personne.

Chapitre VI

Ainsi que l'a annoncé le capitaine du *SS Flora*, au soir du 5 juillet, le quai, le chantier maritime et le village de Bennett apparaissent enfin. Liliane l'a remarqué, plus personne ne dit *au lac Bennett*, ni même *Lac Bennett*. La ville a pris le nom de *Bennett* tout court et la population y vaque à ses occupations quotidiennes comme dans n'importe quelle autre communauté. Il y a un an, quand Liliane a séjourné dans la région, on ne voyait encore aucun bâtiment, et les quelques commerçants sur place menaient leurs affaires sous la tente. Aujourd'hui s'élèvent partout des édifices de planches ou de rondins qui n'ont rien de commun avec le camp de jadis. Debout sur le pont, le vigilant Canuck à ses pieds, Liliane incline son chapeau pour se protéger des rayons du soleil qui réfléchissent sur le lac. Elle scrute le paysage avec intérêt, chassant de ses pensées les soucis liés aux provisions qu'elle s'en va chercher. Après tout, si Big Alex a commandé du caviar, des huîtres, des verres de cristal et plusieurs autres produits de luxe, il faut qu'il ait une idée en tête, un projet, un plan. Elle n'a pas d'autre choix que de se fier à lui. D'ailleurs, jusqu'ici, il ne l'a pas déçue, si ce n'est que les profits de leur commerce tardent à rentrer.

Liliane se permet donc d'admirer les transformations survenues à Bennett sans avoir l'impression de perdre son temps, sans inquiétude non plus, consciente de ne pouvoir, en ce moment, influencer les décisions de son associé.

La plupart des constructions sont solides, conçues pour résister à l'hiver. Ici et là gisent encore quelques toiles blanches, vestiges d'une époque révolue. Bennett offre plusieurs saloons et les entrepôts se comptent par dizaines. Sur le quai, devant le bureau d'une des compagnies maritimes, les débardeurs attendent qu'accoste le *SS Flora* pour s'occuper du fret. Le voyage tire à sa fin et, pourtant, Liliane a toujours l'impression de rêver.

Si elle n'avait constaté par elle-même à quel point tout le fleuve Yukon s'est transformé, elle ne l'aurait jamais cru. Il y a eu, deux jours plus tôt, White Horse, avec ses maisons, son chantier maritime, son église, ses hôtels, ses restaurants et son service de tramway tiré par des chevaux qui relie la ville naissante à Canyon City. Et que dire de Canyon City, avec ses hangars, ses saloons et ses hôtels ! On ne trouvait absolument rien à cet endroit il y a un an, lorsque Liliane a descendu le fleuve avec les frères Ashley. Leur bateau avait même tournoyé pendant des heures dans le bassin jouxtant le canyon dans l'attente de secours, car il n'y avait pas âme qui vive à des milles à la ronde.

Aujourd'hui, le haut Yukon lui apparaît civilisé. Si ce n'était de la langue, Liliane aurait l'impression de débarquer dans un village de campagne quelque part au Québec, et ce, après seulement six jours de voyage. Et quel voyage ! Repas cinq services, cabine privée, tout le confort auquel est en droit de s'attendre celui qui paie cent soixante-quinze dollars pour remonter cinq cents milles sur un fleuve mouvementé. Bien qu'il lui coûte un peu de laisser derrière elle tout ce luxe, Liliane met pied à terre avec plaisir, les oreilles un peu lasses du grondement incessant de la grande roue à aubes.

– Nous dormirons ici ce soir, lance-t-elle, un brin autoritaire, à l'intention de ses deux gardes du corps.

Les gardes du corps en question ne répliquent pas. La situation ne leur plaît sans doute pas beaucoup, mais aucun d'eux n'oserait le montrer. Joshua et Marvin Ashley savaient-ils, lorsque Big Alex les a embauchés, qu'ils seraient aux ordres d'une femme ? Aux ordres de Liliane, par-dessus le marché ? Parions que la pilule a été difficile à avaler, pour Joshua surtout, habitué qu'il était à ce qu'on lui obéisse au doigt et à l'œil. Il n'y a pas si longtemps, c'est lui qui commandait l'équipe, n'endurant pas un commentaire, renégociant les ententes à son gré, usant de menaces à peine voilées. Depuis le 1er juillet, les rôles sont inversés et Liliane prend un malin plaisir à lui donner des ordres. Big Alex paie grassement les deux colosses pour qu'ils lui servent d'escorte. Il y a donc peu de chances qu'ils lui faussent compagnie dans un accès de susceptibilité.

Les frères Ashley. Liliane trouve étrange d'utiliser ces mots sans inclure Percy dans le groupe. Même que, lorsque Joshua et Marvin se sont présentés au Lili's Café, Hotel, Baths and Laundry, elle a dû aller voir à l'extérieur pour vérifier si Percy ne faisait pas partie de l'expédition.

– Vous perdez votre temps, avait lancé Joshua en devinant qui elle cherchait. Mon frère travaille encore au 17 Eldorado.

Liliane avait ressenti un grand soulagement ; les choses seraient plus faciles sans Percy. La suite des événements lui a donné raison. Chacun a tout de suite compris à quoi il pouvait s'attendre des autres parce que l'entente était claire. Et ce soir, Liliane traverse le village de Bennett la tête haute. Elle ne se retourne même pas, certaine que les deux hommes la suivent de près. Leur loyauté est assurée par l'argent, la meilleure garantie qui soit.

L'hôtel que choisit Liliane se dresse au cœur du village. Il s'agit d'un bâtiment rectangulaire offrant un service de restauration au rez-de-chaussée et une dizaine de chambres à l'étage. Liliane se sent en terrain connu et, après avoir payé pour deux chambres, elle abandonne les frères Ashley au bar et grimpe l'escalier, son chien sur les talons. Elle verrouille la porte de sa chambre, s'allonge tout habillée et s'endort aussitôt. Ce soir, elle est en sécurité. Canuck s'est roulé en boule au pied du lit et les frères Ashley veillent juste en dessous.

*

Comme le soleil descend à peine sous la ligne d'horizon, le ciel demeure d'un bleu d'azur et la lumière éclaire pleinement la route de la White Pass, depuis longtemps balisée. La voie est large et des ponts solides enjambent les cours d'eau, de sorte qu'aucun obstacle ne ralentit la progression de Liliane et de ses compagnons. Ils s'arrêtent pour la nuit un peu avant la frontière, puis repartent dès le lendemain matin. Quelques milles après le village montagnard de White Pass City, Liliane ordonne une pause pour pique-niquer sur un espace dégagé à flanc de falaise. De là, on a une vue superbe de la rivière Skagway qui coule en contrebas.

– Si vous regardez vers l'est, annonce John Douglas Stewart, compagnon de route rencontré la veille, vous apercevrez la tête des employés du chemin de fer.

Liliane cherche l'endroit décrit et discerne, sous les frondaisons, une centaine d'ouvriers qui s'activent à élargir la piste. Impressionnée, elle reporte son attention sur Stewart. Comment un mineur peut-il être au courant de tant de choses alors qu'il vient à peine de quitter sa concession ?

– Tout le monde en parle dans le coin, explique-t-il. C'est une nouvelle compagnie ferroviaire qui a obtenu le contrat. La White Pass and Yukon Route.

Assis dans l'herbe, les jambes repliées, Stewart flotte dans son pantalon de laine, mais il semble étrangement à l'étroit dans sa veste de mackinaw aux manches trop courtes. Lorsqu'il marche, il avance d'un pas enjoué malgré ses grosses bottes de prospecteur.

– La compagnie a fait le pari de relier Skagway à Bennett avec son train, poursuit-il en avalant une bouchée de pain.

Liliane l'écoute en examinant la progression des travaux. En avant-plan, les ouvriers travaillent au pic, à la pelle et à la masse. Derrière eux, les rails s'étirent vers la côte en suivant le contour de la montagne.

– On dit qu'il ira jusqu'à White Horse, complète Joshua, fier de pouvoir participer enfin à la conversation.

Liliane s'amuse de son air satisfait. De toute évidence, Joshua n'apprécie pas les manières affables de Stewart. C'est pourtant lui qui a insisté pour que le mineur se joigne à leur groupe. Depuis, Stewart n'a pas cessé d'entretenir la discussion. Il parle, parle et parle encore, abordant tantôt le sujet de son *claim*, tantôt celui des douze livres de poudre d'or qu'il transporte sur lui.

– Ça vaut deux mille sept cents dollars, vous savez, lance-t-il, reprenant son sujet de conversation préféré là où il l'avait laissé avant l'apparition de la voie ferrée. De quoi repartir à neuf chez moi, à Nanaïmo. Ensuite, je vais me construire un château. Et ensuite, je vais embaucher des serviteurs. Et ensuite…

Ensuite, ce sont tous les projets de Stewart qui y passent et, même lorsque le groupe se remet en marche, rien ne peut l'arrêter. C'est la tête bourdonnante de ce verbiage incessant que Liliane atteint la côte ce soir-là. Cependant, rien de tout ce qu'elle a pu apercevoir depuis Dawson, aucune des améliorations apportées aux conditions de vie, aucune construction, aucun mode de transport, aussi luxueux soit-il, n'aurait pu la préparer à ce qu'elle allait vivre en entrant à Skagway.

L'activité, les enseignes des commerces, les chevaux, les boutiques, les restaurants, les hôtels, les banques, les théâtres, les bijouteries et même les églises semblent sortis d'un rêve fantasmagorique. On va et vient sur les trottoirs de bois ou dans la rue poussiéreuse et, même s'il est plus de neuf heures du soir, la ville s'active comme en plein jour. La musique s'élève de partout de même que les rires, les chants, les conversations. Ici, on vend une robe de soie, là, une montre suisse, ailleurs, un collier de perles, un habit en sergé de première qualité. On offre des repas de luxe, des chambres avec de véritables matelas. Force est de constater que Skagway a connu une effervescence plus forte encore que Dawson. Pour un peu, on se croirait à Montréal ou dans une autre grosse ville, avec toutes les commodités modernes, une ville tournée vers l'avenir, riche de ce XIXe siècle qui s'achève.

Liliane et ses compagnons longent la rue Broadway, un peu étourdis par autant d'agitation. Abandonnant Canuck sur le trottoir, ils s'engouffrent dans le premier restaurant venu et, affamés par un jour entier de marche, ils se commandent un repas copieux. Dans le temps de le dire, on leur sert des tomates, des oignons verts, des olives, une soupe de légumes frais, un poisson en sauce, un macaroni au gratin et, pour dessert, une tarte aux bleuets. Le tout accompagné de vin de Champagne, et ce, sans supplément. Jamais, même du temps où elle vivait chez son père, Liliane n'a mangé autant et de manière aussi variée. On peut dire que le Nord n'a plus rien à envier à la civilisation du Sud. En l'espace d'une année, des milliers d'investisseurs ont pris d'assaut la côte ouest de l'Alaska. Finie la famine. Désormais, c'est l'abondance.

Confortablement installés à une table, après ce repas digne de la famille royale, Liliane, Stewart et les frères Ashley sirotent leur café, jetant de temps en temps un œil curieux sur leurs voisins. Ici, un couple de New-Yorkais sur le point d'entreprendre la piste. Là, quelques bourgeois de Saint Louis rêvant d'une concession aux environs de Dawson. Si Liliane en avait l'audace, elle leur dirait qu'ils se leurrent, qu'on compte déjà les chômeurs par milliers à Dawson. Mais incapable de surmonter sa timidité, elle n'en souffle mot. La réalité rattrapera ces gens bien assez vite. Et puis, de toute façon, dans le Grand Nord, personne n'écoute personne et chacun n'en fait qu'à sa tête. Les journaux du Sud le répètent :

c'est au Klondike qu'on va faire fortune. Qui est-elle pour les contredire ?

*

Au matin du 8 juillet, alors qu'ils déjeunent tranquillement dans la salle à manger de l'hôtel, le quatuor est interrompu par l'arrivée de deux inconnus. Après avoir retiré son chapeau, le plus âgé des deux s'adresse aux frères Ashley :

– Je suis le révérend Bowers, dit-il avec un sourire qui inspire la confiance. Et voici mon ami, Mr. Triplett.

Joshua et Marvin se regardent un moment, intrigués d'être ainsi interpellés. Leurs yeux interrogent alors Liliane qui ne cache pas sa perplexité. Elle entreprend néanmoins de présenter les membres de son groupe, avant d'inviter les nouveaux venus à se joindre à eux et de leur commander du café.

– Une rumeur inquiétante circule à votre sujet, commence le révérend Bowers.

– Il paraît que l'un de vous a de l'or à vendre, enchaîne immédiatement Triplett.

Liliane et Joshua se tournent aussitôt vers Stewart. Celui-ci n'a cessé de se vanter de sa richesse depuis leur rencontre. La veille au soir, au lieu de se reposer comme ses amis, il a préféré fêter au saloon d'en face. Il en aura sans doute profité pour raconter en détail où et comment il a trouvé cet or qu'il transporte sur lui. Pas surprenant qu'on vienne s'enquérir à son sujet dès ce matin. Mais Liliane ressent une certaine méfiance à l'endroit des deux hommes. Ils sont trop directs et trop intéressés à son goût. Quant à Stewart, loin d'être inquiet, il se réjouit d'apprendre qu'on parle déjà de lui en ville.

– C'est moi le chanceux, monsieur ! s'écrie-t-il fièrement. Je reviens tout juste du Klondike avec deux mille sept cents dollars en poudre d'or.

Joignant le geste à la parole, il dépose sur la table un sac de cuir dont la forme bombée trahit le contenu. Le révérend affiche aussitôt une expression alarmée.

– C'est très dangereux de vous promener avec une aussi grosse somme, dit-il à voix très basse. Surtout à Skagway.

Stewart croise les bras, nonchalant.

– Tout le monde sait que ce sac d'or m'appartient.

– Le sac, oui, poursuit le révérend, mais ce qu'il y a dedans est plutôt facile à disperser.

La réplique du mineur ne se fait pas attendre :

– Pour cela, il faudrait d'abord me le prendre !

Il a parlé fort, comme s'il mettait au défi tous les clients de l'hôtel. Il attire maintenant vers lui le précieux sac tout en désignant du menton les solides frères Ashley.

– Ce sont mes gardes du corps.

Joshua et Marvin se retiennent de pouffer de rire. Liliane esquisse à peine un sourire, son attention demeurant fixée sur le sac. La prudence voudrait que Stewart dépose cet or dans un coffre-fort. Le révérend se montre du même avis :

– Vous conviendrez que transporter sur vous une telle somme n'est pas commode. Nous connaissons un homme qui vous l'achèterait.

– Oui, intervient Triplett, et il paie mieux que n'importe quelle banque de Seattle.

– Vraiment ? Il paie mieux ?

L'intérêt de Stewart incite le révérend Bowers à continuer :

– Absolument ! Tout le monde vous dira à Skagway que si vous avez de l'or à vendre, Jefferson Smith est l'homme qu'il vous faut.

« Jefferson Smith… », se répète Liliane. Son regard croise celui de Joshua, que Big Alex a aussi mis en garde contre « le bandit de Skagway ». Stewart semble cependant ignorer la réputation de Smith, car il demande en toute innocence :

– Et combien pensez-vous que ce monsieur serait prêt à payer pour une once d'or ?

– Ça dépend de la pureté. L'avez-vous fait analyser ?

Stewart confirme d'un geste et le révérend poursuit :

– Si vous avez un peu de temps, nous pouvons vous conduire jusqu'à lui.

Cette phrase, prononcée d'une voix trop mielleuse, confirme les inquiétudes de Liliane. Elle décide d'intervenir pour éviter que Stewart tombe dans un piège aussi évident, mais Joshua la devance :

– Si vous n'y voyez pas d'inconvénient, dit-il en s'adressant au révérend, mes amis et moi aimerions en discuter.

Son attitude paternaliste aurait dû mettre la puce à l'oreille de Stewart, mais, aveuglé par la perspective d'un profit rapide, le mineur s'insurge à l'idée qu'on se mêle de ses affaires.

– Qu'y a-t-il à discuter, Ashley ? C'est de mon or qu'il s'agit.

Surpris par autant de crédulité, Joshua n'ajoute rien. Liliane vient à sa rescousse :

– Ne le prenez pas mal, monsieur Stewart. Nous croyons simplement que nous manquons d'information au sujet de ce Mr. Smith. Après tout, il n'est pas prudent de confier son argent ou son or à de purs étrangers.

Consciente que chacun de ses traits trahit la méfiance qu'elle ressent, Liliane plonge son regard directement dans celui de Stewart.

– J'apprécie votre sollicitude, Miss Lili, répond celui-ci, insensible à l'avertissement. Vous avez fait preuve de beaucoup de bon sens depuis que nous nous sommes rencontrés et je...

– Mr. Smith est un gentleman, coupe le révérend qui, de toute évidence, craint de voir sa proie lui échapper. La semaine dernière, encore, il faisait des affaires avec la très célèbre Mrs. Mulroney, de Dawson. Une dame très respectable, à ce qu'on dit. Si une personne si bien avisée peut faire confiance à Mr. Smith, ne croyez-vous pas que vous pouvez aussi vous fier à lui ?

En entendant le nom d'une personne qu'elle admire, Liliane demeure bouche bée. Les propos du révérend lui paraissent invraisemblables. Mrs. Mulroney connaît sans doute mieux que quiconque la réputation de Soapy Smith. Est-elle vraiment capable d'autant d'insouciance ? Ne sachant quelle conclusion tirer, Liliane opte pour la prudence.

– Laissez-nous quand même en discuter, tranche-t-elle en s'adressant au révérend. Ça ne prendra pas longtemps.

Mais Stewart a déjà décidé. Le nom de Mrs. Mulroney l'a probablement impressionné, lui aussi.

– Inutile de vous inquiéter, Miss Lili, lance-t-il en repoussant sa chaise. Je suis capable de m'occuper de mes affaires moi-même.

Après un bref salut à ses compagnons des derniers jours, il emboîte le pas au révérend. Liliane secoue la tête, découragée. Devant elle, Marvin et Joshua ont pris un air fataliste. Tous trois regardent s'éloigner Stewart, le dénommé Triplett sur les talons. Ce dernier s'immobilise juste avant de passer la porte. Il se retourne, jette un œil menaçant sur la clientèle encore attablée puis fixe son attention sur Liliane. D'un geste lent, il retire le chapeau qu'il venait tout juste d'enfiler :

– Bonne journée, Miss Lili, dit-il en posant sur elle un regard torve.

Liliane sent ses mains se glacer.

– Quel horrible personnage ! s'exclame-t-elle lorsqu'il disparaît enfin.

La voix de Joshua se fait rassurante :

– N'y pensez plus. Stewart n'est pas un enfant. S'il choisit délibérément de confier son or à Soapy Smith, c'est son droit le plus strict.

Pendant quelques minutes, personne n'ajoute rien. Chacun termine son café en songeant à leur compagnon, à la fois inquiet et déçu. Liliane reprend ensuite son rôle de chef d'expédition.

– Assez flâné, déclare-t-elle en se levant d'un bond. Il faut se rendre sur le quai Juneau pour s'occuper des affaires de Big Alex.

Joshua approuve et, après un signe à son frère, il précède sa patronne vers la sortie.

– Allez-y, dit-il en lui ouvrant la porte. Nous vous retrouverons dans un petit quart d'heure. Puisqu'on est en territoire américain, Marvin et moi avons décidé d'en profiter pour faire quelques achats.

Une fois sur le trottoir, il ajoute en désignant Canuck qui attendait couché le long du mur :

– Assurez-vous que votre chien vous suive partout. Surtout, ne le laissez pas à l'extérieur si nous ne sommes pas avec vous.

Ces propos de Joshua ravivent les inquiétudes de Liliane. Elle repense au regard sombre de Triplett, au piège tendu à Stewart, et elle frémit.

– Vous craignez donc quelque chose, vous aussi ? s'enquiert-elle en appelant son chien d'un geste.

– À Skagway, commence Joshua, celui qui ne craint rien est un homme mort. Rendez-vous au quai Juneau dans une quinzaine de minutes.

Liliane acquiesce. Elle s'apprête à prendre la direction du port lorsque des cris la figent sur place. Alarmée, elle se retourne juste à temps pour voir s'ouvrir avec fracas la porte d'un saloon. Un homme sort en courant et s'élance dans la rue sans un regard en arrière. Croyant qu'il s'agit d'un jeu, Canuck bondit vers lui et, pendant quelques secondes, l'homme et le chien font la course.

– Canuck ! Reviens ! ordonne Liliane.

Le chien ralentit et, après un grand détour, va s'asseoir aux pieds de sa maîtresse, joyeux mais haletant. Liliane porte enfin son attention sur le saloon d'où s'élèvent toujours des cris inquiétants.

– Qu'est-ce qui se passe ?

Joshua hausse les épaules, les yeux rivés sur la porte demeurée entrouverte. À l'intérieur, une dizaine de clients se bousculent, rient. Joshua esquisse un sourire.

– On dirait qu'on s'amuse en grand là-dedans…

– Regardez ! l'interrompt Marvin. Quelqu'un essaie de sortir.

En effet, après avoir fendu la foule joyeuse à l'intérieur du saloon, Stewart apparaît sur le seuil, furieux. Il scrute la rue d'un œil effaré, les joues aussi rouges que s'il avait lui-même couru.

– Quelque chose ne va pas, Stewart ? l'interroge Joshua en s'avançant vers lui, suivi de Liliane et de Marvin.

– Où est-il ? Où est-il parti ?

Stewart se déplace de gauche à droite en dévisageant les hommes qu'il croise.

– Tu cherches qui ? demande Marvin.

– Celui qui m'a volé mon sac ! L'avez-vous vu sortir ? Avez-vous vu par où il s'est enfui ?

– Par là ! tonnent en chœur les trois autres en désignant le bout de la rue.

Aussitôt, Stewart se précipite dans cette direction. Répétant sa course précédente, Canuck s'élance sur ses talons, le dépasse, puis revient vers lui en sautillant. Il ne s'arrête que lorsque Stewart s'immobilise enfin. Dans la rue, il n'y a pas la moindre trace du voleur. Partout, les gens vaquent à leurs occupations comme si rien ne s'était passé. Liliane, Joshua et Marvin, qui ont emboîté le pas à leur ami, le rejoignent enfin.

– Qu'est-ce qui est arrivé ? s'enquiert Joshua. Tu n'as pas pu te faire voler, il y avait plein de monde là-dedans.

– Il en a profité, justement, le maudit !

Stewart recommence à aller et venir comme un fou, scrutant les ruelles transversales, l'intérieur des commerces, le bout de la rue. Puis il retourne vers le saloon, toujours furieux.

– Dès que j'ai eu sorti mon or, explique-t-il comme s'il n'y croyait pas encore, les gars ont commencé à me taquiner. Quelques-uns me bousculaient, d'autres essayaient de s'emparer du sac. On aurait dit qu'ils jouaient au voleur. Tout le monde riait. Même le révérend ! Même Triplett ! Tout à coup, quelqu'un a tendu le bras et a réussi à mettre la main sur mon sac. Je n'ai pas eu le temps de le retenir, il a filé comme un lapin.

– Personne n'est intervenu ? demande Liliane qui n'arrive toujours pas à imaginer qu'on puisse voler quelqu'un en plein jour devant autant de témoins.

– Tout le monde devait penser qu'il plaisantait ! lance Stewart, dépité.

– Comment ça, « tout le monde devait penser qu'il plaisantait » ? Les autres l'ont bien vu sortir avec ton or.

– Je suppose, mais dès qu'il a mis la main dessus, le voleur a disparu. J'ai essayé de le rattraper, mais, autour de moi, on rigolait de plus belle. J'étais bousculé de tous les côtés. Les gars riaient, alors je n'ai pas osé me fâcher. Encore maintenant, même si c'est évident que je me suis fait voler, chacun là-dedans pense toujours que c'était un jeu. Regardez-les. On dirait qu'ils ne me croient pas.

Il désigne l'intérieur du saloon où, effectivement, l'humeur est au beau fixe.

– Il faut prévenir le shérif, décide Joshua en cherchant du regard l'enseigne représentant l'autorité. Il doit y en avoir un dans cette ville.

– Il y a bien le marshal Taylor, lance une voix derrière eux.

Surpris, les quatre amis se retournent et découvrent un inconnu qui fume sa pipe, tranquillement assis sur un banc en face d'un autre saloon. La barbe longue, le bord d'un chapeau défraîchi lui voilant les yeux, l'homme secoue la tête comme s'il avait pitié d'eux.

– Le marshal Taylor, répète Stewart. Merci. Savez-vous où je peux le trouver ?

L'inconnu crache par terre.

– Son bureau est au coin de la rue, dit-il, la pipe toujours entre les lèvres. Mais je ne crois pas qu'il va vous aider.

Liliane et ses compagnons le foudroient du regard.

– Et pourquoi pas ? l'interroge Stewart. Je viens de me faire voler en public.

L'homme hausse les épaules et, d'un geste nonchalant, il vide sa pipe sur le sol en la tapant contre son talon.

– Vous pouvez bien essayer, lâche-t-il en se levant. Vous pouvez bien essayer.

Sur ce, il s'en va. Demeurés sur place, Liliane et ses compagnons se regardent, stupéfaits.

– Il faut porter plainte au bureau du marshal, insiste Joshua, le premier à se ressaisir.

– C'est certain que je vais porter plainte au bureau du marshal ! s'indigne Stewart. Et j'y vais tout de suite. On verra bien si ça n'y changera rien.

*

– Vous dites qu'il s'est enfui au milieu de la foule ? résume le marshal Taylor.

Assis dans un fauteuil, devant le bureau du deputy-marshal, Stewart tente encore une fois de raconter son histoire. Il cafouille, bégaie, essaie de rendre son récit cohérent, mais la chose s'avère plus difficile qu'il le pensait. Debout près de la porte, Liliane étudie les lieux, observe les détails, évalue les chances de Stewart d'obtenir justice. L'homme de loi, loin de montrer de l'empathie, semble plutôt se moquer de lui.

– Il n'a pas fendu la foule, explique Stewart, c'est plutôt comme si la foule s'était formée derrière lui.

– Prétendez-vous que ces gens l'ont aidé à fuir ?

Cette pensée, si elle n'avait pas effleuré l'esprit de Liliane, lui apparaît tout à coup comme une possibilité. Elle se raisonne, cependant. Tous ces hommes ne pouvaient pas être de mèche, quand même ! Ou... le pouvaient-ils ?...

– Euh, non, ce n'est pas ce que je veux dire, proteste Stewart. Les gens pensaient que le voleur jouait.

– Qu'il jouait ? raille le marshal. Avec votre or ?

– Ben, oui, souffle Stewart, penaud.

De l'avis de Liliane, cette conversation ne mène nulle part. Le shérif tourne en ridicule les propos de Stewart depuis le début.

– Ne croyez-vous pas que vous exagérez un peu ? demande Taylor sur un ton paternaliste.

– Écoutez, monsieur le deputy-marshal, intervient Joshua, dont la patience, comme celle de Liliane, commence à s'effriter. Notre ami est une victime. Pourquoi le traitez-vous comme s'il s'agissait d'un criminel ?

Taylor lève vers Joshua un regard noir, mais l'aîné des frères Ashley ne bronche pas. Pour une fois, Liliane se réjouit de l'arrogance de Joshua.

– Je n'exagère pas ! se défend Stewart. On m'a volé mon or. Que voulez-vous que je vous dise de plus ?

Avec des gestes trahissant sa lassitude, le marshal prend un papier et une plume puis il pose ses yeux durs sur le plaignant.

– Pouvez-vous au moins me décrire ce voleur ?

Le ton a quelque chose de menaçant, ce qui accentue la nervosité de Stewart.

– Euh, il portait une veste de mackinaw, commence-t-il.

– Et un pantalon de mackinaw, ajoute Marvin.

– Une veste et un pantalon de mackinaw! répète Taylor en insistant sur le dernier mot. Cette description correspond aux trois quarts des hommes de Skagway. Vous ne vous attendez tout de même pas à ce que je les arrête tous.

– C'est que…, explique Marvin, je ne l'ai pas bien vu. Il courait, et moi, je regardais surtout les autres qui s'amusaient dans le saloon. Je ne savais pas…

– Et vous? coupe le marshal en s'adressant de nouveau à Stewart. Puisque c'est vous qu'il a volé, vous devez l'avoir aperçu.

– Euh, bien, moi, j'avais les yeux sur mon sac, vous savez. Je me souviens que le gars avait les cheveux bruns. Il avait peut-être aussi une moustache.

– Peut-être?

Cette fois, Taylor repousse la feuille de papier.

– Vous me faites perdre mon temps!

Liliane, qui n'a cessé d'étudier la situation, réalise que le deputy-marshal manœuvre pour entretenir le doute. C'est pour miner la crédibilité de Stewart en manifestant sans arrêt sa contrariété.

– C'est qu'il y avait beaucoup de monde dans le saloon, proteste Stewart, de plus en plus dépité. Je ne sais pas lequel de ceux qui me bousculaient est parti avec mon sac.

– Êtes-vous en train de me dire que vous ne savez pas qui est votre voleur?

Stewart ne répond pas. Ses amis non plus, et Liliane conclut que leur cause est vaine. En réalité, elle l'avait compris en entrant dans le bureau du marshal. Big Alex avait raison : l'escorte est nécessaire quand on vient à Skagway. Heureusement qu'elle n'a jamais ressenti, comme Stewart, le besoin d'attirer l'attention sur sa richesse. Elle n'a pas survécu à la route du Klondike, à un incendie, à un hiver de famine pour périr par excès de naïveté. Dès son arrivée dans le Nord, la vie s'est chargée de lui enseigner la prudence. Pour ce voyage à Skagway, c'est donc sous sa jupe, cousus à même ses jupons, que se trouvent les quinze cents dollars en papier-monnaie remis par Big Alex. Et personne n'est au courant. Pas même les frères Ashley.

*

La nouvelle a fait le tour de la ville en moins d'une heure. Parce que Stewart avait réservé pour plusieurs centaines de dollars de biens divers, il a dû se rendre dans les boutiques pour annuler les commandes. Les commerçants, furieux de perdre de si belles ventes, se sont vite consultés. Dans le temps de le dire, la rumeur circulait à Skagway. Le vol était l'œuvre des hommes de Soapy Smith.

Après s'être assurée que les marchandises de Big Alex étaient arrivées, Liliane a retenu les services d'Hariet Pull, veuve et mère d'une ribambelle de petits garçons. Sa compagnie effectue le transport entre Skagway et Bennett pour une somme jugée raisonnable et ses chevaux, que Liliane a pu examiner, semblent en bonne santé, bien nourris et bien traités. Maintenant que les préparatifs du départ sont réglés, Liliane attend, comme prévu, que Joshua et Marvin viennent la chercher à l'entrée du port. Canuck s'est couché sur les galets et sa fourrure ondoie sous la brise. Sa présence rassurante permet à Liliane de se laisser absorber par la beauté du paysage. Ce matin, la rumeur de la ville ne parvient pas jusqu'ici. On n'entend que le chant des mouettes et le clapotis des vagues contre les piliers du quai. Sur le canal Lynn, un vapeur effectue des manœuvres en vue d'accoster et le vent charrie l'odeur du charbon, signe indéniable de civilisation.

Il y a un an, on ne voyait ni quai ni entrepôts à Skagway. Ses battures, comme celles de Dyea, étaient couvertes de marchandises qu'on s'empressait de transporter au sec sur la rive. Le voyageur qui débarque aujourd'hui ne pose même pas le gros orteil dans la boue. Il n'en croirait pas ses oreilles si on lui décrivait de quoi avait l'air la région au début de la ruée vers l'or.

Lentement, l'esprit de Liliane dérive. L'image de Dawson se superpose à celle de Skagway. Ce qui différencie les deux villes, c'est la présence, à Dawson, de forces de l'ordre. Des forces de l'ordre indépendantes qui ne doivent rien aux commerçants, rien aux riches mineurs, et surtout, rien aux propriétaires de saloons. Des forces de l'ordre qui font respecter la loi. Comme partout ailleurs au Canada, jamais on n'y tolérerait les irrégularités et les injustices qui se produisent à Skagway. Seigneur, la Police montée y interdit même le travail le dimanche! Ces restrictions ne plaisent peut-être pas à tout le monde, mais elles assurent une certaine cohésion dans la communauté. Chacun reçoit le même traitement que son voisin, ni plus, ni moins. Alors qu'ici…

Malgré les apparences, la colère qui gronde chez les habitants de Skagway ne trouve pas sa source dans l'injustice. Stewart n'est pas le premier à se faire vider les poches par Soapy Smith et cela n'a jamais dérangé personne d'autre que les victimes. Mais voilà que ce vol-ci arrive au moment où les *Klondike Kings* commencent à rentrer chez eux. On craint tout à coup que la nouvelle se rende à Dawson et que les riches mineurs décident qu'il est trop dangereux de passer par les pistes. On craint qu'ils choisissent de descendre le fleuve Yukon en bateau en passant par St. Michael. Ils en ont les moyens, avec tout cet or qu'ils sortent de terre. Si les nouveaux millionnaires se mettent à éviter Skagway, ce sont des milliers de dollars en revenus qui échapperont aux commerçants de la ville. Voilà qui justifie qu'on se préoccupe un peu de justice.

– Vous êtes bien insouciante, Miss Lili.

– Ouais, vous ne devriez jamais tourner le dos à l'ennemi, ajoute Marvin.

À regret, Liliane quitte la baie des yeux pour saluer ses amis. Si les voix des deux hommes l'ont fait sursauter, leur apparence la surprend davantage. Un fusil dans les mains, des cartouches en bandoulière et d'autres sur un ceinturon où sont glissés deux revolvers, Marvin et Joshua sont armés jusqu'aux dents.

– Vous allez attaquer la diligence ? raille-t-elle en se rappelant les récits du Far West que racontaient les journaux quand elle était petite.

Les deux hommes éclatent de rire. Profitant de l'occasion pour montrer son talent, Marvin tend son fusil à son frère et, d'un geste rapide, attrape ses deux pistolets simultanément, les fait tournoyer dans les airs d'un habile mouvement des poignets, avant de les remettre dans leurs gaines sans jamais avoir quitté Liliane des yeux.

– Vous avez l'air du jumeau de Buffalo Bill.

Elle le taquine par bravade. En réalité, autant d'adresse l'impressionne. Sûr de lui, Marvin prend la boutade comme un compliment et, avec un sourire en coin, il récupère son fusil. L'atmosphère redevient sérieuse dès que Joshua désigne la rue Broadway baignée dans une lumière dorée. Malgré la poussière soulevée par le vent, on se masse par dizaines le long des commerces.

– Toute cette agitation ne présage rien de bon, dit-il en caressant du pouce la crosse de son arme.

– Il va y avoir de la bagarre, ajoute son frère, imitant son geste. Aussi bien se préparer.

Liliane esquisse un léger sourire. Ça prend bien des Américains pour songer d'emblée aux armes à feu dès que surgit un contretemps. Mais puisque Big Alex paie les deux hommes pour qu'ils la protègent, il serait irrespectueux de sa part de leur reprocher leur sérieux. Et puis, cette précaution supplémentaire a quelque chose de rassurant. Avec de tels gardes du corps, il ne peut rien lui arriver de fâcheux, même à Skagway.

*

Il est presque midi quand les choses commencent à s'envenimer. Liliane, Joshua et Marvin finissent tout juste de dîner dans la salle à manger de l'hôtel lorsqu'enfle, de la rue, la clameur d'une foule dense, agitée et furieuse. Par les fenêtres, on aperçoit déjà les premiers visages. Certains sont marqués par l'impatience, d'autres par un soupçon de crainte que ne dissimulent pas les mots *justice* et *restitution* que l'on crie à pleins poumons. Ce sont surtout des hommes, la plupart armés de carabine. Ils s'immobilisent en face de l'hôtel, mais tous les regards sont tournés vers l'autre côté de la rue, vers le saloon de Soapy Smith, celui-là même où Stewart s'est fait dérober son bien.

– C'est le temps de vous mettre à l'abri, souffle Joshua à l'intention de Liliane. Il pourrait y avoir du grabuge.

Même si c'est elle qui commande l'expédition, Liliane ne proteste pas. Elle ramasse ses jupes et grimpe l'escalier d'un pas alerte. Une minute plus tard, elle referme la porte de sa chambre, la verrouille et se rue à la fenêtre entrouverte pour ne rien manquer du spectacle. Car il s'agit bien d'un spectacle, auquel prennent part presque tous les citoyens de Skagway. De là-haut, Liliane peut voir les cous en sueur, les mains moites qu'on essuie sur les pantalons, les doigts qui serrent le canon d'une arme à feu. Tous ces hommes lui tournent le dos, leurs yeux rivés sur le saloon de Soapy Smith. Soudain, le silence s'abat sur la rue. On attend. Pendant plusieurs minutes, il ne se passe absolument rien. Personne ne parle, personne ne bouge. Le vent continue de souffler la poussière, et le soleil éclabousse de lumière les murs des édifices.

Puis, lentement, la porte du saloon s'ouvre en grinçant. Liliane retient son souffle. Soapy Smith vient d'apparaître sur le seuil. Le rebord de son chapeau dissimule ses yeux, et une barbe sombre et fournie lui couvre le menton. Il garde les mains dans ses poches, où Liliane reconnaît la forme caractéristique de la crosse d'un pistolet. Après avoir coulé sur ses compatriotes un long regard noir, il fait un pas dans la rue, provoquant instantanément le recul de la foule. Lorsque tous s'immobilisent à nouveau, Smith leur adresse enfin la parole :

– Allez-vous-en avec votre corde, bande de lâches ! Je ne vous donnerai pas l'occasion de me pendre.

Ces mots ont un effet immédiat et une rumeur discrète naît des murmures. La menace est claire, mais la plupart des hommes hésitent à se retirer. Bien que personne ne bouge, Soapy Smith ne s'impatiente pas. Les mains sur ses pistolets, un air méprisant sur le visage, il continue de toiser quiconque daigne lever les yeux vers lui.

Gagnée par la tension qui habite toute la ville, Liliane sursaute lorsqu'on frappe à la porte de sa chambre. À regret, elle s'éloigne de la fenêtre et défait le verrou. Elle n'a pas le temps d'ouvrir que deux hommes s'engouffrent dans la pièce et la poussent contre le mur.

– Qu'est-ce que… ?

Si l'un des deux intrus lui est inconnu, Liliane reconnaît l'autre. Triplett lui jette d'ailleurs le même regard torve qu'au matin. Sans dire un mot, ils s'emparent d'elle et pendant que son comparse lui enfonce un foulard dans la bouche, Triplett essaie de lui tenir les bras derrière le dos. Liliane se débat, grogne, frappe sur tout ce qu'elle peut. Ses mains glissent entre celles de Triplett et, jurant entre ses dents, celui-ci tente en vain de resserrer sa prise.

– Cessez de bouger, Miss Lili ! ordonne-t-il en la rudoyant. Je ne suis pas aussi stupide que Walsh, vous savez. Je ne vous laisserai pas me filer entre les doigts.

Liliane ne comprend pas la signification de ces propos, mais elle continue de se débattre et de hurler malgré le bâillon. Elle ressent un vif contentement lorsque, dans la rue, Canuck se met à japper. Il l'a entendue, Liliane en est convaincue, alors elle gémit de plus belle. Les aboiements du chien s'amplifient aussitôt. Liliane sent grandir en elle l'espoir d'être secourue, car le chien ne se calme pas, même après que Joshua lui a ordonné de se taire.

Malgré ses efforts pour empêcher qu'on l'attache, Liliane se retrouve bientôt les mains liées, un sac de toile sur la tête. Elle panique et tente de crier, mais l'air lui manque. Aveuglée et immobilisée, elle cesse enfin de s'agiter, comprenant que sa riposte est inutile. Soudain, elle entend dans la rue la voix de Marvin qui prononce son nom. L'espoir se ravive, pour s'éteindre dès qu'un des deux hommes la hisse sur ses épaules. Liliane recommence alors à ruer. On la ballotte dans tous les sens et sa tête heurte un mur dans un bruit sourd. Des pas résonnent dans l'escalier, quelqu'un donne l'alerte. La voix de Joshua, celle de Marvin, les aboiements de Canuck ne changent rien au rythme effréné de ses ravisseurs. Un premier coup de feu est tiré, puis un second. Et lorsqu'une porte claque violemment et que le silence relatif de la rue efface les derniers cris de Joshua, Liliane comprend que plus personne ne viendra à sa rescousse.

*

On l'a détachée et on a enlevé le sac qui l'empêchait de respirer à son aise. On lui a même retiré le bâillon, avant de la pousser avec rudesse dans cette pièce sombre et de refermer derrière elle. Liliane en conclut que l'édifice où elle se trouve est isolé, suffisamment en tout cas pour qu'on ne craigne pas qu'elle attire l'attention du voisinage en criant. Puisqu'il est inutile d'appeler à l'aide, elle demeure silencieuse, assise dans un coin.

Après cette brève analyse de la situation, son esprit divague et se perd dans le passé. Elle se revoit, il y a à peine un an. Elle travaillait pour Mrs. Burns et désespérait en songeant à l'avenir, incapable de renoncer à l'appel de l'aventure, à ce besoin de voir le monde. Elle se leurrait en déambulant dans les rues de Sherbrooke, au bras de son fiancé. Elle espérait alors, sans grande conviction, arriver à dompter ses plus profonds désirs. Pauvre Joseph Gagné ! L'aurait-il cru si on lui avait dit que, une année plus tard, sa chère Lili se retrouverait prisonnière d'un bandit en plein cœur de la dernière ville du Far West ? En évoquant ces souvenirs, Liliane ne peut réprimer un sourire. Pauvre, pauvre Joseph Gagné! Comment a-t-il pu l'imaginer en digne et douce épouse ? Que de naïveté !

Aujourd'hui, après des dizaines de tribulations plus rocambolesques les unes que les autres, elle gît dans une pièce minuscule et obscure. Elle y patiente, seule et sans explication, depuis une heure, peut-être deux, elle ne sait trop. Grâce à la lumière que laisse filtrer l'interstice sous la porte, elle passe au peigne fin chaque détail du réduit. Il s'agit d'un lieu d'entreposage. Le long des murs sont entassés des sacs de nourriture, des caisses de conserves, un baril de poudre, des boîtes diverses et des vêtements. Pas le moindre mobilier, pas le moindre objet qui pourrait lui servir à se défendre. De la pièce adjacente lui parvient l'odeur très forte d'un cigare. Liliane aperçoit même des volutes sous la porte. De temps en temps, une ombre se déplace. Le geôlier fait les cent pas, s'arrête, puis recommence à marcher en soupirant. Est-ce Triplett qui s'active avec autant d'impatience ?

Son examen des lieux terminé, Liliane repasse en boucle les événements des dernières heures et ne trouve aucune explication à sa présence en ces murs. Elle n'a rien compris aux propos de Triplett. *Je ne suis pas aussi stupide que Walsh. Je ne vous laisserai pas me filer entre les doigts.* À quoi faisait-il référence ? Et qui est ce Walsh ? Liliane ne connaît personne qui s'appelle ainsi, à moins qu'il vive à Dawson sous un nom d'emprunt, comme la majorité de la population. Heureusement, elle n'a pas à se perdre longtemps en conjectures. Une porte claque et des bruits de pas viennent de s'ajouter à ceux de son geôlier. Des voix aussi.

– Je veux la voir ! ordonne un inconnu. Smith n'a pas le droit de la garder prisonnière.

Un autre homme, peut-être Triplett, réplique :

– Ça, ce sera à Smith de juger.

– Tu ne trouves pas qu'il a déjà suffisamment de problèmes, Smith ? insiste le nouvel arrivant. Il n'avait pas besoin que tu rajoutes un enlèvement.

– Tu perds ton temps ! lance une troisième voix, grave et teintée de hargne.

Bien qu'effrayée, Liliane ne peut s'empêcher de s'intéresser à ces hommes qui parlent d'elle comme s'ils la connaissaient. Est-il possible que la réputation inventée par Mr. Berton se soit rendue à Skagway ? Son sauveur – car c'est ainsi qu'elle a baptisé celui qui veut la voir – continue d'exposer des arguments dans le but de la faire libérer.

– On m'a dit qu'elle n'est pas revenue seule. Ne crois-tu pas que ses *amis* vont la chercher ?

L'homme a mis l'accent sur le mot *amis*, le prononçant presque avec mépris.

– Va en parler avec Soapy si tu n'es pas content. S'il m'ordonne d'ouvrir la porte, j'ouvre la porte. Mais tant que je n'ai pas sa permission, ta Lili reste dans son trou. Est-ce clair ?

La porte claque de nouveau. S'ensuivent les éclats de rire des deux hommes demeurés sur place.

– Pauvre diable ! raille le premier. Il a toutes les femmes de la ville à ses pieds et le voilà qui pleure encore sur sa catin de cuisinière.

– Ouais, mais il paraît qu'elle savait y faire.

Nouveaux rires, plus grivois cette fois.

– Mais j'y pense, Tripp, j'ai des comptes à régler avec cette putain-là. Me laisserais-tu lui *jaser* ça un petit quart d'heure ?

L'autre se bidonne. Il est évident qu'aucun des deux n'a l'intention de faire la conversation avec Liliane. Depuis qu'elle a compris que c'est effectivement Triplett qui la surveille, Liliane voit avec appréhension l'ombre grandir sur le plancher. Un trousseau de clés teinte, tout près. Puis une porte s'ouvre avec fracas et le geôlier suspend son geste.

– Fais-la sortir, Tripp !

Liliane ressent un tel soulagement en reconnaissant la voix de son sauveur qu'un sourire naît sur ses lèvres.

– Où est Soapy ? demande Triplett.

– Il est trop occupé avec son histoire de vol. Il a toute la ville contre lui maintenant.

– Je laisserai sortir la fille quand…

– La fille, comme tu dis, est le dernier de ses soucis en ce moment. Les citoyens ont formé un comité. Smith a jusqu'à quatre heures cet après-midi pour retourner l'or volé, sans quoi les hommes du comité vont s'occuper de lui.

– Ben, il a juste à leur redonner le sac, suggère Triplett. On trouvera bien d'autres mineurs à détrousser.

– C'est ce que plusieurs lui conseillent, poursuit le sauveur, mais Smith s'obstine. Il dit qu'il va couper l'oreille de celui qui s'avisera de rendre le butin. Tu vois bien qu'il n'en a rien à cirer de Lili. Alors, ouvre-moi la porte !

Pendant le silence qui suit, l'espoir de recouvrer sa liberté renaît en Liliane. Son optimisme s'évanouit cependant aussi vite qu'il a jailli.

– Walsh, est-ce que ça te dit de *jaser* avec la dame ?

Jaser. Encore ce mot. Liliane frémit. Jamais elle n'aurait cru qu'un mot ordinaire pouvait prendre à ce point une connotation lugubre. Un cliquetis inquiétant rompt tout à coup le silence. Quelqu'un vient de charger une arme.

– Ne bouge pas, on va te la montrer, ta catin.

Un bruit de clés, un grincement, et la porte s'ouvre, laissant entrer dans le réduit les rayons crus d'un soleil d'après-midi. Liliane plisse les yeux et recule le plus loin possible de l'ombre qui se dessine en contre-jour.

– Viens, ma jolie, souffle Triplett sur un ton mielleux. Ton amoureux veut te voir.

– Je n'ai pas d'amoureux, ment Liliane, l'esprit habité par le souvenir de Saint-Alphonse.

– Pas d'amoureux ? Tiens, tiens... On va t'arranger ça. Au saloon de Smith, tu en auras tout plein, des amoureux. Tu pourras les compter à la douzaine. Allez, viens par ici.

Liliane se colle de plus belle contre le mur, incapable de faire un pas. Un éclat métallique la convainc toutefois de se mettre en mouvement. Elle devine plus qu'elle ne voit le revolver qui vient de surgir dans la main droite de Triplett.

– Allez, répète-t-il, viens-t'en. Il y a quelqu'un qui veut te voir.

En demeurant le plus loin possible tant de l'arme à feu que de l'homme, Liliane atteint la porte et sort, éblouie par la lumière du jour. Dans la pièce adjacente, deux inconnus l'accueillent, les yeux ronds, la bouche ouverte, muets de stupeur.

– Qui est-ce, Tripp ? demande le blond, dont la moustache fine et retroussée accentue l'air surpris.

– Comment, qui est-ce ? C'est Miss Lili !

– Miss qui ? demande le troisième homme, dont la tignasse noire paraît en bataille sous le chapeau.

Devant les regards médusés des deux autres, Triplett se tourne vers Liliane.

– Vous êtes bien Miss Lili ?

Craignant d'aggraver son cas, Liliane ne répond pas.

– Vous êtes bien Miss Lili ? répète Triplett, en la rudoyant.

– Ce n'est pas elle, Tripp ! gronde l'homme aux cheveux sombres, visiblement contrarié. Tu as enlevé la mauvaise fille.

– Comment ça, la mauvaise fille ? Tu veux rire, Walsh ! Je l'ai déjà vue, cette fille-là. C'est celle qui t'a filé entre les mains.

Le dénommé Walsh secoue la tête, impatient.

– Elle lui ressemble peut-être, mais c'est pas elle.

La panique semble gagner Triplett qui insiste :

– Je t'assure, Walsh, que cette fille-là s'appelle Lili. Dites-leur, vous !

Pointant le canon de son pistolet sur la poitrine de Liliane, il tourne vers elle un regard ridicule, presque suppliant.

– Je suis…

Un terrible vacarme vient soudain couvrir ses propos. La porte qui mène à l'extérieur s'ouvre à toute volée et Canuck s'engouffre à l'intérieur, fonçant en direction de Liliane. L'instant d'après, deux imposantes silhouettes se tiennent dans l'embrasure.

– Haut les mains, ou bien je vous abats tous comme des chiens ! ordonne la voix de Joshua alors que son ombre se détache de celle de son frère.

Jamais Liliane n'aurait imaginé ressentir autant de joie à retrouver les frères Ashley. Et quel bonheur de voir Canuck bondir et rejoindre Triplett en une seconde ! Ses crocs blancs et acérés s'enfoncent dans la chair d'un mollet. L'homme crie, ce qui distrait Joshua momentanément et donne l'occasion au dénommé Walsh de braquer son pistolet sur lui. Il n'a pas le temps de tirer, cependant. Une détonation retentit et Walsh est projeté contre le mur, la poitrine trouée d'une multitude de projectiles.

– Mon frère a dit : « Haut les mains ! » répète Marvin en s'avançant à son tour.

L'odeur de la poudre envahit la pièce et un mince filet de fumée émane de son fusil. En quelques gestes brusques, Marvin recharge son arme, produisant un grincement métallique en guise d'avertissement. À deux pas de Liliane, Triplett se débat en criant, seul contre Canuck. Le chien grogne et mord de plus belle. Lorsque

Triplett baisse son revolver pour tenter d'abattre l'animal, Joshua lui assène sur la mâchoire un coup de crosse si solide que Triplett vacille, laisse tomber son arme et s'affale sur le sol, assommé. L'instant d'après, une main habile le dépouille de son ceinturon. Soulagée au-delà du possible, Liliane saute au cou de Joshua en étouffant un sanglot aussi violent que spontané.

– Faut vous retenir un peu, Miss Lili, la gronde-t-il. Il y a du monde qui vous regarde…

Cette remarque faussement sévère fait sourire Liliane. Joshua en profite pour la serrer un peu plus fort, jusqu'à ce que le nez de Canuck vienne se glisser entre eux deux, les forçant à prendre leur distance. Liliane s'accroupit pour caresser son chien.

– Bon Canuck! s'exclame-t-elle en frottant énergiquement les oreilles et le museau de la bête. Bon Canuck!

Près de la porte, Marvin brandit encore son arme.

– Et vous? demande-t-il à l'intention de l'homme à la moustache blonde, demeuré immobile et silencieux depuis l'arrivée des secours.

– Je ne suis pas armé, répond celui-ci. J'étais venu pour…

Il balbutie, hésite puis se tait, confus. À genoux sur le sol, Liliane lève les yeux et complète la phrase:

– Pour me délivrer.

L'inconnu hoche la tête d'un air à ce point incrédule que Liliane pourrait en rire si ce n'était du corps ensanglanté qui gît contre le mur derrière elle. Certes elle a déjà vu des morts depuis qu'elle a pris la route de l'or, mais jamais elle n'a vu quelqu'un perdre la vie d'une manière aussi violente, ni à cause d'elle. Ni si près d'elle. Quelle est cette étrange nausée qui lui tord soudain l'estomac?

– Qui êtes-vous ? réussit à demander l'inconnu, alors que son regard va de Marvin à Joshua pour s'arrêter sur Liliane. Vous n'êtes pas Lili !

Liliane apprécie qu'il détourne son attention du cadavre.

– Bien sûr que c'est Miss Lili ! rétorque Joshua, caressant à son tour le chien, indifférent à la traînée de sang presque noir qui souille le plancher derrière lui. Miss Lili Klondike, ma patronne. *Notre* patronne.

Il a parlé avec entrain, comme s'il ressentait une fierté toute personnelle à servir d'escorte à la célèbre Lili Klondike. Son frère approuve et redresse les épaules, son fusil plaqué triomphalement en travers de la poitrine. L'inconnu hoche la tête, pensif, puis tend une main en direction de Liliane.

– Je suis Dennis-James Peterson. Heureux de faire votre connaissance…, Miss Lili.

– Il vaudrait peut-être mieux ne pas s'attarder ici, intervient Joshua. Les coups de feu sont monnaie courante à Skagway, mais quelqu'un pourrait venir s'enquérir de ces deux bandits-là.

Il désigne du menton le cadavre de Walsh, étendu le long du mur, et Triplett, toujours inconscient.

*

Après avoir enfermé Triplett dans le réduit et en avoir fait disparaître la clé, Liliane et son escorte abandonnent Peterson pour filer vers le port. Autour d'eux, la rue est déserte. Derrière la fenêtre d'une maison, Liliane aperçoit une femme et son enfant, l'air terrifié. Au coin de l'avenue Broadway, alors que Joshua et Marvin piquent à gauche, Liliane les interpelle :

– Regardez !

Elle a murmuré, mais son ton impératif force les frères Ashley à revenir sur leurs pas. Liliane désigne le sud où se trouve massée presque toute la population de Skagway.

– Quelle heure est-il ? demande-t-elle en se rappelant les propos de Peterson.

– Quatre heures.

Marvin a répondu en levant les yeux vers le saloon de Soapy Smith devant lequel une centaine d'hommes armés forment un demi-cercle intimidant. Derrière eux, d'autres hommes, armés eux aussi, manifestent leur agressivité par des imprécations et des jurons.

– C'est l'heure, souffle Liliane, gagnée par un mélange de fébrilité et d'appréhension.

Le long de la rue, on ferme les boutiques, les bureaux, les hôtels. La tension est palpable, et Liliane cesse de respirer lorsque la porte du saloon de Smith s'ouvre enfin. Smith lui-même apparaît sur le trottoir. Liliane reconnaît dans ses mains un fusil de gros calibre. Une arme comme celle de Marvin. De celles qui ne laissent aucune chance à la cible visée. Ainsi armé, l'air menaçant, Smith s'avance vers la foule. Un silence de mort tombe sur la rue.

– J'ai cinq cents gars derrière moi, s'écrie-t-il sur un ton où l'on perçoit une violence à peine contenue. Ils sont tous prêts à tirer.

Contrairement à plus tôt dans la journée, personne ne recule. Personne ne réplique non plus. Les hommes se tiennent droits et silencieux. Ils l'affrontent avec une telle assurance que c'est au tour de Smith de faire un pas vers l'arrière, visiblement surpris.

– Venez, souffle Joshua en s'approchant de Liliane. Il faut partir de cette ville au plus vite.

– Ouais, ajoute Marvin, ça va barder. Mieux vaut ne pas être pris entre deux feux.

Fascinée malgré elle, Liliane se résout quand même à quitter les lieux. Elle emboîte le pas à ses amis et reprend la direction du hangar, qu'ils atteignent quelques minutes plus tard. Mrs. Pull et ses fils, sur place depuis un moment, ont commencé à préparer les marchandises pour le transport.

– Bonjour ! leur lance la femme en les voyant arriver. J'ai évalué les différentes manières de procéder. Le plus efficace serait que je loue trois chevaux supplémentaires à John Ferro. C'est un concurrent loyal qui, si vous y mettez le prix…

– Allez-y, acquiesce Liliane en parcourant des yeux les caisses de bois entassées dans un coin. Nous sommes assez pressés.

– Si cela vous convient toujours, précise Mrs. Pull, nous partirons demain après-midi.

– Nous partirons ce soir, corrige Liliane en retrouvant son aplomb coutumier. Je paierai ce qu'il faudra pour les chevaux de Mr. Ferro, mais il nous les faut tout de suite.

– Vos concitoyens s'apprêtent à régler leurs comptes avec Smith, intervient Joshua pour justifier leur empressement.

– C'est fou comme le monde change, murmure la femme en couvant des yeux, d'un air attristé, l'ensemble de la ville. Il y a quatre jours à peine, Smith dirigeait la parade du 4 juillet, acclamé par tous, aimé de tous. Le voilà maintenant déchu…

Liliane se sent un peu émue par ce qu'elle lit sur le visage de Mrs. Pull : une espèce de désenchantement mêlé à de la tristesse. Jefferson « Soapy » Smith a toujours ses admirateurs. De crainte de la voir changer d'avis, Liliane juge bon d'insister :

– Nous voulons être le plus loin possible quand la bagarre va commencer.

Témoin privilégié de ce changement dans l'opinion publique, elle se garde bien d'expliquer les raisons du revers de fortune de Smith.

– Je vous comprends, approuve Mrs. Pull en revenant à ce qui les intéresse, mais on doit d'abord charger les bêtes. Même avec mes fils, il nous faudra plusieurs heures.

– Nous allons vous aider ! décide Liliane en lançant un regard entendu à ses amis.

Ainsi, alors que la colère gronde dans Skagway, alors qu'un règne de terreur s'apprête à prendre fin, Liliane et ses compagnons séparent les marchandises et les emballent dans des contenants plus pratiques pour le transport. Ils ne s'arrêtent qu'une fois, pour souper, et reprennent aussitôt leur labeur.

Vers neuf heures, cependant, quelques dizaines d'hommes passent devant le hangar en se dirigeant vers le quai Juneau. Liliane ne les quitte pas des yeux, et son air inquiet trouve un écho sur le visage de Mrs. Pull.

– Ça va barder, souffle encore une fois Marvin en apparaissant à leurs côtés, son fusil dans les mains.

Construit sur pilotis, le quai Juneau s'étire loin dans la baie, sur plus d'une centaine de pieds. Tout au bout, les hommes du comité – c'est ainsi qu'on a baptisé les meneurs – se concertent sur la marche à suivre pour destituer Soapy Smith. Si loin de la rive, ils peuvent discuter à l'abri des oreilles indiscrètes.

– Le voilà ! lance tout à coup Mrs. Pull en montrant du doigt un homme qui s'avance vers le port, la démarche agressive. C'est Smith…

Aussitôt, Mrs. Pull entraîne ses fils dans le hangar, en ressort et referme la porte derrière elle. Elle s'y adosse, imitée par Liliane et les frères Ashley qui tentent, par ce geste, de préserver l'innocence des enfants. Allongé à deux pas de sa maîtresse, le nez posé sur ses pattes avant, Canuck surveille, avec son flegme habituel, l'homme qui se dirige vers le quai.

Liliane non plus ne quitte pas des yeux celui qui s'approche, une carabine entre les mains. Elle n'a pu retenir le frisson qui l'a parcourue des pieds à la tête lorsqu'elle a reconnu aussi le fusil de calibre 12 suspendu à son épaule. Une poche de sa veste laisse également entrevoir la crosse d'un pistolet. Ainsi armé, Smith s'avance vers le quai, suivi, à distance prudente, d'une centaine de ses concitoyens désireux d'assister à l'affrontement final.

– Allez vous coucher ! hurle-t-il à leur intention. Il n'y a rien à voir !

Devant son ton rageur, les badauds reculent, mais sans se disperser. Lorsque Smith reprend sa route, ils lui emboîtent le pas, se demandant encore si cet homme mérite la corde ou une médaille. Liliane n'a cessé de l'observer. Elle détaille son visage durci, ses yeux profonds et sa démarche, de moins en moins assurée.

– Doux Jésus, souffle-t-elle, répétant malgré elle les mots de Dolly. Il a bu.

– Impossible, réplique Joshua qui a suivi la scène avec autant d'attention qu'elle. Smith n'irait pas affronter ses ennemis en boisson, ce serait suicidaire.

Il s'interrompt et son regard s'éclaircit.

– Ma foi..., vous avez raison, dit-il comme s'il prenait conscience que l'affrontement était soudain inévitable.

Certes, la colère est bien visible sur les traits de Smith, mais ses yeux ne s'attardent nulle part. Ses pas se font parfois hésitants et l'arme qu'il tient dans les mains s'appuie mollement sur son abdomen. Derrière lui, les gens continuent d'avancer. Quelques personnes marchent plus près, comme s'ils le suivaient par devoir, mais avec crainte.

– Voilà tout ce qui reste de ses hommes, soupire Mrs. Pull.

– Dans ce cas, conclut Marvin, ils ne sont plus très nombreux.

Liliane hoche la tête, mais ne détourne pas les yeux de la scène. Comme le constatait Marvin, Smith est presque seul pour affronter l'adversité, et la distance entre lui et ses hommes grandit de minute en minute. Liliane commençait à le croire abandonné de tous lorsqu'un homme, une femme et un petit garçon sortent de la foule et s'avancent vers lui. N'ayant pas l'air de le craindre le moins du monde, ils l'interpellent. Smith empoigne son revolver et le brandit d'un geste impatient en direction de l'homme qui continue d'approcher.

– Lui, c'est John Clancy, murmure Mrs. Pull, son meilleur ami et son partenaire dans plusieurs affaires. Il ne va tout de même pas l'abattre devant sa femme et son fils !

Smith ne tire pas. Il grommelle simplement quelques mots et Clancy tourne les talons, entraînant sa famille avec lui. Sans plus leur jeter un regard, Smith range le pistolet, serre sa carabine de ses deux mains et poursuit son chemin. Le temps semble ralentir tandis qu'il s'approche du quai et que sa silhouette diffuse oscille dans les rayons du soleil couchant. Le sol paraît se dissoudre sous ses pas et les jurons qu'il profère en maugréant s'évaporent dans l'air chaud de juillet. La foule continue de s'agglutiner derrière lui, mais personne ne se met en travers de sa route.

Bientôt, il ne se trouve plus que quatre hommes devant une chaîne de métal pour l'empêcher de rejoindre le quai Juneau au bout duquel se tient toujours la réunion. La tension monte d'un cran. Smith, ignorant délibérément la présence des gardes, enjambe le quai.

– Tu n'as pas d'affaire là ! lance le premier garde en lui bloquant le passage.

Les deux hommes se retrouvent face à face et s'immobilisent, se toisant avec autant d'arrogance l'un que l'autre.

– Celui-là, c'est Frank Reid, souffle Mrs. Pull à l'intention de Liliane.

Davantage de présentation ne s'avère pas nécessaire, car Smith, plus furieux que jamais, vient de lever sa carabine.

– Va en enfer, Reid ! rage-t-il en pointant l'arme en direction du gardien. Tout ce qui arrive est de ta faute. J'aurais dû me débarrasser de toi depuis longtemps.

Soapy Smith et Frank Reid s'affrontent d'abord du regard. La distance qui les sépare est tellement faible que lorsque Smith appuie sa carabine contre la tête de Reid, celui-ci a à peine le temps de réagir. Avec adresse, il utilise sa main gauche pour détourner le canon de Smith, et, de la droite, il sort son propre pistolet.

– Ne tire pas ! s'écrie soudain Smith, en proie à un élan de panique. Dieu du ciel, ne tire pas !

La suite des événements ne dure qu'un instant, mais Liliane n'en manque pas un détail. Reid appuie sur la gâchette, mais le coup ne part pas. Profitant de l'occasion, Smith redresse sa carabine et fait feu à bout portant sur l'abdomen de Reid. Une fraction de seconde plus tard, deux détonations éclatent presque simultanément. Smith s'effondre, touché par une balle en plein cœur, alors que Reid, blessé à la jambe, tire une troisième fois, atteignant le bandit de Skagway juste au-dessus du genou. Puis il s'affale à son tour sur le quai dans une mare de sang.

Près du hangar, Liliane a figé, le souffle coupé. Les grognements menaçants de Canuck la ramènent à la réalité et elle doit reculer pour s'adosser au mur et laisser passer la centaine de personnes qui envahissent le port. On sort des maisons, des restaurants, des hôtels, de tous les endroits où on s'était réfugié dans l'attente du duel. Liliane aperçoit des femmes, des enfants, mais aussi quelques hommes, moins téméraires ou moins curieux que les autres. Ensemble, ils rejoignent leurs concitoyens et encerclent les deux corps, celui du tyran et celui du justicier. Même de loin, Liliane distingue sur les visages un air mi-horrifié, mi-soulagé. On hésite entre le deuil et les réjouissances.

Puis, soudain, d'autres coups de feu s'élèvent dans la ville, mais peu de gens y prêtent attention. À regret, Liliane détourne les yeux du spectacle morbide juste à temps pour apercevoir, de par les rues, plusieurs personnes qui s'enfuient à toutes jambes. Ce sont les hommes de Smith qu'on poursuit avec acharnement.

Chapitre vii

– Travailler au *dance hall*, MOI ?

Rosalie a prononcé cette phrase en accentuant le dernier mot, puis elle se tourne vers le public et, d'un ton hautain, elle ajoute :

– Pour qui me prenez-vous ? Je ne suis pas ce genre de femme.

Aussitôt, la rumeur enfle dans le Tivoli. Au parterre on applaudit, au balcon on siffle, dans les corbeilles on tape sur les murs. Sur la scène, Arthur réprime avec difficulté un fou rire. Rosalie aussi doit se retenir pour ne pas s'esclaffer tant la situation lui paraît ironique. Elle joue un rôle créé pour elle-même par elle-même où elle endosse le personnage de Lili Klondike, copie conforme de la Lili qu'elle a été jadis, qu'elle était encore peut-être avant de mettre les pieds à Dawson. Mais en plus de se produire au théâtre, Rosalie danse au *dance hall*, emploi qu'elle refusait obstinément du temps où elle était à Skagway. Le plus surprenant dans tout cela, c'est qu'elle n'en ressent aucune honte. Elle s'amuse même de ce revirement de situation. Consciente de tous ces yeux braqués sur elle, Rosalie garde son sérieux et encourage son partenaire d'un geste discret. Les spectateurs brident enfin leurs ardeurs, ce qui permet à Arthur d'y aller avec la réplique suivante :

– Pourquoi ne seriez-vous pas ce genre de femme, Miss Lili ? N'êtes-vous pas capable de faire un tour de piste avec un homme pour ensuite boire un verre avec lui ?

À cette question, les rires se transforment en murmures. Tous attendent la réponse de Lili Klondike.

– Ça n'a rien à voir !

Rosalie a exagéré la raideur de son maintien et elle s'est exclamée avec force, comme si les propos d'Arthur la scandalisaient. Dieu qu'elle se souvient avoir été scandalisée par les mots de Soapy Smith ! Aujourd'hui, elle en rit. Il faut dire que les conditions de travail ont eu tôt fait de la convaincre de la futilité de ses scrupules. En combinant son salaire d'actrice à celui de danseuse, Rosalie roule sur l'or. Et si elle y met autant de cœur, c'est qu'elle est très consciente de sa chance. Jamais, à aucun endroit ni à aucun moment de sa vie, elle n'a été à ce point encensée, rémunération à l'appui.

Elle joue le reste de la pièce avec son enthousiasme coutumier. Comme chaque soir, sa joie irradie et sa présence occupe tout le théâtre. Dans la salle, les hommes n'ont d'yeux que pour elle. Son nom génère des passions ; son rire, la dévotion. À la fin, quand le rideau tombe et que Rosalie revient devant l'assistance au bras d'Arthur, on l'applaudit, on crie : « Encore, Lili Klondike ! » Gagnée par l'euphorie, Rosalie s'incline, sa main dans celle d'Arthur. Elle vient tout juste de se redresser que, sans avertissement, un admirateur lui lance une pépite. L'objet atterrit doucement à ses pieds, suivi par un deuxième, puis un troisième. Craignant d'être pris pour cible, Arthur recule, ce qui provoque un déferlement de pépites sur la scène. Elles fusent de partout, mais sont jetées sans agressivité ; c'est à peine si elles effleurent les chaussures de Rosalie. En quelques minutes, les planches sont jonchées de petits cailloux dorés et brillants. Rosalie rit de plus belle, se penchant avec grâce pour ramasser les cadeaux que lui lancent ses admirateurs. Elle se dépêche parce que le piano a déjà commencé à jouer. Il est minuit, on se prépare à danser. Du fond de la salle, on l'appelle. Rosalie récupère les dernières pépites, qu'elle glisse dans son réticule avant de descendre sur la piste, où l'attendent, en piaffant de désir, ses nombreux cavaliers.

*

Les rideaux sont tirés et, tandis que tout en bas les danseurs s'en donnent à cœur joie, là-haut, dans la loge, la musique dissimule le bruit des conversations. Bien calée dans un fauteuil recouvert de brocart, sirotant son quatrième verre de champagne, Rosalie croise les jambes dans un froissement de satin. Avec un plaisir coquin, elle dévoile la finesse de ses chevilles. Devant elle, William O'Keefe a suivi son geste et esquisse une moue approbatrice. Âgé d'à peine vingt-cinq ans, l'homme a mis la main, l'automne dernier, sur une des concessions les plus payantes de la région. Cette fructueuse acquisition lui permet de s'offrir une loge tous les soirs, en plus de n'importe laquelle des danseuses du Tivoli. Pour la troisième fois en trois jours, c'est sur Rosalie que le riche mineur a jeté son dévolu, au grand dam des autres filles qui ne se sont pas privées d'émettre des commentaires acerbes.

«Au diable la jalousie des autres! songe Rosalie en appréciant les bulles qui éclatent dans sa bouche. Et vive le champagne à commission!»

Depuis qu'ils sont entrés dans la loge, William O'Keefe paie bouteille après bouteille et, bien qu'un peu grise, Rosalie en savoure chaque goutte, sachant très bien que chacune augmente son salaire. Tant d'argent rien que pour faire la conversation avec un homme charmant, rien que pour boire avec lui jusqu'au petit matin!

– Je vous trouve bien dégourdie pour une Canadienne française, souffle William O'Keefe en fixant d'un œil intéressé le pied si agréablement exposé.

Parce qu'il est assis tout près, O'Keefe n'a qu'à tendre le bras pour lui caresser la cheville.

– Arrêtez, Willie, murmure Rosalie sur un ton badin, vous me chatouillez.

Espiègle, elle décroise les jambes et feint un élan de pudeur en repoussant le satin de sa jupe jusqu'à ce qu'il dissimule complètement ses chaussures.

– Voilà un autre petit bonheur qui vient de s'envoler! se plaint O'Keefe, avant de porter son attention sur la main que Rosalie laisse pendre mollement sur le bord de son fauteuil.

Il s'étire à peine et l'effleure du bout des doigts.

– Vous avez de la suite dans les idées, Willie, le taquine Rosalie en faisant mine de se dérober.

– Il n'y a pas de mal à ça, que je sache.

Avec un soupir, O'Keefe se redresse et renonce pour le moment à la caresser. Après un bref coup d'œil sur la table où trône une bouteille vide, il s'adresse à Rosalie en la dévorant des yeux.

– Prendriez-vous encore du champagne?

Sans attendre sa réponse, il écarte le rideau pour appeler le serveur. Rosalie ne s'offusque pas qu'il l'ait consultée uniquement pour la forme. Elle vide son verre d'un trait.

– Avec plaisir ! s'exclame-t-elle, essayant, en vain, de calculer son salaire de la soirée.

Ivre ou à jeun, elle n'a jamais eu de talent pour les chiffres. Mais elle possède d'autres forces. Elle sait comment séduire, et comment ne pas être séduite. Et ce soir, malgré son état d'ébriété avancé, elle soutient le regard chargé de désir de son admirateur en se lovant dans le fauteuil. Sous le charme, O'Keefe doit faire un effort pour se détourner d'elle et s'adresser au serveur qui vient d'apparaître :

– La même chose, lance-t-il simplement en lui tendant la bouteille.

Dès que le rideau de la loge retombe, il saisit de nouveau la main de Rosalie qu'il continue de caresser.

– Vous parlez bien anglais, dit-il en approchant ses lèvres de sa paume.

Loin de s'effaroucher, Rosalie prend un ton ingénu :

– J'ai vu le Monde.

Si elle n'avait pas tant bu, elle se trouverait ridicule. Qu'a-t-elle vu, au juste, de ce « Monde » ? Coaticook, Portland, les villes américaines traversées par le train qui l'a menée à Seattle. Elle a vu Skagway et la route jusqu'à Dawson, mais est-ce vraiment cela, le Monde ? Loin de lui donner de l'assurance, ses voyages lui ont prouvé l'ampleur de son ignorance. Le Monde est vaste, multiple et insaisissable. Mais aussi loin dans le Nord, cela importe peu. L'or, toujours l'or, voilà ce qui compte à Dawson. Voilà pourquoi Rosalie continue d'encourager O'Keefe et de sourire quand il le faut.

– Le Monde…, répète ce dernier en s'emparant de la nouvelle bouteille. J'en ai vu une partie, moi aussi, mais jamais je n'ai rencontré pareille fleur. Dites-moi, quel âge avez-vous, Miss Lili ?

Rosalie ne prend même pas le temps de réfléchir. Elle le regarde remplir les deux verres, accepte celui qu'il lui offre et répond avec un naturel déconcertant :

– J'ai dix-huit ans.

Elle ment sans vergogne, sans éprouver une once de remords. Au prix que lui coûte cette soirée, William O'Keefe ne veut pas entendre la vérité. Il veut continuer de rêver. Et pour autant d'argent, Rosalie veut bien rêver avec lui. Elle ne recule donc pas lorsqu'il tend le bras vers elle. Avec douceur, il repousse derrière l'oreille une mèche de cheveux libérée du chignon. Ses doigts s'attardent un moment, avant de descendre le long de sa nuque pour ensuite suivre le contour de sa clavicule.

– C'est une grande tristesse qu'une si belle gorge ne soit parée d'aucun ornement.

Sur le coup, Rosalie reçoit la remarque comme un reproche et se cale plus loin dans son fauteuil pour se dérober à ses caresses.

– Non, non, rectifie O'Keefe en constatant que ses paroles n'ont pas l'effet souhaité. Ne le prenez pas mal, surtout. Il s'agissait d'un compliment. Votre peau est tellement douce, tellement blanche. Vos épaules sont aussi lisses que des perles.

À ces mots, il enfouit une main dans la poche de sa veste et en ressort un amas de billes nacrées. Une étrange sensation envahit Rosalie lorsqu'elle déroule le collier.

– Ce sont des vraies ? demande-t-elle, incrédule.

– Évidemment que ce sont des vraies.

– Mais ça vaut une fortune !

– L'homme qui vous offrirait un faux bijou ne vaudrait pas davantage que son cadeau.

Le cœur serré, Rosalie balbutie quelques mots pour exprimer sa gratitude. À cause de l'alcool, sans doute, des souvenirs qu'elle tentait d'oublier refont surface. Les perles lui rappellent Seattle, Dennis-James, leur amour et ce collier qu'il lui avait donné avant d'embarquer sur le *SS Rosalie*. Étranglée par l'émotion, elle attache elle-même le bijou autour de son cou et le parcourt d'une main légère. Elle ne peut empêcher les larmes de couler sur ses joues.

– Qu'est-ce qu'il y a ? s'enquiert O'Keefe. Le cadeau ne vous plaît pas ?

Rosalie sort un mouchoir en esquissant un sourire contrit.

– Bien sûr qu'il me plaît, Willie. Je suis émue, c'est tout.

Elle ment encore et, parce qu'elle se sent coupable, elle permet à l'homme de se pencher sur elle pour l'embrasser. Lorsque les mains d'O'Keefe remontent le long de son corsage, Rosalie trouve que les choses vont trop loin et qu'il est temps de mettre fin à cet entretien trop privé.

– Excusez-moi, Willie, souffle-t-elle en s'écartant de lui. Ce champagne me grise. Je dois me rafraîchir un peu.

O'Keefe affiche une surprise mêlée de déception et proteste :

– Que dis-tu là ? Tu es parfaite telle que tu es. Reviens donc par ici.

Il l'enlace de nouveau et, troublée tant par l'alcool que par le cadeau, Rosalie se laisse aller dans ses bras.

William O'Keefe a gagné et il le sait très bien. Les doigts de Rosalie glissent déjà dans ses cheveux. Sans le moindre effort, elle lui rend son baiser. Elle le sent l'attirer plus près encore, la presser contre son torse. Une petite voix très loin au fond de sa conscience rappelle à Rosalie qu'elle devrait le repousser et quitter la loge, qu'elle est en train de perdre la tête. Mais son corps s'enflamme et ne répond plus. Ses dernières résistances cèdent lorsque la main de William remonte sous sa jupe et s'immisce avec adresse sous la dentelle de son pantalon. Rosalie bascule et s'abandonne. Personne ne peut les apercevoir dans cette loge, isolés qu'ils sont de tous les côtés par d'épaisses tentures. Personne ne saura à quel point elle est triste, et soûle aussi. Les doigts chauds s'infiltrent en elle et, au lieu de serrer les fesses, Rosalie écarte les cuisses. William voit ce geste comme une invitation et, après avoir défait l'agrafe qui retenait son propre pantalon, il se redresse. Il s'apprête à s'allonger sur elle lorsqu'on tire le rideau brusquement. Rosalie pousse un cri en reconnaissant la silhouette large et solide qui empoigne William pour l'écraser contre la balustrade.

– Salaud ! rage Arthur en le menaçant de son poing.

Tout en maintenant O'Keefe immobile, il repousse du coude le rideau qui isolait la loge de la salle. Aussitôt, des visages se lèvent dans leur direction et une clameur monte de la piste de danse.

– Hé ! s'écrie O'Keefe, plus stupéfait qu'apeuré. Veux-tu bien me lâcher !

Contrairement à lui, Rosalie craint le prochain geste d'Arthur. Elle connaît sa force. Elle sait également que la jalousie le ronge depuis des semaines. Qu'elle accepte de passer la soirée dans la loge de William O'Keefe est la goutte qui a fait déborder le vase. Au prix d'un suprême effort, elle retrouve ses esprits.

– Arrête, Arthur, le supplie-t-elle en l'attrapant par la manche. Arrête, tu vas trop loin.

Arthur se défait de la poigne de Rosalie et entreprend de soulever son rival en maugréant :

– Je refuse qu'un salaud de son espèce pose les mains sur toi.

O'Keefe se débat, soudain aussi lucide que Rosalie.

– Mais lâche-moi donc ! s'écrie-t-il en tentant de bousculer son agresseur.

De constitution peu robuste, William O'Keefe a l'air d'un enfant à côté d'Arthur et il a beau essayer de le repousser à deux mains, il ne peut éviter le poing qui s'enfonce dans son abdomen. Il se plie en deux.

– Arrête, Arthur ! répète Rosalie, avec toute la fermeté dont elle est capable.

Ses paroles n'ont pas l'effet escompté ; Arthur décoche un coup de genou dans l'entrejambe de son rival, qui s'écroule. Il profite de ce moment de faiblesse chez son adversaire pour le soulever à bout de bras et s'avancer, ainsi chargé, vers la balustrade. Comprenant ce qui est sur le point de se produire, Rosalie change de tactique :

– Je ne suis pas à toi, Arthur ! lance-t-elle d'une voix dure.

À ces mots, Arthur fige, les bras en l'air, William toujours en équilibre au-dessus de lui. Les dents serrées, les joues rouges de colère, il hésite. Rosalie peut lire les émotions qui se succèdent dans son esprit. De la jalousie, il passe à la douleur, puis à une tristesse si grande qu'il recule et lâche O'Keefe. Ce dernier s'affale à l'intérieur de la loge dans un bruit sourd. Au passage, sa tête heurte la table, renversant la bouteille et les deux verres qui se brisent en morceaux.

– Tu es à lui maintenant, c'est ça? demande Arthur en désignant celui qui gît, inconscient, sur le sol couvert de champagne.

Arthur s'efforce de cacher sa douleur sous une agressivité exagérée, mais Rosalie n'est pas dupe. Elle réplique, à mi-chemin entre la contrariété et la pitié :

– Je ne suis pas davantage à lui. Je suis à moi. À moi, et à personne d'autre.

Arthur accuse le coup. Son visage blêmit à un point tel que Rosalie s'inquiète de la suite des événements. Puis, tentant une dernière attaque, il lui lance :

– Tu es une putain, Lili, rien qu'une putain !

Piquée au vif, Rosalie s'avance jusqu'à un pouce de son nez et s'écrie :

– Si c'était le cas, ça t'aurait coûté cher depuis le temps...

Cette fois, la pointe rate la cible. Fouillant dans sa poche, Arthur en sort un petit sac de poudre d'or qu'il jette sur un fauteuil.

– Voilà ! dit-il avec mépris. On est quittes.

Il tourne les talons et disparaît, refermant le rideau derrière lui.

*

Une brise tiède souffle sur Dawson avec constance. Rosalie a laissé le rideau entrouvert en espérant profiter du courant d'air, mais les rayons obliques qui pénètrent dans sa chambre l'empêchent de fermer l'œil. Il est tôt le matin et le soleil, après être à peine descendu sous la ligne d'horizon, reprend maintenant sa course vers le haut. Allongée dans son lit, le corps baigné de lumière, Rosalie se tourne et se tourne encore jusqu'à ce que, lasse, elle enfouisse son visage dans son oreiller. Si l'orgueil ne l'habitait pas autant, elle pleurerait. Non pas de peine, mais d'amertume. Car ce soir, elle en veut à la terre entière. Tout allait si bien. Tout allait si rondement avant qu'Arthur s'en mêle.

Jamais elle ne lui pardonnera d'être intervenu. Jamais elle n'acceptera qu'il s'invite dans sa chambre, qu'il s'étende à côté d'elle, comme il le faisait encore il y a deux jours. À cause de lui, elle a perdu son salaire de la soirée. La bouteille fracassée, c'est elle qui a dû la payer. Et William O'Keefe était à ce point furieux lorsqu'il a repris connaissance qu'il a exigé qu'elle lui rende le collier, affirmant qu'il n'avait pas loué cette loge pour se faire brutaliser par un rival jaloux.

Jaloux. Voilà exactement le mot pour décrire Arthur. Heureusement, Mr. Cooper l'a congédié avec une telle brusquerie que Rosalie doute qu'il remette un jour les pieds au Tivoli. On ne malmène pas un client impunément. Surtout si le client en question est riche et qu'il fréquente chaque soir le saloon, y dépensant une fortune en pourboires et en consommations. Arthur est parti pour de bon et c'est tant mieux. Rosalie n'en pouvait plus de ses crises. Elle n'en pouvait plus de le voir essayer, par tous les moyens, de lui dicter sa conduite. Qui était-il pour lui dire comment elle devait mener sa vie ? S'était-il regardé, lui, qui dépensait l'entièreté de sa paie au bar ? Pensait-il vraiment qu'elle le croyait quand il affirmait avoir renoncé à Meredith juste pour elle ? Son plan aurait pu fonctionner si Rosalie n'avait eu encore que dix-huit ans, comme elle l'a prétendu ce soir. Mais à vingt-deux, il en faudrait davantage pour la berner. Arthur, comme Dennis-James, comme Steven Wright avant lui, s'est diverti avec elle. Aucun d'eux ne l'a prise plus au sérieux que ne le faisait William O'Keefe dans sa loge. Avec ce dernier, au moins, les choses étaient claires. Elle tenait compagnie à un client. Aucun des deux ne trompait l'autre. Et si Arthur n'était pas intervenu, elle serait riche à l'heure qu'il est.

Maintenant que la voilà dégrisée, Rosalie réalise que c'est dans son lit que William O'Keefe aurait terminé la nuit. Et elle? Était-elle prête à verser dans la prostitution? Elle n'y avait même pas pensé, ne l'avait même pas imaginé avant que Willie retrousse sa jupe. Elle travaillait, simplement. Elle buvait, suivant à la lettre les instructions de Cooper. Elle buvait pour soutirer au client le maximum de poudre d'or. Elle trouvait la manœuvre facile, amusante même. Ce soir, cependant, les choses sont allées plus loin. Il est évident que sans l'intervention d'Arthur elle aurait fini par céder. L'alcool aidant, elle se détendait, permettait à Willie de s'approcher, de la toucher. Et puis après? Était-il si différent d'Arthur? De Dennis-James? De Steven Wright? Elle avait eu envie de lui comme elle avait eu envie des autres. Son corps s'était enflammé. Elle brûlait de le sentir en elle, et lui était prêt à payer cher pour obtenir ce privilège. Toutes les filles du Tivoli arrondissent leurs fins de mois de cette manière. Pourquoi devrait-elle s'en priver?

– Lili?

C'est une voix de femme qui l'appelle derrière la porte, la tirant de son demi-sommeil. Rosalie s'aperçoit que le jour est plus brillant à l'extérieur. Les bruits de la ville s'élèvent de la rue. La nuit est terminée, déjà.

– Dors-tu, Lili ?

La voix répète son nom, la forçant à se réveiller complètement. Rosalie se lève, enfile un peignoir et se dirige vers la porte en ronchonnant. Elle ouvre sur une inconnue d'une blondeur étonnante. Bien qu'il soit tôt le matin, celle-ci a revêtu une robe du soir qui dévoile des épaules rondes, une gorge blanche et des bras charnus. Après avoir franchi le seuil dans un tourbillon de soie, la nouvelle venue va s'asseoir au pied du lit, où elle étale avec grâce les froufrous de ses jupons. À coup de gestes brefs, Rosalie s'empresse de remonter les couvertures, un peu gênée du désordre qui règne dans sa chambre. Puis elle s'enquiert de l'identité de sa visiteuse.

– Je m'appelle Dolly La Belle, dit la jeune femme en tendant la main.

– Vous travaillez au Tivoli ?

En posant sa question, Rosalie s'est attardée sur les yeux clairs de Dolly, mis en valeur par le bleu de sa robe. Dans le soleil du matin, ses iris ont l'apparence de deux pierres précieuses.

– Je ne travaille pour personne ! lance Dolly avec un peu de brusquerie.

Puis, changeant de ton, elle poursuit :

– Tout le monde parle de toi à Dawson et j'ai décidé de profiter d'une visite au Tivoli pour faire ta connaissance.

Rosalie l'écoute, flattée qu'on s'intéresse à elle de la sorte.

– Tant qu'à y être, ajoute Dolly, j'aimerais savoir pourquoi tu te fais appeler Lili Klondike.

– C'est l'idée de Mulligan, explique Rosalie, un peu gênée. Au début, il annonçait *Les aventures de Lili au*

Klondike et, avec le temps, c'est devenu *Lili Klondike* tout court. Il paraît que c'est plus payant. C'est ce qu'il dit.

Dolly réfléchit un moment et l'interroge de nouveau :

– Est-ce que tu sais qu'il en existe une autre ?

Cette question met Rosalie sur la défensive et elle mesure la portée de chaque mot pour se justifier :

– Cooper m'en a parlé. Il paraît qu'elle ne vit plus à Dawson. On l'aurait même aperçue à bord d'un bateau en direction des pistes.

Dolly affiche une mine sceptique. Mal à l'aise, Rosalie cherche quelque chose à dire pour détendre l'atmosphère. Elle est soulagée lorsque l'autre reprend, en changeant d'attitude :

– J'ai vu Hicks régler ses comptes avec Willie hier soir. Si j'ai bien compris, tu commences dans le métier, c'est ça ?

Rosalie hésite à répondre, puis acquiesce de la tête.

– C'est ce que je pensais. Il y a des choses qu'on doit savoir quand on décide de gagner sa vie comme je le fais. Mais...

Dolly jette un œil à la fenêtre et prend une voix de conspiratrice.

– ... Mais ce que je vais te dire doit rester entre ces murs. Il faut que tu le promettes.

Rosalie s'étonne d'une telle demande.

– Je le promets, articule-t-elle néanmoins.

D'un geste, Dolly l'invite à s'asseoir à côté d'elle et Rosalie se laisse choir sur le matelas de plume. Près d'une femme en si grande toilette, elle se trouve un peu ridicule avec sa robe de nuit et son peignoir.

– Et on va parler de quoi ? demande-t-elle pour éviter que l'autre ne prête attention à sa tenue.

– De précautions.

Avec cette réponse, Dolly lui offre un sourire coquin. Cette attitude renferme toutefois un avertissement qu'il serait dangereux de négliger. Parler de contraception est interdit, tant par la loi que par la religion. Dolly risque beaucoup en venant dans sa chambre pour en discuter avec elle. Rosalie s'émeut de cette soudaine complicité.

– Je peux au moins te donner quelques trucs, ajoute Dolly en balayant la pièce du regard. La base, tu comprends ?

Rosalie baisse les yeux, gênée comme rarement elle l'a été dans sa vie. Comment ne pas l'être ? Sa compagne parle de prostitution sans même rougir.

– L'hiver dernier, les clients étaient peu nombreux dans le coin. Chaque fille avait les siens. La plupart des gars voulaient juste un câlin de temps en temps. Ils choisissaient presque toujours la même fille. Et puis, comme le fleuve gelé empêchait les grands voyages... Eh bien, disons que les nouveaux se faisaient rares. Les choses ont changé maintenant. As-tu l'intention de travailler dans cette pièce ?

Dolly observe les robes empilées pêle-mêle sur le plancher, les chaussures entassées le long du mur et tout le bric-à-brac de maquillage sur la coiffeuse. La brosse où les cheveux s'accumulent par centaines, les rubans qui traînent, les chapeaux renversés. Rosalie acquiesce, un peu embarrassée.

– Je ne veux pas te dire comment mener ton commerce, poursuit l'autre, mais à mon avis, avant de recevoir un client, tu devrais commencer par faire du ménage.

En entendant ce jugement à peine voilé, Rosalie ressent une brutale envie de mettre la visiteuse à la porte. Si elle ne pose aucun geste dans ce sens, cependant, c'est que les paroles de Dolly l'intriguent et l'intéressent davantage qu'elles l'insultent. Dolly connaît le métier. Elle connaît CE métier, celui dans lequel Rosalie est sur le point de plonger, lucide autant qu'une femme puisse l'être.

– Tu sais, poursuit Dolly, les milliers de *cheechakos* qui sont arrivés cet été ont causé certains… *problèmes*.

– Des problèmes ? Tu veux dire qu'il y a trop de clients ?

Rosalie regrette sa question dès qu'elle voit Dolly s'esclaffer. Celle-ci rit d'ailleurs longtemps et sa voix emplit la pièce, étouffant les bruits de la rue.

– Il ne peut jamais y avoir trop de clients, ironise-t-elle lorsqu'elle retrouve enfin son sérieux. Les *problèmes* dont je parle s'attrapent plus facilement que la grippe.

Le regard horrifié de Rosalie provoque encore une fois l'hilarité de Dolly.

– Comment ? Tu ne savais pas qu'on pouvait être malade de faire l'amour ?

Cette question n'en est pas vraiment une, et Rosalie se garde bien de montrer davantage son ignorance.

– Disons qu'il est devenu imprudent de recevoir les clients sans ça.

Elle fouille dans une poche de sa jupe et en retire un petit tuyau beige et mou, long comme une saucisse. L'une des extrémités est ouverte alors que l'autre est cousue avec des points minuscules. Rosalie comprend d'emblée de quoi il s'agit et rougit plus encore.

– Tu n'en as jamais vu, n'est-ce pas ? demande Dolly.

Rosalie secoue la tête et hésite à tendre la main.

– Ça s'appelle une capote et c'est fait en caoutchouc de l'Inde.

– Une capote, répète Rosalie. Et ça sert à...

Malgré sa bonne volonté, Rosalie n'arrive pas à mettre des mots sur les images qui surgissent dans son esprit.

– Ça évite les maladies qui viennent avec l'amour. Ça évite aussi les bébés quand tu n'as pas encore...

Devant l'air interrogateur de Rosalie, Dolly s'explique :

– ... quand tu n'as pas encore fréquenté la faiseuse d'anges, comme la plupart des filles par ici.

La faiseuse d'anges. Rosalie a déjà entendu ce mot-là dans la bouche des servantes de Mrs. Wright. Elle-même, cependant, n'a jamais eu besoin de prévenir une naissance. Elle se croyait même stérile, jusqu'à ce qu'elle perde l'enfant de Dennis-James l'hiver dernier.

– Il y a un gars en ville qui fabrique ces capotes, continue Dolly en revenant au but de sa visite. Il n'est pas très difficile à trouver et il les vend six dollars la douzaine. Celle-ci, je te la donne, mais il faudra que tu te débrouilles pour te procurer les autres.

En parlant, Dolly lui a tendu le condom. Rosalie le tourne et le retourne, l'étudie avec attention. Elle imagine un organe dressé et ne s'attarde pas à l'homme qui se trouve derrière. Dolly, qui a suivi le cours de sa pensée, lui prend le condom des mains.

– Il faut toujours vérifier si la capote est étanche avant de s'en servir. Tu fais comme ça.

Elle approche de sa bouche la partie ouverte et souffle à l'intérieur. Le condom se gonfle, comme s'il moulait un sexe gigantesque, et s'arrondit. Puis il conserve sa forme grâce à Dolly qui en tient l'extrémité fermée entre deux doigts.

– Si l'air reste dedans, c'est que la capote est bonne. Tu peux l'utiliser. Si elle se dégonfle, tu en prends une autre.

Elle agite le condom de haut en bas et le relâche. Il s'envole aussitôt, sifflant dans la pièce comme un ballon percé. Rosalie le suit des yeux jusqu'à ce qu'il atterrisse sur son oreiller. Dolly s'en empare de nouveau.

– Avant de t'en servir, c'est préférable de la mouiller, pour qu'elle colle bien.

Elle s'interrompt, glousse comme si elle venait de faire une blague, et continue :

– Surtout, n'oublie pas de laver la capote après, sinon ça sent mauvais.

À ce moment, elle approche son nez du caoutchouc et renifle un bon coup.

– Pas que ça sente très bon dès le départ..., mais c'est pire après, crois-moi. Bon, pour la laver, tu la retournes, tu la rinces, tu la savonnes, tu la rinces encore. Tu l'éponges ensuite le plus que tu peux avant de la suspendre pour la faire sécher.

Elle mime chaque geste en manipulant avec agilité le condom entre ses doigts.

« Elle a l'habitude », se dit Rosalie, fascinée de voir la jeune femme lui parler de contraception et de maladies avec autant de facilité, comme si elle-même discutait de cuisine.

– Ensuite, tu y verses un peu de talc pour l'assécher complètement. Ça aide pour l'odeur aussi.

Rosalie hoche la tête, mémorisant ces instructions comme elle mémorisait celles de Mrs. Wright à Portland.

– Le mieux, c'est d'en avoir trois ou quatre, lance Dolly en lui remettant le condom. Davantage si tu peux, parce que chacune ne dure pas longtemps. Ça finit par pourrir.

Elle pince le nez, mimant le dégoût, et précise :

– Surtout s'il est resté de l'humidité dedans...

Elle s'arrête, réfléchit pour voir si elle a oublié quelque chose et reprend :

– Ah oui ! Fais attention pour que la couture ne frotte pas toujours à la même place. Ça ne fait pas mal quand c'est ton premier client de la journée, mais à la longue, ça devient douloureux.

Incapable d'imaginer précisément ce qu'elle veut dire, Rosalie ajoute néanmoins cette précaution à sa liste. Comme Dolly se lève pour s'en aller, Rosalie la retient en l'attrapant par la main.

– Merci, balbutie-t-elle, touchée par autant d'attention de la part d'une inconnue. Je ne savais rien de tout ça.

– C'est bien ce que je pensais. Quand j'ai vu Arthur Hicks tabasser Willie, je me suis dit : voilà une fille qui commence dans le métier. Un amant jaloux, un client insatisfait. Il n'y a rien de payant là-dedans. Une fille expérimentée ne travaille jamais dans le même saloon que son amoureux. De toute façon, si tu veux mon avis, il vaut mieux ne pas avoir d'amoureux quand tu pratiques ce métier-là. Ça évite d'autres sortes de problèmes.

Elle soupire, un brin nostalgique, et Rosalie devine qu'elle parle par expérience.

– Entre filles de métier, il faut s'entraider un peu, sinon on se retrouve sous la coupe de quelqu'un d'autre. Comprends-moi bien, je ne dis pas que les *madames* de Dawson maltraitent leurs filles, loin de là. En fait, de ce que j'en sais, celles qui se retrouvent au bordel y vivent plutôt confortablement. Mais c'est tellement plus payant quand on n'a pas de patron… ni de patronne.

Elle tapote doucement sa poche pour illustrer ses propos.

– En passant… Si j'étais toi, j'éviterais les clients en boisson. On ne sait jamais à quoi s'attendre avec eux. Et puis ils ne sont pas rentables. Ça leur prend un temps fou et, la plupart du temps, ça ne mène nulle part.

Elle affiche un air faussement exaspéré et pouffe de rire, avant de reprendre son sérieux et ajouter :

– Et je ne te recommande pas non plus d'aller dans la cabane d'un client. Ici, c'est facile d'appeler à l'aide advenant que tu tombes sur un violent. D'ailleurs, Cooper ou Mulligan ne sont pas loin.

Elle désigne de la tête les murs latéraux, au travers desquels on entend tout ce qui se passe ailleurs dans le saloon. Un moment de silence s'abat alors sur la pièce, un moment pendant lequel Rosalie se met à douter. Les maladies, les bébés, les capotes, les clients en boisson, les violents, le besoin de crier à l'aide. C'est beaucoup de risques quand on y pense. Dolly parcourt encore une fois la chambre des yeux, pousse un soupir satisfait et offre à Rosalie une rude poignée de main.

– Bonne chance ! dit-elle avant de refermer derrière elle, laissant Rosalie seule avec son petit tuyau de caoutchouc, ses craintes et ses interrogations.

*

La vie de Rosalie diffère grandement de celle des autres prostituées de Dawson. Loin d'avoir à solliciter les clients, elle n'a qu'à descendre de scène pour se retrouver entourée de soupirants. Elle choisit le plus riche, le plus beau, le plus intéressant et passe la soirée dans une loge, rideaux tirés, à boire avec lui du champagne à volonté. Lorsque la salle du Tivoli se vide et que le client en question, intéressé par ce qu'on lui fait miroiter depuis des heures, se montre soudain plus insistant, Rosalie l'invite dans sa chambre. La chose ne dure qu'un instant tant le désir de l'homme est au bord de l'explosion. Le condom enfilé, Rosalie s'allonge et lui offre le câlin tant convoité. Quinze minutes plus tard, elle dit au revoir au client, qui s'en va en laissant un sac de poudre d'or sur la coiffeuse. Rosalie se tourne alors sur le côté et s'endort aussitôt, toujours ivre mais de plus en plus riche. En cela aussi sa situation diffère de celle des autres filles. Rosalie ne reçoit qu'un client par jour. Pas de risque d'irritation ni de manquer de condoms. Et si, par hasard, le même homme l'invite plusieurs fois de suite, s'il se montre doux, généreux et attentionné, il arrive que Rosalie s'y attache et prenne même du plaisir avec lui. Mais elle ne rêve plus. Si certaines filles prétendent recevoir des demandes en mariage, Rosalie ne les envie pas. Elle n'a pas l'intention de s'engager dans cette voie. Jamais plus de quatre soirs avec le même client. Après tout, les millionnaires sont légion au Klondike. Pourquoi en choisir un quand on peut en avoir une douzaine ? C'est ainsi qu'elle fait monter les enchères. Ainsi, aussi, qu'elle se grise et arrive à oublier qu'avant, dans une autre vie, elle a aimé un homme qui l'a trahie.

Chapitre VIII

Quand Dawson apparaît enfin, après un énième méandre du fleuve, Liliane sent un sourire triomphant se figer sur son visage. Non seulement elle a réussi la mission que Big Alex lui avait confiée, mais elle connaît désormais l'étendue de ses capacités et en est fière. Elle a survécu à des événements qu'elle n'aurait jamais pu imaginer. Ce faisant, elle a eu droit à un aperçu de la vie dans ce qu'elle offre de plus primitif : la férocité du monde, l'ironie impitoyable de la justice. Et le souvenir de Frank Reid qui trouva la mort en voulant délivrer Skagway de son tyran restera longtemps dans sa mémoire.

Après tant d'aventures, il lui tarde de retrouver la quiétude de son restaurant, les sourires heureux des clients, le calme du Klondike. Car, comparées à Skagway et à ses effusions de sang, les rives du fleuve Yukon font figure de havre de paix.

Dans la succession d'événements qui a suivi le duel de Skagway, Liliane a perdu de vue John Douglas Stewart. L'homme qui a forcé le réveil de toute une population asservie s'est-il embarqué pour Nanaïmo ? Célèbre-t-il sa victoire sur Soapy Smith dans un saloon ou autour d'une partie de cartes ? Elle ne le saura probablement jamais.

En revanche, elle a vu des citoyens se reprendre en main, ériger et faire appliquer des lois, avoir foi en cette voie ferrée qui reliera bientôt Bennett à la côte. Liliane ne doute pas un instant que l'avenir s'annonce radieux pour Skagway. Les images du duel et leur signification demeureront gravées à jamais dans sa mémoire comme dans celle de toutes les personnes présentes ce jour-là. Et toujours elle se souviendra de Frank Reid, l'homme qui s'est opposé à Jefferson « Soapy » Smith. Avant de quitter la côte, elle et ses amis ont assisté à l'enterrement du héros. Ils ont prié pour le salut de son âme courageuse, puis ils ont repris le chemin du Klondike où les attendait leur propre vie.

Rentrer chez soi. Jamais Liliane n'a ressenti cette joie mêlée d'ivresse que procure le retour dans un décor familier et chéri. Jamais, avant aujourd'hui. Cette exaltation jaillit en elle lorsqu'elle reconnaît la tache blanche du Dôme. Suivent une grande paix et une sensation de sécurité qui se précisent à mesure que Liliane distingue au milieu de la foule les uniformes écarlates des agents de la Police montée. Quand le bateau accoste enfin, elle descend la passerelle et emboîte le pas à son chien jusque dans le dédale de caisses et de sacs de toile qu'on entasse déjà sur le quai. Canuck gambade, sensible à l'humeur joviale de sa maîtresse. Il s'élance dans une rue, réapparaît dans une autre et revient dessiner des cercles autour d'elle. Liliane affiche toujours ce même sourire indélébile jusqu'à ce que Canuck bondisse encore et qu'elle le perde de vue. Elle s'apprête à le suivre, lorsqu'une voix l'interpelle :

– Jamais cru qu'on pouvait s'ennuyer à ce point-là de Dawson, hein, Miss ?

Joshua a parlé tout en la rattrapant à grandes enjambées. Essoufflé, il inspire l'air sec du Klondike et, ravie, Liliane l'imite, avant de fouiller dans son réticule.

– Voici de quoi louer une charrette et des chevaux pour transporter notre cargaison à Grand Forks demain matin, dit-elle en lui tendant quelques billets. Vous pouvez prendre la soirée de congé ; vous l'avez mérité.

Joshua la remercie et, pendant un long moment, ses yeux couvent la ville d'un regard bienveillant. Habituée désormais à le voir armé jusqu'aux dents, Liliane lui trouve un air démuni sans ses fusils et ses pistolets. Il ressemble presque à un Canadien. Cette idée l'amuse et elle continue de l'observer, jusqu'à ce que Marvin les rejoigne. Elle plonge encore une fois la main dans son sac et leur remet une seconde poignée de billets.

– Et voici la première partie de votre salaire, messieurs, lance-t-elle en leur adressant un clin d'œil narquois. Ne le dépensez pas au complet aux tables de jeu.

– Non, non, Miss, bredouille Marvin avant de fondre sur le premier saloon qu'il aperçoit.

Liliane et Joshua le suivent des yeux puis se regardent, complices. Demain, Marvin sera aussi pauvre qu'il l'était avant que Big Alex le recrute pour sa mission. Mais cela n'a pas d'importance. Ici, au Klondike, chaque homme est libre de vivre sa vie comme il l'entend. Marvin trouvera bien une autre façon de gagner de l'argent.

– On partira à l'aube, décrète Liliane en calculant mentalement ce qu'a coûté le voyage. Je vous attendrai dans le port.

Joshua l'accompagne tandis qu'elle enjambe le trottoir de bois. Côte à côte, ils longent les façades des commerces sans dire un mot. Liliane s'attarde devant les vitrines décorées, admire les enseignes, évalue le nombre de nouvelles constructions. Comme Dawson a changé en quelques semaines ! Elle sent grandir en elle un bonheur teinté de nostalgie. Dawson, avec son calme et sa quasi-absence de violence, lui a manqué. Mais Dawson n'est plus la ville dans laquelle elle a erré l'automne dernier, le ventre creux. La menace de famine n'existe plus. La vie y est devenue plus facile. Presque trop facile, songe Liliane en admirant les banderoles suspendues en travers de la Front Street. Partout, des piles et des piles de victuailles s'entassent devant les boutiques, des chiens aboient et se poursuivent dans la rue, des chevaux hennissent, urinent ou soulèvent de la poussière avec leurs sabots. Où que Liliane pose les yeux, des hommes discutent fort, certains rient, et les cris qui s'échappent par les portes des saloons meublent le moindre silence. Ici et là, des femmes en promenade font tourner leurs ombrelles sur des trottoirs inondés de soleil. Dawson s'est faite belle. Elle affiche un air de fête pour accueillir les touristes venus du sud à bord de vapeurs luxueux.

Au coin d'une rue, à l'emplacement même du Sourdough's Café, Liliane découvre un édifice flambant neuf. Sur la façade, un homme finit tout juste de tracer le mot *Sourdough* en lettres blanches.

– Je pense que je vais rendre visite à mon ancien patron, dit-elle à l'intention de Joshua.

– Mr. Berton ? Dans ce cas, permettez-moi de vous inviter à souper.

Liliane se tourne vers lui, inquiète à l'idée de lui inspirer, malgré elle, des sentiments non partagés. Joshua la rassure :

– Ne craignez rien, Miss. Je veux juste vous remercier de nous avoir fait confiance. Et puis, vous l'avez mérité, ce souper… Après tout ce que vous avez enduré à Skagway.

– Est-ce que je peux me joindre à vous?

Dennis-James Peterson apparaît à leur hauteur, le souffle court, ses cheveux blonds en bataille. L'étroitesse du trottoir le force à marcher dans la rue et ses pas soulèvent une poussière qui blanchit rapidement le bas de son pantalon. En remarquant ce détail, Liliane réalise qu'elle en avait plus qu'assez de l'humidité de l'Alaska. Aussi incroyable que cela puisse paraître, il a plu tout le temps qu'a duré leur traversée des Rocheuses. Absolument tous les jours. La piste de la White Pass avait l'air d'une rivière de boue sur laquelle s'enlisaient rails de métal, pattes de chevaux et roues de chariots. Par comparaison, le Klondike fait figure de désert.

– Vous pouvez bien manger avec nous, rétorque Joshua, désignant du menton la porte du restaurant. Mais je ne paierai certainement pas votre addition.

La fine moustache de Peterson se retrousse alors qu'il sourit, appuyant une main sur la poche de sa veste.

– Pas besoin. C'est vrai que Smith n'a pas eu le temps de me verser mon salaire de la dernière semaine, mais je me suis mis de l'argent de côté pendant l'hiver. J'ai de quoi payer une tournée générale.

Joshua rit en entendant ces propos, mais Liliane, elle, voit surgir dans son esprit les corps troués de balles, les armes fumantes et la foule incrédule qui se massait sur le quai de Skagway. Heureusement, la sensation d'horreur ne dure qu'un instant. Elle se dissipe dès qu'ils poussent la porte du Sourdough's Café. Quand Liliane et ses compagnons franchissent le seuil, ils sont accueillis par des odeurs alléchantes et quelques douzaines de clients qui discutent bruyamment. Les pipes et les cigarettes, en grand nombre, produisent un nuage opaque dont les volutes dansent lorsque les clients zigzaguent entre les tables. Dès qu'il reconnaît son ancienne employée, Mr. Berton s'élance vers elle.

– Ma chère Lili, s'exclame-t-il en lui serrant la main, c'est un plaisir de te recevoir dans mon humble établissement ! Serais-tu par hasard à la recherche d'un nouvel emploi ? Je ne peux pas te garantir que tu garderais tes conditions actuelles, mais je suis prêt à négocier… Si tu me laisses d'abord te faire une offre.

Liliane rit, amusée de la verve légendaire de Mr. Berton. Puis elle désigne les deux hommes qui l'accompagnent.

– Non merci, dit-elle avec aplomb, nous voulons simplement manger. Si la cuisine est encore ouverte, évidemment.

– Pour Lili Klondike, je l'ouvrirais en plein cœur de la nuit. Venez donc, que je vous trouve une place !

Tout sourire, Mr. Berton les guide vers une table libre et leur promet un service rapide avant de pousser la porte de la cuisine.

– L'attitude de Berton à votre égard a bien changé, il me semble, souffle Joshua, les yeux rivés sur les battants qui remuent encore pendant quelques minutes.

Liliane ne répond pas, mais le regard entendu qu'elle lui jette en dit long. Maintenant qu'elle est riche et connue dans tout le Klondike, Mr. Berton a beau jeu de se montrer agréable et accueillant. Pour rien au monde, toutefois, elle ne reviendrait travailler pour lui. Un coup d'œil à la salle à manger lui confirme qu'elle est aussi célèbre qu'elle le croyait. En entendant Mr. Berton l'appeler par son surnom, les clients ont été nombreux à se retourner pour lui adresser un clin d'œil ou un sourire invitant. Sans qu'elle comprenne pourquoi, Liliane se sent mal à l'aise. Heureusement, Mr. Berton revient vers elle, ce qui la distrait et force les autres clients à se montrer plus discrets. D'un geste presque solennel, le restaurateur lui tend un menu tout neuf.

– Il y a une imprimerie maintenant à Dawson, dit-il en faisant remarquer la qualité du papier. On serait bien fou de s'en passer.

Liliane acquiesce et s'aperçoit qu'il étudie avec curiosité son second compagnon. Elle s'empresse de le lui présenter :

– Mister Berton, voici Dennis-James Peterson, qui a fait la route avec nous depuis Skagway.

– Vous étiez à Skagway ? lance Berton, stupéfait.

Peterson esquisse un sourire.

– NOUS y étions.

Avec empressement, le restaurateur s'approche une chaise et s'assoit devant lui.

– Vous avez vu le duel ?

– Évidemment qu'on l'a vu ! rétorque Joshua en frappant du poing sur la table. On n'était même pas à trente pieds.

Les yeux de Mr. Berton s'agrandissent.

– Vous étiez là ? Bande de chanceux ! C'était comment ?

– Mortel, répond Peterson qui n'a manifestement pas l'intention d'élaborer sur le sujet.

Déçu de ne pas en apprendre davantage, mais raisonnable, Mr. Berton n'insiste pas. Il leur promet de venir prendre leur commande dans un instant et retourne servir ses autres clients, comme si rien ne s'était passé. Poursuivant sa réflexion, Liliane songe que l'intérêt de Mr. Berton pour le duel n'a rien d'extraordinaire. Elle-même, si elle devait décrire ce qu'elle a vu, ne pourrait faire autrement que d'emprunter les expressions habituellement liées aux spectacles de Buffalo Bill : un mélange d'horreur et de fascination.

– Les nouvelles vont vite ! conclut Joshua, en revenant au menu.

Personne n'a eu le temps de faire son choix quand Mr. Berton revient, l'air anxieux. Il reprend sa place sur la chaise devant Peterson, mais, cette fois, il s'adresse à Liliane.

– Ai-je bien compris ? demande-t-il en fronçant les sourcils. Cet homme vient-il de dire que tu étais toi aussi à Skagway le 8 juillet ?

Liliane hoche la tête, intriguée par l'insistance du restaurateur.

– Mais tu n'y étais pas, Lili ! s'exclame celui-ci. C'est impossible ! Tout le monde sait que le 8 juillet, Arthur Hicks a donné une raclée à William O'Keefe.

– Et alors ? l'interroge Liliane qui ne voit pas où il veut en venir. En quoi cela me concerne-t-il ?

– Eh bien, tout le monde sait que Hicks est entré dans la loge où O'Keefe buvait du champagne en ta compagnie. Le diable ! Il a essayé de lancer son rival en bas de la loge ! Ça ne s'oublie pas, une bagarre comme celle-là.

C'est au tour de Liliane d'écarquiller les yeux.

– De qui parlez-vous, Mr. Berton ? Je ne connais aucun Hicks, encore moins de O'Keefe. Vous devez faire erreur.

Mr. Berton devient subitement songeur. Il l'étudie, observe ses compagnons et se gratte le menton.

– Hum, hum..., grommelle-t-il en se calant sur sa chaise. Il y a quelque chose qui m'échappe ici.

Il se lève et s'apprête à s'éloigner, mais Liliane le retient.

– Qu'y a-t-il, Mr. Berton ? Pourquoi me racontez-vous cette histoire-là ?

Berton pince les lèvres et se rassoit. Il dissimule sa bouche d'une main pour annoncer tout bas :

– Je pense que quelqu'un se sert de ton nom, Lili.

– Quelqu'un ? Qui ?

– Une fille du Tivoli. Partout en ville, on ne parle que d'elle et de ses pièces de théâtre. Elle les écrit elle-même, il paraît, et on dit qu'elle choisit chaque soir un gars et qu'elle finit la soirée avec lui... Dans sa chambre.

– Êtes-vous en train de m'annoncer qu'une prostituée utilise mon nom ?

– Non, pas une prostituée, corrige Mr. Berton. Une actrice. Elle se fait appeler Lili Klondike. Je n'ai pas eu l'occasion d'assister moi-même à ses spectacles, mais il paraît qu'elle est très... divertissante. En tout cas, le récit de ses aventures avec Soapy Smith amuse les clients du Tivoli depuis des semaines.

Ces derniers mots produisent un déclic dans l'esprit de Liliane et son regard croise instantanément celui de Peterson.

– C'est elle ! s'écrie-t-il en bondissant sur ses pieds. Mr. Berton, pouvez-vous m'indiquer où se trouve le Tivoli ?

Le restaurateur n'a pas le temps de terminer ses explications que Dennis-James Peterson court déjà vers la porte.

Chapitre ix

Il est presque huit heures et Rosalie, toujours assise à sa coiffeuse, règle les derniers détails de sa tenue. Elle a remonté sa chevelure en une longue torsade roulée qu'elle maintient en place à l'aide de pinces. Elle attache maintenant le ruban qu'elle a glissé entre les mèches soyeuses. À son cou brille le collier de perles que William O'Keefe, revenu de son humiliation, lui a offert la veille. Rosalie se lève, exécute quelques pas de danse et se plaît à écouter les froissements de la soie. Elle admire son reflet dans le miroir. La blancheur de la robe met en valeur le rose de ses joues. Le buste est bien haut ; la chute de reins, accentuée par un faux-cul rebondi. Le long drapé lui sculpte une silhouette en S et dévoile, quand elle bouge, une cheville, parfois même un mollet. Liliane attrape la jupe et la soulève pour vérifier l'état de ses escarpins puis elle sourit à son reflet dans le miroir. Il ne reste plus qu'à retoucher le maquillage et descendre. Un peu de rouge ici, un peu de poudre là. Elle tend le bras pour s'emparer d'un pinceau, mais suspend son geste.

Des notes de musique s'élèvent du saloon tout en bas. Ces notes s'enchaînent et forment un air différent de ceux qui animent habituellement les lieux. Il s'agit d'un air qu'elle connaît, mais qu'elle n'a pas entendu depuis des lustres. En quelques secondes, le célèbre *Menuet* de Bach inonde le Tivoli et la vue de Rosalie s'embrouille. Le jeu s'intensifie, révèle avec force la mélodie, le rythme, et Rosalie reconnaît le style envoûtant de Dennis-James. Elle a l'impression que son cœur va exploser. Est-ce possible que ce soit lui ? Est-ce possible qu'il l'ait retrouvée ?

Elle attrape un mouchoir et essuie les larmes qui perlent au coin de ses yeux. Après s'être coiffée de son plus beau chapeau et en avoir ajusté la plume pour qu'elle voile une partie de son regard, Rosalie se lève, se dirige vers la porte et l'ouvre. La musique la submerge dès qu'elle met les pieds dans le couloir. Elle pose une main moite sur la balustrade et jette un œil en bas, dans la salle. Personne ne la remarque, car tous les clients fixent le mur sous l'escalier. De là s'élève, avec de plus en plus d'intensité, un air teinté de mélancolie. Rosalie hésite à descendre. Que se passera-t-il quand elle le reverra ? Soudain, la honte prend toute la place dans son esprit. Comment Dennis-James réagira-t-il en apprenant ce qu'elle fait pour gagner sa vie ? Incapable de bouger, elle demeure en haut de l'escalier à écouter la musique qui, bien qu'elle refuse de l'entendre, lui parvient quand même. Tout en bas, elle reconnaît ses admirateurs, ses clients. Certains lèvent les yeux, mais elle reste indifférente à leurs sourires intéressés. Elle se sent paralysée à l'idée de provoquer le destin. Il n'y a que Dennis-James pour jouer avec cette sorte de passion, cette sorte d'amour pour le clavier. Rosalie se souvient comment ses doigts caressaient les touches dans un mélange de tendresse et de fougue. Comment peut-elle l'affronter ici ? Devant tout le monde ? Devant ses clients ? Dolly avait raison.

Recevoir son amant dans son milieu de travail n'amène rien de bon. Un éclair de lucidité lui rappelle cependant que Dennis-James n'est plus son amant. Pourquoi alors est-il venu jusqu'ici ?

Bach a fait place à Mozart et l'émotion qui étreint Rosalie l'étouffe littéralement. Dennis-James rejoue en ordre les pièces qu'il a interprétées le soir de leur première rencontre, dans la maison de Mrs. Wright. Comme ce soir-là, la musique se fond dans les murmures. Bach et Mozart ne servent qu'à combler le vide entre deux conversations, entre deux phrases, deux mots. Et l'ivresse renaît dans le cœur de Rosalie pour les mêmes raisons que ce soir-là. La sensation se révèle aussi magique, aussi divine et délicieuse. Du bout du pied, elle tâte la première marche, fait un premier pas, puis un second. Lentement, elle descend marche après marche, ensorcelée tant par la mélodie que par les émotions qui se raniment en elle. Le serrement renaît dans sa poitrine, de même que le picotement au creux de son ventre rappelant sa faim de lui. Les souvenirs heureux lui reviennent, leurs nuits d'amour et de passion. Rosalie pose le pied sur la marche suivante en produisant un froissement de soie. Sans s'en rendre compte, elle atteint le rez-de-chaussée dans une lenteur presque gracieuse. Pas une seconde sa main n'a lâché la rampe de bois. Et là, elle sent ses doigts s'y accrocher avec davantage de fermeté. La musique s'adoucit puis s'évanouit complètement.

Rosalie aperçoit le piano où un homme lui tourne le dos. Elle reconnaît les épaules, la nuque gracile, la blondeur des cheveux. Debout près de lui, un client qu'elle ne connaît pas, grand et maigre, appuie un violon contre son menton et repousse une mèche noire et raide qui lui retombait sur le visage. Les deux hommes se regardent alors et, d'un geste presque cérémonial, l'inconnu lève son archet. Il s'immobilise cependant quand ses yeux remarquent la jeune femme qui vient d'apparaître en provenance de l'extérieur. Rosalie la détaille, elle aussi, intriguée par l'assurance qui se dégage d'une si jeune personne. Il lui semble l'avoir déjà rencontrée, mais elle ne saurait dire où. Les clients s'écartent à son passage. Plusieurs d'entre eux la saluent, d'autres l'examinent et murmurent, curieux. Alors que la majorité des femmes présentes portent de riches robes du soir, celle qui vient d'entrer est vêtue d'habits de voyage poussiéreux. Au lieu de dévoiler, comme les autres, une gorge laiteuse, elle a boutonné sa blouse jusqu'au cou. Le contraste est saisissant. Cette femme n'est pas des leurs, c'est évident, et pourtant, elle a pénétré dans le saloon sans éprouver la moindre gêne. Perplexe, Rosalie observe l'homme qui l'accompagne. Grand et large, il se comporte comme un domestique, anticipant ses moindres gestes. Il la devance soudain et, avec des manières rustres, ordonne à un client de céder sa place. La femme gratifie son compagnon d'un sourire et s'assoit.

À aucun moment le violoniste ne l'a quittée des yeux. Lorsqu'elle semble confortablement installée, il la salue à son tour d'un simple hochement de tête et, avec lenteur, il teste l'archet. Quelques notes grincent, répétées pêle-mêle par Dennis-James. Puis les deux hommes s'immobilisent, se regardent un moment, et le violoniste murmure :

– *Orphée aux enfers*, l'ouverture.

Dennis-James acquiesce, pianote doucement, comme s'il vérifiait jusqu'à quel point le piano pouvait résister à l'épreuve qu'il lui réserve. Un silence teinté d'intérêt plonge le Tivoli dans l'attente. Tous les regards sont tournés vers les musiciens. Quelque chose de rare est sur le point de se produire, tout le monde le sent. On dépose les verres sur les tables et le comptoir. Les chaises libres trouvent vite preneurs. On entend les mouches voler, la bière couler derrière le bar, une allumette craquer. Les chevaux dans la rue cessent de hennir. Plus un chien n'aboie, plus un homme ne crache.

– Vas-y, Saint-Alphonse! s'écrie quelqu'un dans la salle. Montre-lui de quoi tu es capable!

Le dénommé Saint-Alphonse fait un clin d'œil à son admirateur, ramène son attention sur le violon et joue trois notes, auxquelles Dennis-James ajoute quatre notes. Saint-Alphonse répète la séquence du début et, du piano, lui succède un bref enchaînement. Débute alors une sorte d'enchère. Les deux hommes se répondent avec leurs instruments, sourire en coin, jusqu'à ce que commence une musique endiablée. L'archet glisse avec frénésie et Rosalie, toujours au pied de l'escalier, se laisse entraîner, dodelinant de la tête, tapant du pied. Elle connaît bien cette pièce à la mode, l'une des préférées de Dennis-James. Elle l'a souvent entendu se plaindre, à Skagway, du manque de musiciens pour l'accompagner convenablement. Ce soir, le voilà comblé.

Près du piano, Saint-Alphonse se démène, suant à grosses gouttes. Son archet s'active à un rythme effréné. Tantôt domine le violon, tantôt le piano, et l'intensité du jeu provoque la stupeur chez la majorité des clients, à commencer par la nouvelle venue qui demeure la bouche ouverte, estomaquée.

Chapitre x

Assise au milieu des hommes et des femmes du saloon, Liliane est hypnotisée par le jeu de Saint-Alphonse. La musique semble le transfigurer lorsqu'il plonge avec son violon dans une danse discrète mais frénétique. Il garde les yeux sur son instrument, ne s'en détournant que pour jeter un coup d'œil approbateur au pianiste. Son visage est concentré, mais son sourire en dit long sur le bonheur qu'il éprouve à jouer avec un musicien à sa hauteur.

Dans la salle, la tension monte avec le crescendo jusqu'à devenir presque intenable. Peterson s'acharne sur les touches avec de plus en plus d'énergie. Comme Saint-Alphonse, il est emporté par la musique, transformé en une bête débridée. Baignant dans l'intensité de la mélodie, Liliane a une révélation si soudaine qu'elle en devient transie. Une sensation violente parcourt son corps, semblable à cette vague qui la submerge quand elle fait l'amour avec Saint-Alphonse. Une sensation d'absolu, d'inévitable, d'explosion imminente. En remarquant les cheveux de Saint-Alphonse collés sur ses joues, elle se demande s'il éprouve la même chose.

Arrive enfin le point culminant, impossible à retenir, qui éclate dans la salle, suivi d'une déflagration aussi bruyante qu'un coup de fusil. En effet, les acclamations fusent, comme surgissant de l'enfer. Les spectateurs se sont levés d'un seul geste, les mains en l'air, des sourires figés sur les lèvres. On applaudit, on crie, on siffle, on offre ses félicitations. On rit aussi, grisé par tant de beauté.

Liliane a bondi, elle aussi, chavirée. Sur ses joues afflue un torrent de larmes chaudes, traces éphémères d'un bonheur immense. Elle applaudit à en avoir mal aux mains. Ici, dans la ville la plus au nord-ouest du Canada, s'est produit ce soir un des événements les plus marquants de sa vie. Elle a touché au paradis, elle en est convaincue. Elle ne voit plus la foule qui les entoure. Abandonnant Joshua, elle s'avance vers Saint-Alphonse, les yeux rivés aux siens. Comment le remercier pour un si pur moment d'ivresse ? Lui-même a posé son violon. Il traverse la pièce, réduisant le vide qui les sépare, puis s'arrête à un pas. Du bout des doigts, il lui essuie les joues.

– Tu as aimé ça? lui demande-t-il tout bas.

Liliane rit doucement et réprime avec difficulté son envie de se jeter dans ses bras, de le serrer contre elle, de lui avouer combien il lui a manqué. Elle se contente de souffler :

– Je n'ai jamais entendu plus belle musique.

Saint-Alphonse lui offre alors ce sourire qui la désarme toujours autant. Puis il lui prend la main et la conduit vers le pianiste.

– Liliane, je te présente mon confrère musicien, monsieur…

– Peterson, ajoute celui-ci, mais nous nous connaissons déjà.

Intrigué, Saint-Alphonse interroge Liliane du regard.

– Il m'a tirée d'un mauvais pas à Skagway, dit-elle simplement.

– J'ai essayé, corrige Peterson en s'adressant à Liliane. Si vos gardes du corps n'étaient pas intervenus, vous y seriez encore.

Il pouffe de rire, mais son visage devient livide lorsqu'une autre personne apparaît dans son champ de vision. Liliane a suivi son regard et tombe elle-même sous le charme d'une femme magnifique. Vêtue d'une robe du soir immaculée, la nouvelle venue s'arrête à peu de distance, comme si elle craignait de s'immiscer dans leur conversation.

– Lili ! s'écrie Peterson en se précipitant vers elle.

Il l'empoigne, la soulève de terre, la fait tournoyer et l'embrasse pendant un long moment avant de la reposer sur le sol. La femme s'esclaffe et rougit, gênée par tant d'effusion. Lorsqu'elle retrouve enfin son calme et son équilibre, elle leur sourit à tous.

– Voici ma Lili, la présente Peterson. Et Lili, voici Miss Lili.

Liliane tend la main vers la femme, qui, à son tour, lui tend la sienne, impressionnée.

– Madame, dit-elle simplement.

Liliane ne répond pas, mais lui sourit timidement.

– Laissez-moi vous payer un verre ! propose Saint-Alphonse en les entraînant tous les trois vers une table libre.

Ayant suivi de loin ce qui vient de se produire, Cooper s'approche. Chacun y va de sa commande, mais le propriétaire, sortant sa montre, ramène à l'ordre la femme en blanc.

– Il est huit heures, Lili, dit-il.

– Je sais, rétorque celle-ci, ignorant délibérément le ton autoritaire de son patron.

– Je te donne quinze minutes. Ensuite, je te veux sur scène.

La femme ne répond pas et, feignant l'indifférence, elle reporte son attention sur Peterson.

– Quand es-tu arrivé ?

– Il y a une heure à peine.

– Comment as-tu fait pour me trouver si vite ? Il y a plus de quarante mille personnes à Dawson.

L'émerveillement est perceptible dans sa voix, ce qui amuse Peterson, mais Liliane, elle, a reconnu l'accent. L'autre Lili est canadienne-française, elle en mettrait sa main au feu. Son regard croise celui de Saint-Alphonse et son air entendu lui confirme qu'il est du même avis. Courtois, ils poursuivent néanmoins en anglais afin de ne pas embarrasser Peterson.

– C'est une longue histoire, explique Dennis-James. Je suis venu avec elle.

Il désigne Liliane en lui adressant un clin d'œil complice. Craignant que le geste soit mal interprété, Liliane s'empresse de faire dévier la conversation :

– Vous êtes actrice, à ce qu'on m'a dit ?

L'autre n'a pas le temps de répondre, car Peterson intervient, plus jovial que jamais :

– Lili est cuisinière. La meilleure que j'ai rencontrée de ma vie.

Cette information ne tombe pas dans l'oreille d'une sourde. La curiosité de Liliane pour celle qui utilise son surnom se transforme en vif intérêt. Fidèle à elle-même, elle se met à additionner et à soustraire dans sa tête. Une cuisinière allégerait son fardeau au Lili's Café, Hotel, Baths and Laundry. Une cuisinière de métier saurait comment apprêter toutes ces denrées de luxe qu'elle rapporte à Big Alex et pourrait s'avérer un bon investissement. Elle est encore à l'étudier lorsque Saint-Alphonse pose la question qui lui brûlait les lèvres :

– Vous cuisinez ? demande-t-il, un peu surpris.

– Si elle cuisine ? répète Peterson, enthousiaste. Voilà un bien faible mot, n'est-ce pas, Lili ?

– Avant, je travaillais à Portland, explique l'actrice, pour une famille de riches Américains.

– Je l'ai enlevée ! plaisante Peterson. Je voulais qu'elle prépare ses chefs-d'œuvre pour moi seul.

– Ensuite, j'ai tenu un petit café à Skagway.

– Un petit café ! raille Peterson. Même Soapy Smith venait manger chez elle, ce qui n'est pas peu dire.

L'évocation de ce nom jette une ombre sur la conversation. Personne ici ne garde un bon souvenir du bandit de Skagway. La compagne de Peterson est la première à retrouver sa gaieté. Elle conclut :

– Malheureusement, j'ai perdu tout ce que j'avais quand mon bateau s'est renversé devant Dawson. Depuis, je me débrouille.

Liliane se souvient très bien avoir vu l'embarcation chavirer. Elle était là, sur la grève, au moment de l'accident. Elle se rappelle avoir ressenti la détresse de cette inconnue, de toute évidence condamnée au *dance hall.* Elle ne s'était pas trompée. C'est donc à cette femme qu'elle a fait porter des vêtements. Elle se garde bien de mentionner ce détail cependant, afin d'éviter de la mettre mal à l'aise.

– J'ai lu votre aventure dans le journal *The Nugget*, dit-elle pour détendre l'atmosphère. Le journaliste racontait que vous montiez avec succès des pièces à Lousetown.

– C'est vrai, acquiesce l'autre. Mais c'était avant que Mulligan me fasse une offre. Depuis…

– Et si je vous faisais une offre moi aussi ? coupe Liliane.

Ces mots ont franchi si vite ses lèvres que Liliane se demande quelle mouche l'a piquée. Elle a l'impression qu'une autre personne l'habite. Comme si elle voyait la scène, mais n'en faisait pas partie. Avant qu'elle comprenne ce qui lui arrive, la voilà qui expose les conditions d'une entente qu'elle espère de concrétiser sur-le-champ.

– J'ai besoin de quelqu'un qui sait cuisiner les huîtres, les olives, les champignons fins.

– Que dis-tu là, Lili ? intervient Saint-Alphonse, incrédule. Tu ne sais pas…

– Il y a du chutney dans une boîte, poursuit Liliane, ignorant l'intervention. Je ne sais même pas ce qu'est le chutney.

– Et puis je ramène de Skagway une fortune en champagne et autres provisions de luxe.

– Toi, Lili ? répète Saint-Alphonse, toujours aussi surpris de la situation. Tu ne sais pas quoi faire avec tout ça ? Vraiment ?

– Je peux cuisiner des ragoûts, des fèves. Je peux ajouter des épices ici et là, mais je n'ai aucune idée de comment on prépare un consommé. Et j'en ai toute une caisse !

Devant l'air médusé de ses compagnons de table, elle conclut :

– Au pire, j'ai pensé m'en servir comme base pour la soupe aux pois.

– Mais ce serait du gaspillage ! s'écrie l'autre Lili.

– Vous voyez ! s'exclame Liliane, saisissant la balle au bond. Je ne sais pas quoi faire avec ça. Que diriez-vous de travailler pour moi ? Je suis prête à vous payer cinquante dollars par semaine.

L'autre éclate de rire. Liliane a la désagréable impression qu'elle vient de commettre un impair. La réponse de son interlocutrice le lui confirme :

– Merci bien, mais je gagne plus que ça en une soirée. Si vous m'aviez fait cette offre il y a un mois, j'aurais peut-être accepté, mais maintenant... Vous savez, on s'habitue à l'argent.

Liliane comprend, mais n'abandonne pas pour autant.

– Faites-moi une proposition, déclare-t-elle, se doutant bien, malgré tout, qu'elle est en train de perdre du terrain.

L'autre Lili lui sourit avec chaleur, mais secoue la tête.

– Si je vous demandais mon salaire actuel, je vous mettrais à la rue.

Liliane acquiesce en silence. Cette femme a tellement raison !

– Si vous changez d'idée, ajoute-t-elle, vous savez où me trouver.

Sur ce, elle se lève.

– Attends-moi, Lili, lance Saint-Alphonse en repoussant sa chaise. Je te raccompagne.

Après un bref salut à Peterson, Liliane glisse son bras sous celui de Saint-Alphonse. Un frisson de plaisir lui parcourt l'échine lorsqu'il pose sa main mutilée sur la sienne, mais elle se garde bien de le montrer. La tête haute, elle jette un dernier regard à celle qu'elle aurait bien voulue comme employée. Puis, avant de franchir le seuil, elle lance un faible « Bonsoir ! » à Joshua, attablé pour la nuit autour d'une partie de faro.

– À demain, Miss, répond celui-ci sans même lever les yeux de ses cartes.

Liliane reporte son attention sur Saint-Alphonse et, ajustant son pas au sien, elle se laisse guider vers la rue.

Chapitre XI

Rosalie demeure quelques minutes à fixer la porte où Miss Lili a disparu et, quand la fascination qui l'habite commence à se dissiper, elle s'efforce de la raviver. Liliane l'a impressionnée, oui, mais sa présence a surtout détourné son attention, estompé l'émoi qu'elle a ressenti en entendant le piano. Désireuse de retarder le moment d'affronter Dennis-James, Rosalie continue de baigner dans l'aura de l'autre Lili. Et lorsqu'elle prend enfin la parole, c'est encore pour parler d'elle :

– Quelle femme !

– Tu peux le dire ! rétorque Dennis-James, l'air grave. Pour garder la tête froide après tout ce qu'elle a enduré à Skagway, il faut avoir des nerfs d'acier.

Contente d'avoir réussi à garder son attention ailleurs, Rosalie l'invite à poursuivre. Dennis-James entreprend alors de lui raconter sa rencontre avec Miss Lili chez Triplett. Il parle depuis quelques minutes à peine lorsque Cooper revient vers eux et se plante juste devant Rosalie. Les poings sur les hanches, il l'interroge, l'air impatient :

– Qu'est-ce que tu fais, Lili ? Tes admirateurs t'attendent !

Le ton mi-inquiet, mi-autoritaire ramène Rosalie à l'ordre. Elle se secoue, vide son verre d'un trait et lève vers son patron un sourire enjôleur.

– J'y vais à l'instant, Mister Cooper, dit-elle en se redressant avec grâce.

Elle prend soudain conscience qu'elle avait complètement oublié les regards des clients. Tout le temps qu'a duré la musique, tout le temps qu'a pris l'entretien avec l'autre Lili, elle était redevenue Rosalie Laliberté. Elle s'appartenait, comme autrefois. Sa nostalgie s'estompe dès que Mr. Cooper s'éloigne et interpelle les hommes accoudés au bar :

– *Gentlemen !* Le spectacle va commencer d'une minute à l'autre. Si vous voulez bien passer dans la salle…

De la main, il les invite à se diriger vers la scène. Tous, sans exception, lui obéissent, et le saloon se vide en quelques secondes. Rosalie, qui attendait que son patron soit hors de portée de voix, glisse à Dennis-James, avec un regard entendu :

– J'aimerais que tu ailles nous louer une chambre au Fair View, dit-elle en fouillant dans son réticule.

Elle en sort un petit sachet de poudre d'or qu'elle dépose dans sa main.

– Tiens, tu en auras besoin.

La réaction de Dennis-James ne tarde pas. Blessé, il jette le sac sur la table.

– Je suis capable de payer une chambre d'hôtel, Lili. Pour qui me prends-tu ?

Rosalie feint la confusion, s'excuse et reprend son or. Au fond d'elle-même, elle se moque de l'ego de Dennis-James. Elle gagne plus d'argent qu'il n'en fera jamais.

Cette indépendance la réjouit et, d'une certaine manière, elle doit admettre qu'elle a ressenti du plaisir en lui offrant de payer.

– Le Fair View n'est pas un hôtel abordable, lance-t-elle simplement en refermant son sac.

– J'ai ce qu'il faut.

Sûr de lui, Dennis-James tâte sa poche. Rosalie hausse les épaules, amusée, et décide de changer de sujet. Ce qui la préoccupe revêt une plus grande importance. Elle n'a pas oublié les conseils de Dolly La Belle.

– Profite de l'occasion pour souper, suggère-t-elle en prenant un air innocent. Je te rejoindrai à minuit.

Elle pivote et amorce un pas en direction de la salle, mais Dennis-James la retient par le bras.

– Je vais t'attendre ici, Lili. Je veux te voir en spectacle.

Horrifiée, Rosalie évite un moment de se retourner. Puis, dissimulant sa panique sous une couche d'indifférence, elle fait claquer la langue dans sa bouche.

– Ici, c'est mon lieu de travail, lance-t-elle avec une autorité nouvelle. J'ai plein de choses à te dire et je suis certaine que c'est pareil pour toi. Ça me dérangerait d'y penser pendant la pièce. Mr. Cooper serait capable de couper mon salaire si j'oublie une réplique.

Elle ment. Elle sait qu'elle rapporte beaucoup trop pour que Cooper la menace. Et surtout, le patron n'a aucune idée du texte puisque c'est elle qui l'écrit. Mais comment convaincre autrement Dennis-James de s'en aller? Pour rien au monde elle voudrait qu'il se rende compte des différentes *facettes* de son travail. Elle aurait trop honte.

– Va à l'hôtel, répète-t-elle en croisant les doigts pour qu'il obéisse. Et attends-moi avec une bouteille de champagne. Je te retrouve tout à l'heure. On pourra enfin parler tranquillement sans craindre d'être dérangés.

S'approchant de lui, elle dépose un long baiser sur ses lèvres. Lorsqu'elle le repousse, Dennis-James émet un grognement déçu. Il jette alors un regard en direction de la salle où s'entassent déjà une cinquantaine de personnes et quitte le Tivoli.

Chapitre XII

Le Fair View. Si Liliane ne le voyait pas de ses yeux, elle ne pourrait croire pareil prodige réalisable au Klondike. L'hôtel se dresse sur trois étages, au coin de la Front Street et de la rue Princess. Ceint sur deux niveaux d'un balcon à balustrade où se prélassent quelques dames fortunées, le bâtiment est percé de fenêtres et de portes ouvragées. L'absence de vitres et les nombreuses échelles appuyées contre les murs prouvent que l'édifice est toujours en chantier, ce qui n'empêche pas les clients d'affluer. Nombre d'entre eux affichent d'ailleurs une mine extasiée. Le Fair View transpire le luxe. Nul doute que les rideaux sont faits d'étoffe opaque, les draps, de coton fin et les pots de chambre, de porcelaine.

Comme Saint-Alphonse la conduit dans cette direction, Liliane l'interroge :

– Qu'est-ce qu'on vient faire ici ?

– As-tu soupé ?

Avec tout ce qui s'est passé depuis son retour de Skagway, Liliane réalise qu'elle a oublié de manger. Elle s'était bien attablée dans cette intention au Sourdough's Café, mais la découverte d'une seconde Lili Klondike avait mis fin à son projet de repas.

– Je meurs de faim, dit-elle en scrutant avec admiration les fenêtres du rez-de-chaussée voilées de cantonnières blanches.

Puis elle jette un œil à Canuck qui, après avoir batifolé de par les rues, l'a retrouvée à la sortie du Tivoli. Au moment où Liliane grimpe les premières marches du Fair View, elle lance un « Reste ! » autoritaire à l'intention du chien. Celui-ci se couche dans la poussière, la tête sur les pattes. Satisfaite, Liliane imite Saint-Alphonse et frotte ses chaussures contre la brosse du garde-fou. Ainsi débarrassée de la boue qui s'accumulait sous ses semelles, elle s'engage sur la galerie et passe sans s'arrêter devant le bar. Dans un tel établissement, les dames empruntent la porte de côté pour se rendre à la salle à manger.

La salle à manger. Là encore, si Liliane n'avait vu de ses yeux la vaisselle de porcelaine, les verres de cristal et l'argenterie, jamais elle n'aurait cru que le Klondike pouvait receler autant de faste. Les nappes sont brodées et les serviettes, assorties. Demeurée immobile sur le seuil, Liliane calcule. Elle imagine la fortune qu'il a fallu investir pour mener à terme un projet aussi grandiose. Est-ce ainsi que Big Alex entend transformer le Lili's Café, Hotel, Baths and Laundry ? Elle repense à ces caisses entassées dans le port, au champagne et au caviar, à la porcelaine entraperçue. Elle comprend désormais ce qui a inspiré son associé, mais doute qu'un luxe de ce genre soit nécessaire, ou même désirable, à Grand Forks. Il n'y a pas de touristes à Grand Forks, et les mineurs possèdent déjà leur cabane. Ce qu'ils recherchent quand ils viennent chez elle, ce sont des plats réconfortants. Pas des mets fins.

Un maître d'hôtel s'avance vers eux, costume sombre et serviette pliée sur le bras.

– Madame, monsieur, articule-t-il en s'inclinant avec raideur.

Le regard hautain qu'il pose sur Liliane la fait rougir d'embarras. Elle porte toujours ses habits de voyage. Heureusement pour elle, Saint-Alphonse ignore délibérément l'attitude de l'employé.

– Une table pour deux, dit-il avec l'autorité des *Klondike Kings*, avant de lui tendre un petit gousset bien rond. Et faites porter un os au chien qui dort devant le bar.

– Bien sûr, monsieur.

Le maître d'hôtel attrape discrètement le sac. Il ne l'ouvre pas, mais son comportement change radicalement. De condescendant, il devient affable. Il leur offre un franc sourire et les conduit à leur table. En traversant la pièce, Liliane observe les habits des hommes, leur manière de tenir la fourchette, de saisir leur verre. Elle remarque aussi les toutes petites bouchées qu'ils enfournent délicatement. Même sur les bateaux qui l'ont menée à Bennett, ou sur ceux qui l'en ont ramenée, on ne se comportait pas avec autant d'affectation. Quoi qu'en pense Big Alex, ces gens ne sont pas ses clients et elle se sent mal à l'aise parmi eux. C'est une chance, finalement, qu'elle soit l'invitée de Saint-Alphonse. Cela lui donne l'occasion d'étudier chacun de ses gestes. Une fois assise, elle dépose comme lui sa serviette sur ses genoux, avant de s'intéresser à la carte qu'un serveur vient de lui remettre. Au menu, veau farci, macaroni au gratin, salade d'épinards, tarte aux pommes ou aux bleuets, de même que tout un assortiment de fromages fins. Rien qu'à lire, Liliane en a le tournis.

Le repas se déroule en français et dans une franche camaraderie. Saint-Alphonse lui donne des nouvelles de

Big Alex, lui fait part des hauts et des bas des mineurs de Grand Forks, des dernières frasques de Walter. Au milieu de ces récits, Liliane lui raconte ses aventures à Skagway. Les rires se mêlent aux confidences, aux silences complices marqués par de timides sourires. Liliane se rend compte que cet homme, avec sa douceur, ses attentions et son assurance, lui a vraiment manqué. Elle se laisse ensorceler par ses iris noirs et frémit encore une fois lorsque sa main effleure la sienne quand ils pigent en même temps dans la corbeille de pain.

– Tu aurais dû voir ça, poursuit-il comme s'il ne s'était aperçu de rien. Un bateau plein de touristes qui débarquaient pour se pavaner dans les rues de Dawson en souliers de cuir verni. Le spectacle de l'année !

Liliane imagine la scène sans peine. La salle à manger du Fair View est bondée de touristes. Pendant un moment, elle les regarde, ces gens qui se croient chez eux partout. Ils se prélassent au Klondike comme ils le feraient à Paris ou à San Francisco. Ils se sentent en terrain connu alors qu'ils sont assis au bout du monde, sur la rive du fleuve le plus nordique de l'Amérique, au pied d'une montagne habitée, il y a deux ans à peine, par des Indiens, des loups et des caribous. Ces hommes et ces femmes dégustent des homards et des huîtres à quelques pas du saloon où, l'hiver dernier, elle-même a dû se vendre à l'encan.

L'évocation de ce souvenir fait affluer les émotions en Liliane et, la gorge serrée, elle laisse son regard errer sur le visage de Saint-Alphonse. Comme elle le trouvait laid à cette époque ! Diable, elle le trouvait encore laid au printemps ! Pourquoi lui semble-t-il moins repoussant aujourd'hui ? A-t-elle changé à ce point qu'elle ne voit plus que son âme? Elle sourit sans s'en rendre compte, mais Saint-Alphonse le remarque.

– Satisfaite?

Prise sur le fait, Liliane cafouille:

– Excuse-moi, je suis fatiguée.

– J'ai loué une chambre ici...

Saint-Alphonse a glissé cette phrase avant de porter son verre à ses lèvres. Ses yeux errent dans la pièce, n'osant soutenir le regard inquisiteur de Liliane. Lorsqu'il se risque enfin à la regarder, elle se rend compte qu'il a rougi autant qu'elle.

– C'est sans doute très cher, dit-elle afin de gagner du temps pour réfléchir.

Saint-Alphonse ne répond pas tout de suite, car le serveur leur apporte le café. Liliane observe les mouvements rapides et précis de l'employé et envie Mrs. Mulroney d'avoir mis la main sur quelqu'un d'aussi compétent. Lorsqu'il s'éloigne enfin, elle saisit sa tasse et en hume les effluves, soudain revigorée.

– Comment savais-tu que j'arriverais aujourd'hui? demande-t-elle.

– Je ne le savais pas. J'étais venu déposer de l'or à la banque.

Saint-Alphonse repousse une mèche de cheveux, approche sa tasse de ses lèvres, mais ne boit pas. Il se rappelle les dernières heures avec un plaisir évident.

– En passant devant le Tivoli, j'ai entendu le piano et je me suis dit qu'il était rare qu'on rencontre un vrai musicien dans le coin, alors je suis entré. En me voyant arriver, Cooper a sauté sur l'occasion. Il a sorti un violon de sous son comptoir et m'a demandé si j'avais le goût de faire un duo avec le nouveau. Et tu es apparue...

Saint-Alphonse esquisse un sourire si léger qu'on dirait une caresse. D'instinct, Liliane étire le bras et pose sa main sur la sienne.

– C'était un spectacle fabuleux, souffle-t-elle, sans fuir, et sans hésiter.

*

La vue qu'offre le troisième étage laisse Liliane interdite. Elle est entrée dans la chambre et s'est immédiatement dirigée vers la fenêtre dont les lourds rideaux s'ouvrent sur le fleuve Yukon et sur la montagne qui domine l'autre rive. À gauche et à droite, le cours d'eau s'étire, serpentant dans une étroite vallée de verdure. Il est presque onze heures et le soleil brille toujours. Ses rayons pénètrent dans la pièce, baignant le lit d'une lumière ocre, comme si les draps s'embrasaient.

En bas, dans la grande salle, un orchestre joue un air connu. La musique qui fait valser les clients monte jusqu'au dernier étage de l'hôtel, effaçant les conversations en provenance du couloir. Dans la chambre de Saint-Alphonse, on n'entend rien d'autre que la mesure à trois temps et les voix des danseurs qui s'amusent au rez-de-chaussée. Même les bruits de la rue se fondent à l'ensemble, à peine audibles au milieu de la fête.

Saint-Alphonse a refermé et s'appuie maintenant contre la porte comme s'il s'interrogeait sur le geste à poser. Cette hésitation, la première qu'elle remarque chez lui ce soir, réjouit Liliane. Si elle n'est plus la jeune femme farouche de l'hiver dernier, elle n'est plus non plus celle qui dormait dans ses bras chaque nuit, celle qui osait se blottir très près. Elle s'est rebâti une réputation à force de chasteté et de détermination. Que fait-elle alors dans cette chambre, en plein cœur d'une ville surpeuplée ? Une seule réponse lui vient à l'esprit. Elle a envie qu'il la prenne dans ses bras. Impossible de se l'expliquer autrement. À Skagway, elle a eu peur de mourir sans le revoir. C'est ce qu'elle a compris plus tôt en pénétrant dans le Tivoli, en l'apercevant, violon à la main, son regard pénétrant posé sur elle. Elle a eu peur de mourir sans l'avoir senti dans son ventre une dernière fois, sans l'avoir vu trembler tout contre elle, sans l'avoir entendu gémir de plaisir près de son oreille.

En ce moment, alors qu'elle ferme les rideaux et pivote pour s'approcher de lui, elle ne craint plus les autres et leur jugement. Elle le rejoint, porte les mains à son cou et entreprend de déboutonner sa chemise. Saint-Alphonse écarquille les yeux, ébahi.

– Que fais-tu ? demande-t-il, mi-heureux, mi-inquiet.

Liliane ne répond pas, mais s'avance encore jusqu'à poser ses lèvres sur les siennes. Les minutes qui suivent se déroulent dans un tourbillon de sensations à la fois familières et nouvelles. Ils se redécouvrent comme s'ils s'apprêtaient à faire l'amour pour la première fois. Tout leur semble inédit : les boutonnières qu'on défait, les agrafes qu'on repousse, les jupons qui s'affalent doucement sur le sol, les mains qui parcourent la peau, les doigts qui glissent dans les cheveux et dans les poils. Et enfin le matelas de plume qui s'enfonce sous le poids de leurs deux corps enlacés.

La lumière se colore de rouge en pénétrant à travers les rideaux. Liliane caresse de ses lèvres le torse de Saint-Alphonse sans même fermer les yeux. Elle voit son sexe durcir et sent ses propres cuisses humides s'ouvrir d'elles-mêmes. Puis le regard de Saint-Alphonse se rive au sien tandis qu'il entre en elle. Alors, le monde n'existe plus. Ni l'hôtel, ni Dawson. Ni la mort de Soapy Smith. Ni l'autre Lili et son commerce de la chair, ni les fusils qui tuent en une fraction de seconde. Son corps se tend et se détend au rythme des vagues créées par Saint-Alphonse. D'abord, les remous, puis la houle. Enfin, les vagues déferlantes la submergent. Son abdomen se contracte, ses cuisses et ses fesses frémissent. Liliane tente d'étouffer de son poing le cri de douleur et de plaisir qui monte de ses entrailles.

Elle ouvre les yeux, l'âme en émoi, les joues en feu. Sur le plafond dansent les premières lueurs de l'aube que laissent filtrer les rideaux. La pièce est vide et il n'y a personne d'autre dans son lit, Dieu merci ! Elle essaie de se calmer, mais sa respiration demeure rapide un long moment, le temps qu'elle réalise que ces images de volupté n'étaient qu'un rêve. Saint-Alphonse dort dans la chambre voisine, seul, parce qu'elle n'a pas osé le suivre.

Au rez-de-chaussée, la musique s'est tue, mais la joyeuse cacophonie des saloons parvient jusqu'au Fair View. L'autre moitié des habitants de Dawson n'a pas fini sa fête nocturne. Dans le chic hôtel de Mrs. Mulroney cependant, la vie est mieux réglée. À quatre heures du matin, on dort comme on le fait dans n'importe quel hôtel respectable du Sud, malgré la lumière et malgré la vie qui bat son plein ailleurs, dans d'autres bars, dans d'autres lits.

Chapitre XIII

– Comme ça, ils l'ont prise pour moi…

Dennis-James le lui confirme et Rosalie devine, à sa mine absorbée, que certains éléments du récit qu'il vient d'entamer le troublent. Allongés tous les deux au milieu de draps propres, sur un matelas duveteux, dans cette chambre luxueuse où ils ont fait l'amour, ils se regardent un long moment, hésitant entre une nouvelle étreinte et une seconde confession. Finalement, Dennis-James choisit de terminer son récit :

– Quand j'ai appris que Triplett te retenait prisonnière, j'ai pensé devenir fou. J'ai essayé de persuader Smith de te relâcher, mais il n'a rien voulu entendre. Il était tellement content de t'avoir mis la main dessus. Et puis il y avait beaucoup de tension en ville. J'ai profité de cette diversion pour convaincre Triplett de me laisser te parler. Walsh aussi désirait te voir, mais pour une autre raison, tu t'en doutes… Tu imagines notre surprise quand Miss Lili est apparue dans le bureau.

Rosalie l'imagine aisément.

– C'est Walsh qui devait être déçu ! lance-t-elle avec un sourire cynique.

– Il n'a pas été déçu longtemps. Une minute plus tard, les gars qui servaient d'escorte à Miss Lili ont défoncé la porte. Le chien a bondi, un des gars a tiré, atteignant Walsh en plein ventre. Il a volé contre le mur et s'est effondré, raide mort.

– Walsh est mort ? répète Rosalie, incrédule. Je te mentirais si je te disais que ça me fait de la peine. C'était un vrai démon, celui-là !

– Le même jour, Soapy a été abattu dans le port, ce qui a mis fin à son règne de terreur.

Rosalie songe qu'elle aurait aimé assister à la déroute de Smith et de ses hommes. Elle pense à l'autre Lili, avec son chien et ses gardes du corps qui l'ont aidée à se sortir de ce mauvais pas. C'est vrai qu'elles se ressemblent un peu. Même couleur de cheveux, à peu près la même taille, comme l'a si bien dit Cooper. L'autre possède toutefois un calme que Rosalie ne peut qu'admirer. Elle, elle aurait rugi si on avait essayé de la retenir prisonnière. Elle aurait mordu et se serait révoltée, car elle n'aurait eu personne sur qui compter. Personne, à part Dennis-James.

– Je suis contente que tu sois là, murmure-t-elle en se blottissant contre lui.

– M'as-tu pardonné ?

Rosalie le serre dans ses bras et pose la tête sur sa poitrine.

– Est-ce que j'avais l'air de t'en vouloir quand je suis arrivée tout à l'heure ?

Dennis-James rit, gêné. Une heure plus tôt, lorsque Rosalie est venue le rejoindre, elle s'est littéralement jetée sur lui, lui arrachant ses vêtements avant de se départir des siens. Avec le temps, elle avait oublié à quel point elle l'avait aimé. À quel point, peut-être aussi, elle l'aimait encore, malgré tout.

– Tu n'avais pas besoin de me mettre à la porte du Tivoli, dit-il tout bas.

Il fixe la fenêtre par où on aperçoit les montagnes, de l'autre côté du fleuve. Rosalie s'est raidie, craignant un soudain torrent de reproches.

– Je sais comment les actrices gagnent leur vie.

Rosalie est un peu surprise de l'entendre évoquer ce métier avec autant de détachement.

– Et cela ne te fâche pas ?

– Qui suis-je pour me fâcher ? Je suis l'époux d'une autre. Je n'ai aucun droit sur toi.

Quel changement depuis leur dernière rencontre ! Rosalie n'en revient pas. Dennis-James est là, à côté d'elle, et il semble trouver presque normal qu'elle se prostitue.

– Et tu as quand même voulu faire l'amour avec moi ? demande-t-elle, toujours incrédule.

Dennis-James ne répond pas tout de suite. Il la regarde longuement, puis ses yeux suivent le contour de son corps avant de s'attarder sur l'ameublement et sur cette belle robe qui traîne par terre.

– Je préférerais être ton seul et unique client, c'est certain, soupire-t-il.

Comme il la voit se renfrogner, il ajoute :

– Mais je me trouve bien mal placé pour te dire comment mener ta vie, surtout maintenant que tu connais la vérité à mon sujet.

La vérité, c'est que Dennis-James est marié mais qu'il l'aime, elle, malgré sa nouvelle profession. Comment pourrait-elle lui reprocher quoi que ce soit ? L'inquiétude la tenaille quand même. Comment parviendra-t-elle à travailler avec un amant dans les environs ? L'idée de vivre avec lui ce qu'elle a vécu avec Arthur l'angoisse. S'il fallait que les crises de jalousie recommencent… Brusquement, Dennis-James se retourne et roule jusque sur elle. Du même geste, il lui attrape les poignets et les immobilise sur l'oreiller.

– Au diable le reste ! lâche-t-il en déposant sur sa bouche un fougueux baiser. Mon passé ne dérange personne à Dawson, alors pourquoi me dérangerait-il, moi ?

Rosalie feint de rire, mais la tension demeure. Elle craint la suite, les déclarations de Dennis-James, ses projets d'avenir. Il poursuit d'ailleurs avec entrain, maintenant toujours ses bras écartés au-dessus de sa tête :

– Je veux vivre avec toi, ici. Même si je n'ai pas de *claim*, je n'ai rien vu qui me déplaît depuis que j'ai mis les pieds à Dawson. On n'y entend pas de coups de feu, personne ne se bat, les saloons sont pleins à craquer. J'y aurai toujours du travail comme pianiste. Peut-être même que Mr. Cooper m'embaucherait.

À ces mots, Rosalie se raidit. Elle se défait de sa poigne et, avec humeur, le repousse, avant de lui tourner le dos pour s'asseoir sur le bord du lit.

– Je ne veux pas que tu travailles au Tivoli, déclare-t-elle sur un ton on ne peut plus déterminé.

Elle s'attend à une cascade de protestations, mais Dennis-James acquiesce d'emblée.

– D'accord. J'irai ailleurs. Ce ne sont pas les saloons qui manquent dans le coin.

Rosalie lui fait face, surprise.

– C'est vrai, tu ne mettras jamais les pieds au Tivoli ?

– Jamais.

Malgré cet engagement, la méfiance continue de gagner du terrain.

– Promets-le ! ordonne Rosalie en croisant les bras. Promets-moi que tu ne viendras jamais me rendre visite au Tivoli, ni assister aux spectacles, ni même aux danses.

– Je promets. Quand comprendras-tu que je ferais n'importe quoi pour toi, Lili ?

Les yeux de Rosalie se remplissent de larmes. Jamais on ne lui a dit des mots aussi doux. Si Dennis-James l'accepte malgré ce qu'elle est devenue, cela vaut bien une concession :

– Dans ce cas, déclare-t-elle, la gorge nouée, je n'aurai jamais d'autres *clients*. Je jouerai la pièce et danserai jusqu'aux petites heures du matin, mais après, c'est dans tes bras que je viendrai dormir. Dans tes bras et dans ceux de personne d'autre.

Le visage de Dennis-James s'est tendu sous l'émotion. Il déglutit avec peine, fixe Rosalie d'un œil brillant et s'empare de sa main pour la porter à ses lèvres. Puis, d'un geste fougueux, il l'attire par les épaules et la fait basculer dans le lit. Lorsqu'il s'allonge sur elle, Rosalie se laisse submerger par un élan de tendresse et l'étreint aussi fort que dans ses rêves. Comme il lui a manqué !

Chapitre XIV

La salle à manger du Fair View impressionne Liliane lorsqu'elle y descend pour déjeuner. La vaisselle tinte, les odeurs sont alléchantes et les voix y résonnent comme autant de « Bonjour ! » personnels. Liliane repère Saint-Alphonse, penché sur le journal *The Nugget*, sirotant une tasse de café.

– Bien dormi ? s'enquiert-il en l'apercevant.

Il s'est levé, contourne la table et lui tire une chaise dans un geste de pure galanterie.

– Merci, souffle Liliane sans répondre à la question.

Elle n'a pas envie de penser à ce rêve érotique et apprécie que Saint-Alphonse n'insiste pas et lui tende plutôt le menu. Dehors, des chevaux passent en trombe sur la Front Street. Quelques centaines d'hommes envahissent les rues.

– Un bateau vient d'accoster, conclut Liliane sans s'attarder à cette agitation désormais familière.

– Ouais, on dirait, rétorque Saint-Alphonse en s'absorbant dans son journal. Il va y avoir du courrier.

Le serveur a pris leurs commandes et Liliane replonge dans ses pensées. Quelques minutes plus tard cependant, une voix connue s'élève de l'entrée et attire son attention. Au pied de l'escalier menant à l'étage, Big Alex converse avec Mrs. Mulroney. Sur le coup, Liliane s'amuse de voir ces deux-là réconciliés, jusqu'à ce que leur complicité lui apparaisse soudain suspecte. Puis les mots qui lui parviennent sonnent l'alarme dans son esprit.

– Les vitres devraient arriver très bientôt, explique Big Alex à l'intention de la patronne. On pourra en profiter pour augmenter le prix des chambres. On avisera plus tard pour le partage des profits.

Bouche bée, Liliane continue de l'observer, même quand il traverse le bar pour sortir dans la rue. Ses yeux croisent alors ceux de la propriétaire qui la salue d'un bref hochement de tête avant de gravir l'escalier. Dans la tête de Liliane, les faits s'additionnent, et les conclusions la foudroient. Elle interroge Saint-Alphonse du regard :

– Big Alex s'est associé à Mrs. Mulroney pour ouvrir le Fair View, répond-il d'une voix neutre.

Liliane pince les lèvres. Que son partenaire d'affaires se soit associé à la compétition n'augure rien de bon pour elle et, quand arrive son repas, Liliane a perdu l'appétit. Elle fait quand même un effort pour manger, se rappelant que la route est longue jusqu'à Grand Forks. Heureusement, la faim lui revient dès la première bouchée. Les œufs, le bacon, les saucisses et les deux tranches de pain au levain trouvent le chemin de son estomac pendant qu'elle songe à son restaurant en imaginant le pire. Il lui tarde vraiment de rentrer chez elle.

*

– Ce n'est pas vraiment de la compétition puisque le Fair View se trouve à Dawson.

Voilà l'explication que lui donne Big Alex quand elle aborde le sujet avec lui quelques semaines plus tard, lorsqu'il daigne enfin remettre les pieds à Grand Forks. Pour lui, l'association avec Belinda Mulroney ne pose pas problème. Il s'agit de diversification dans ses investissements, rien de plus. Et Liliane, qui ne s'attendait pas à une réponse aussi simple, cherche une façon de faire valoir son point de vue.

– Nous avons déjà perdu beaucoup d'argent depuis l'ouverture, lance-t-elle en espérant que Big Alex comprenne l'allusion à ses largesses.

– Ce sont des pertes temporaires, explique-t-il sans comprendre le sous-entendu. Dès que nous nous mettrons à servir des repas de luxe, les choses rentreront dans l'ordre.

Liliane jette un œil dans la salle à manger où ils sont en train de prendre le thé et se rend compte qu'elle commence à douter sérieusement des bénéfices à tirer de son association avec Big Alex. Elle n'a pas encore osé déballer la marchandise rapportée de Skagway. L'idée de changer des éléments de son décor la rebute. Certes, au Lili's Café, Hotel, Baths and Laundry, la sobriété des nappes, de la vaisselle et des ustensiles tranche avec la somptuosité du Fair View. Mais c'est dans la simplicité qu'elle a toujours imaginé son restaurant, pas dans un étalage excessif de luxe.

– Vous avez raison, dit-elle pour dissimuler son irritation. On peut servir des mets recherchés de temps en temps. Mais je pense quand même qu'il sera difficile de faire nos frais avec tout le champagne et la porcelaine que j'ai rapportés.

Big Alex lui tapote la main dans un geste si paternel que Liliane en ressent un vif agacement.

– Bien sûr que nous allons faire nos frais, dit-il comme s'il parlait à une enfant. On n'a qu'à monter les prix.

– C'est justement ça le problème.

Liliane a beau essayer de garder une voix posée, l'impatience est perceptible quand elle poursuit :

– Les clients les plus fidèles ne sont pas nécessairement les plus riches, Mister McDonald. Les *Klondike Kings* ont des employés qui s'occupent de leurs mines pendant qu'eux vont à Dawson. Ce sont les autres qui viennent ici.

Big Alex prend un moment avant de répondre. L'air songeur, il l'étudie, se demandant sans doute comment elle a pu arriver à de telles conclusions.

– Eh bien, on n'a qu'à séduire les patrons ! lance-t-il comme si cela allait de soi.

Liliane secoue la tête, découragée.

– Les employés mangent chez nous parce qu'ils n'ont pas le temps d'aller à Dawson, Mister McDonald. Pourquoi pensez-vous que Mrs. Mulroney a ouvert son Grand Forks Hotel ici et son Fair View à Dawson ?

– Justement ! s'exclame Big Alex. Belinda offre ses repas de caviar et de champagne à Dawson alors que nous allons les offrir ici, sur place. Nous allons nous distinguer de l'établissement de Mrs. Mulroney. Cela ne peut qu'être rentable.

Si elle n'était pas aussi dangereuse, la candeur de Big Alex serait touchante. Comment lui faire comprendre que la clientèle des environs désire une cuisine plus simple, plus soutenante, plus réconfortante et, surtout, plus abordable ? Liliane cherche en elle des arguments supplémentaires, mais, las de cette discussion, Big Alex se lève.

– Surtout, conclut-il en repoussant sa chaise, dites à Joe de changer les nappes et de sortir les nouveaux chandeliers. Et dites-lui aussi de les frotter correctement. Je veux que ça reluise ici.

Sur ce, il quitte le Lili's Café, au grand dam de Liliane qui demeure assise, furieuse contre elle-même. Elle n'a pas réussi à lui faire entendre raison et la voilà prise pour cuisiner ces mets qu'elle ne connaît pas et qui ne l'intéressent pas. Ah, si elle avait réussi à embaucher l'autre Lili, l'avenir lui semblerait moins sombre aujourd'hui !

Chapitre XV

Le coût de la vie à Dawson vient rapidement à bout de l'orgueil de Dennis-James. Les hôtels, les restaurants, les beaux vêtements, rien n'est accessible et, en l'espace de quelques semaines, Rosalie remarque un changement d'attitude chez son amant. Il a trouvé un poste de pianiste au Monte-Carlo et il gagne un salaire qui serait enviable dans le Sud. Toutefois, comme beaucoup d'hommes et comme toutes les femmes qui n'ont pas encore osé franchir les portes du demi-monde, Dennis-James arrive difficilement à joindre les deux bouts. L'inflation qui accable Dawson naît de la richesse. Pourquoi, en effet, limiter les prix quand on trouve ici la plus forte concentration de millionnaires au monde ? C'est un fait bien connu : tant qu'il y a de l'or et des hommes pour le dépenser, il y aura des commerces pour abuser de ces derniers.

Dennis-James n'a plus le choix de se comporter comme tous ceux qui ne sont pas des *Klondike Kings* : il utilise au maximum l'or des autres. Avec Rosalie cependant, les apparences viennent brouiller les cartes. Pour survivre, il a besoin d'elle et de l'argent qu'elle gagne chaque soir. La bienséance veut toutefois que ce soit l'homme qui paie au restaurant, à l'hôtel ou au théâtre. C'est ainsi qu'un dimanche d'août il accepte le sac qu'elle lui tend avant de quitter la chambre.

– Ça me gêne un peu, dit-il en examinant les pépites.

Rosalie hausse les épaules et, pendant qu'elle replace l'épingle qui retient son chapeau, elle déclare :

– Une femme ne paie pas pour un homme au restaurant.

Puis elle enfile un léger manteau et, appuyant une main sur le bras de Dennis-James, elle s'engage avec lui sur le trottoir. Elle savoure la brise du soir et les derniers rayons qui effleurent les montagnes. L'air sent la poussière, le cheval et l'alcool. Rosalie hume avec plaisir ces odeurs de la ville. De temps en temps, des effluves de cuisine lui parviennent, fins et alléchants. Elle salive et appuie la tête sur l'épaule de son amant.

– On est bien, n'est-ce pas ? murmure-t-elle en se collant contre lui.

Dennis-James lui tapote le bras, un sourire heureux sur les lèvres, et Rosalie décide que si le bonheur existe, il ne saurait être différent : une vie de luxe dans une ville agréable avec l'homme qu'on aime. À mesure qu'ils avancent dans la rue, ses sens réagissent. Rien ne lui échappe, ni le courant puissant du fleuve, ni le vert-de-gris de l'eau, ni le marais qui étincelle dans le soleil couchant. Sur la montagne, les herbes, qui ont commencé à rougir, et les feuilles jaunies des trembles oscillent sous le vent.

Dans une ruelle, des chiens aboient et se chamaillent. Une femme en tenue légère interpelle un client. Plus loin, d'autres femmes, aussi peu vêtues, discutent en buvant du vin. On dirait que tout le monde s'est donné le mot pour profiter de cette belle soirée. Même le doré de la lumière semble n'être là que pour mettre en valeur la forêt, les maisons et les gens. Partout, les enseignes grincent à un rythme régulier, mêlant leurs plaintes aux voix des hommes qui jouent aux cartes ou qui chantent. Dawson est belle et, ce soir, personne ne pourrait convaincre Rosalie du contraire.

Chapitre XVI

Le mois d'août avance dans la routine quotidienne de Grand Forks. Au son des *rockers* qui lavent le gravier partout dans la vallée, Liliane cuisine, fait les lits, chauffe l'eau des bains et reprend son lucratif service de lessive. La nuit, l'obscurité permet enfin de bonnes heures de sommeil et le jour les moustiques se montrent moins voraces. Les tracas de Liliane seraient chose du passé si ce n'était la clientèle du restaurant qui ne cesse de décroître. En effet, de semaine en semaine, le nombre de clients réguliers diminue et, dans le registre journalier, les profits tardent à se manifester. Elle n'en ignore pas la cause et cela la mortifie.

Depuis son retour de Skagway, elle s'empêtre dans une cuisine à laquelle elle ne connaît rien. Elle fait trop cuire les crustacés, gâte les sauces et ne sait toujours pas comment présenter le consommé qu'elle s'est résignée à servir en bouillon accompagné d'un morceau de pain, n'osant commettre un sacrilège en l'utilisant comme base de soupe aux pois. Un à un, les habitués désertent le café et, certains soirs, Liliane désespère de voir le premier client franchir le seuil. Elle songe même à offrir des repas gratuitement, pourvu que les premiers à entrer occupent une table près de la fenêtre.

Si elle était dans le Sud, elle irait s'acheter un livre de cuisine de riches. Évidemment, personne n'a imaginé qu'on pouvait avoir besoin de ce genre de recettes si loin dans le Nord. Les différents magasins de Dawson n'en tiennent pas davantage qu'ils tiennent de livres sur les bons vins ou le champagne.

Quand Big Alex se rend à Dawson, Liliane en profite pour préparer des repas traditionnels. Les clients sont au rendez-vous, attirés par les odeurs alléchantes de ragoût, de pot-au-feu, de plum-pudding. Cependant, dès qu'il revient à Grand Forks, Big Alex ajoute inévitablement d'autres produits de luxe dans leur cache et Liliane désespère. Il rapporte du chutney quand elle voudrait du sucre, du homard quand elle voudrait du bœuf. Il n'y a rien à faire, les deux associés ne s'entendent pas.

Les yeux fixés sur le Grand Forks Hotel de Mrs. Mulroney, bondé à toute heure du jour et de la nuit, Liliane perd parfois espoir de voir un jour le Lili's Café, Hotel, Baths and Laundry prendre son envol et devenir prospère. Et pendant qu'elle se morfond avec ses problèmes d'argent, la rumeur court dans les environs : certains *Klondike Kings* ont décidé de partager leurs richesses avec les plus démunis. Plusieurs d'entre eux laissent donc sur le seuil de leur cabane un seau rempli de poudre d'or. Un petit écriteau planté en plein centre affiche l'inscription suivante : *Servez-vous !*

Saint-Alphonse, paraît-il, ferait partie de ceux-là.

*

– Vous devriez vous forcer un peu, Miss Lili. Les clients commencent à se plaindre.

Les clients commencent à se plaindre. Comment Big Alex peut-il être aveugle à ce point? Debout dans la cour, occupée à suspendre des vêtements fraîchement lavés, Liliane fulmine en silence. Cela fait des semaines que les hommes des concessions préfèrent la cuisine familière de Mrs. Mulroney plutôt que celle, inégale, de Liliane. Étirant le bras vers son panier, Liliane réitère son affirmation:

– Je ne sais pas comment préparer cette nourriture-là.

Big Alex fait les cent pas en longeant le bâtiment et l'exaspération transpire dans chacun de ses gestes. De temps en temps, il lève les yeux en direction de la concurrence et peste contre le manque de talent de Liliane.

– Votre réputation était grandement exagérée, dit-il, les mains enfoncées dans les poches.

En d'autres circonstances, Liliane serait blessée par un commentaire aussi méprisant, mais dans l'état actuel des choses, elle doit lui donner raison. N'est-ce pas d'ailleurs ce qu'elle répétait avant même qu'il l'envoie à Skagway? Il n'est plus question pour elle de se laisser intimider par l'air sévère de Big Alex, car, à bien y penser, Mr. Noonan était cent fois plus impressionnant. Surtout quand il affirmait que le commerce n'était pas une affaire de femmes. Elle a su lui prouver le contraire en s'imposant. Devra-t-elle utiliser la même méthode avec Big Alex?

Liliane finit d'épingler les derniers linges à vaisselle et, profitant du désarroi de son associé, elle ose une suggestion:

– Nous pourrions embaucher une cuisinière.

– N'y pensez même pas! Une cuisinière capable d'apprêter des mets de cette qualité nous coûterait les yeux de la tête.

Big Alex réalise tout à coup l'absurdité de ses paroles et Liliane hoche la tête, satisfaite de le voir réfléchir plus longuement.

– Nous aurions au moins des clients, ajoute-t-elle sans sourire.

Big Alex lui jette un regard mauvais, pivote et disparaît dans le restaurant en lui lançant avec humeur :

– Je vais inviter de mes amis pour souper, histoire d'avoir l'AIR prospère. Mais je commence à me lasser de leurs reproches. Alors, arrangez-vous pour que le repas soit mangeable.

Au lieu de se mettre en colère, Liliane ébauche un mince sourire. Voilà, elle le tient. Big Alex ne le sait pas encore, mais il vient de lui offrir un argument de taille. Maintenant, ne reste qu'à trouver un moyen pour annuler leur entente, une façon de rompre le contrat qui les unit sans que ni l'un ni l'autre perde la face. Pour cela, il lui faut de l'argent afin de racheter la part de son associé et, s'il le faut, toute cette nourriture pour riches ramenée de Skagway à grands frais. Dans son esprit apparaissent les yeux noirs de Saint-Alphonse. Et ce seau rempli de poudre d'or qui, paraît-il, trône devant sa porte.

« Qu'à cela ne tienne, je n'en suis pas à une humiliation près ! » se dit-elle, abandonnant à la cuisine le panier à linge en même temps que ce qui lui reste d'orgueil.

*

Dans son édition du mois d'août, *The Nugget* informe la population de Dawson que le Klondike forme désormais un territoire séparé des Territoires du Nord-Ouest. Le journal, fier d'être le premier à publier la nouvelle dans la région, titre en grandes lettres : *We Are Now the Yukon Territory*. L'événement est important, certes, mais il s'agit surtout d'un excellent prétexte pour Liliane.

En ce dimanche matin, un exemplaire du journal en main, Liliane grimpe la colline qui mène à la cabane de Saint-Alphonse en suivant son chien. Canuck n'a pas oublié son premier foyer et c'est joyeusement qu'il court devant, revient en soupirant d'impatience puis s'éloigne de nouveau. Liliane accélère, toute à ses pensées. Devrait-elle se sentir coupable d'user d'un stratagème pour rendre visite à Saint-Alphonse ? Sans doute, mais que faire d'autre ? Elle ne peut toujours bien pas aller quêter sans un bon prétexte, sans rien pour l'excuser !

Forte de ses expériences précédentes, Liliane n'a pas l'intention d'offrir à Saint-Alphonse de s'associer avec elle. Plus jamais elle ne veut avoir de comptes à rendre. Plus jamais, à personne. Ce qu'elle vient solliciter, c'est un prêt. Un prêt élevé, mais un prêt, et rien d'autre.

La colline apparaît désormais comme une extension de la ville, avec ses cabanes, ses mines et ses montagnes de résidus. Impossible de passer inaperçue, comme autrefois. Liliane marche donc d'un bon pas, rappelant son chien quand elle le juge rendu trop loin, saluant les mineurs, les employés et, quand elle en croise, leurs épouses. La région a bien changé depuis l'arrivée massive des *cheechakos*. Des hommes ont poussé l'audace jusqu'à emmener leurs enfants dans ce périple au bout du monde. Liliane s'étonne encore de voir des bambins courir avec insouciance. Comment des êtres aussi fragiles ont-ils pu survivre aux pistes et à la descente sur le fleuve ? N'a-t-elle pas failli elle-même y laisser sa peau ? Quoi qu'il en soit, ces familles n'ont pas réussi à mettre la main sur une concession. À leur arrivée, la région avait déjà été quadrillée et prospectée en entier. Les pères ont dû se contenter de travailler pour un mineur déjà établi. Ils sont chanceux et ils le savent. À Dawson, c'est par milliers que les chômeurs errent dans les rues en quête de travail.

Liliane contourne la mine de Saint-Alphonse et accroche un sourire avenant à son visage lorsqu'elle aperçoit le seau qu'elle cherchait, exactement là où il devrait se trouver : sur le seuil de la cabane. Canuck la rejoint au moment où elle frappe à la porte.

– Que me vaut cette belle visite ? demande Saint-Alphonse en ouvrant.

Il ne porte pas de chemise, seulement ce *haut-de-corps* qu'elle connaît bien et qui, à une autre époque, l'avait effarouchée. D'un geste embarrassé, il replace les bretelles de son pantalon et esquisse ce sourire désarmant que Liliane aime tant. Elle en conclut néanmoins qu'elle tombe à un mauvais moment et regrette d'être venue.

– Excuse-moi de te déranger, dit-elle en lui tendant le journal. J'ai pensé que ça pouvait t'intéresser. Nous faisons partie d'un nouveau territoire depuis le mois de mai. Bonne journée !

Saint-Alphonse n'a pas le temps de comprendre ce qu'elle lui raconte que déjà Liliane a tourné les talons.

– Attends ! s'écrie-t-il en l'attrapant par le bras. Tu prendras bien une tasse de thé. J'ai justement de l'eau chaude.

Il a désigné les deux bancs installés en plein air et Liliane hésite. Est-ce le bon moment pour lui demander de l'argent ? Elle l'observe, étudie la ride d'inquiétude qui lui strie le front, ses yeux plissés à cause d'un rayon de soleil.

– Je ne veux pas te déranger...

– Voyons, Lili ! Tu ne me déranges jamais.

Elle lui sourit à son tour et se laisse guider vers les sièges sur lesquels un arbre projette son ombre bienfaisante. Quelques minutes plus tard, une tasse de thé à la main, Liliane se détend et s'interroge : Que craint-elle donc chaque fois qu'elle met les pieds sur la colline ? Pourquoi cet empressement à quitter les lieux ? À fuir ? Se poser la question l'aide à se contenir. Elle prend conscience que, dans le fond, ce qui l'effraie, c'est l'idée de se retrouver seule avec lui dans sa cabane. Et aussi d'imaginer sa propre réaction s'il l'enlaçait subitement, sans que personne ne regarde. Diable ! C'est d'elle-même qu'elle a peur !

Liliane constate avec soulagement que Saint-Alphonse ne peut pas lire la confusion sur son visage. Il lui parle comme si de rien n'était, et son ton aimable allège l'atmosphère des tensions qui y règnent. Assise sagement, à la vue de tous les habitants du coin, Liliane se laisse enfin aller au bonheur d'être avec lui. Pendant plusieurs minutes, elle oublie la raison de sa visite, les soucis avec Big Alex, les accrochages avec ce bon à rien de Joe et les inquiétudes qu'elle éprouve face à l'avenir. Elle imagine avec lui l'avenir du nouveau territoire, lui demande qui il voit pour faire partie du nouveau gouvernement. Ils abordent ensuite le prix des denrées, qui demeure élevé malgré l'abondance. Enfin, lorsqu'elle avale sa dernière gorgée de thé, Liliane se jette à l'eau :

– J'ai besoin d'argent.

Elle a parlé sans le regarder dans les yeux, car elle a honte d'en être encore à quêter. Un silence tendu la sépare de Saint-Alphonse. Un silence pendant lequel Liliane imagine soit un refus, soit des conditions inacceptables ou, pire, une association imposée.

– Je voudrais un prêt, spécifie-t-elle pour éviter qu'il interprète mal sa requête.

Les secondes qui suivent paraissent interminables. Du coin de l'œil, elle voit Saint-Alphonse boire son thé, impassible.

– Combien ? demande-t-il simplement.

Dire qu'elle a douté de lui ! Même Dolly aurait pu lui assurer que Saint-Alphonse l'aiderait. Satisfaite de ce premier résultat, Liliane n'a plus qu'à préciser le montant. Comme souvent toutefois, les mots sortent avec difficulté.

– Trente mille.

Saint-Alphonse accuse le coup d'un bref sursaut et devient songeur. Liliane craint qu'il lui demande ce qu'elle compte faire avec cet argent. Dans un tel cas, que répondra-t-elle ? Peut-elle avouer qu'elle veut se débarrasser d'un associé qu'elle a elle-même choisi ? Peut-elle admettre, sans avoir l'air de supplier, qu'elle s'est trompée ? Il lui serait tellement insupportable de supplier ! N'est-ce pas, pourtant, ce qu'elle est en train de faire ? Comme c'est compliqué ! Elle lui apporte un journal fraîchement imprimé, elle lui tient une conversation agréable, anodine, alors que sa visite est on ne peut plus intéressée. Elle se tourne encore vers lui et détaille avec minutie les traits qu'elle a jugés autrefois avec tant de sévérité. Aujourd'hui, elle ne voit qu'un homme et son âme, tous deux d'une grande beauté. Et pendant qu'elle dresse la liste de ses qualités, la voix basse et douce de Saint-Alphonse la tire de sa contemplation :

– Repasse demain.

Si son cœur déborde de joie, Liliane se garde bien de le montrer et remercie Saint-Alphonse avec son flegme habituel. Devine-t-il ce qu'elle fera avec cet argent ? Se doute-t-il à quel point il lui sauve la vie ? Et ce, pour la troisième fois !

Elle reprend le chemin de Grand Forks en promettant de revenir le lendemain. Son pas se fait plus léger quand elle entame la pente descendante. Elle gambade, joue avec le chien et regagne le restaurant où l'attendent ses tâches quotidiennes. Demain, elle réglera ses comptes avec Big Alex une fois pour toutes.

*

– Vous oubliez les profits ! Je n'ai pas investi dans ce commerce pour reprendre mon argent au bout de deux mois sans même toucher des intérêts.

Liliane s'attendait à ce genre d'argument. Elle quitte la table où ils sont en train de discuter, va à la cuisine et revient les bras chargés de documents. Elle dépose devant Big Alex une plume, un encrier, un inventaire des provisions, un bilan profits-dépenses, leur contrat, de même qu'une résiliation de ce même contrat.

– Il n'y a pas de profits, Mister McDonald. Vous avez reçu vos amis à nos frais.

Elle lui montre les colonnes de chiffres, détaillées de semaine en semaine depuis le début de leur association. Jamais elle n'a été plus fière de tenir des comptes avec autant de précision. Big Alex examine les documents, compare les dates et les pertes et se voit forcé de constater l'absence de bénéfices.

– C'était pour fidéliser la clientèle, s'écrie-t-il en essayant de se justifier. Une clientèle dont vous voulez profiter toute seule, à ce que je vois. Si vous désirez que je vous laisse le restaurant, j'exige que vous me payiez des intérêts. Disons… dix pour cent.

Liliane a aussi anticipé cette exigence de la part de son associé. Elle a donc prévu ce montant dans son nouveau budget.

– Dix pour cent par mois, dit-elle avec aplomb.

– Par jour, corrige Big Alex en bombant le torse.

– Par jour !

L'exclamation est sortie toute seule et Liliane s'en veut de n'avoir pas su la retenir. Sa surprise a trahi sa consternation, une faiblesse quand on parle affaires. En préparant cette rencontre, elle a envisagé bien des situations, mais pas celle où elle aurait à débourser une si grosse somme. Il lui faudrait se reprendre, mais Big Alex ne lui en laisse pas le temps.

– Vous avez bien compris, insiste-t-il. Je juge que votre commerce n'existerait pas si je n'y avais pas investi moi-même de l'argent. Cela vaut bien dix pour cent par jour.

Retrouvant son calme, Liliane le toise d'un regard presque menaçant.

– Ce que vous me proposez s'appelle un prêt usuraire, Mister McDonald.

Big Alex lui adresse un sourire cynique et croise les bras, sûr de lui.

– Appelez ça comme vous voudrez.

Voilà ce que Liliane espérait. Empruntant le même ton que son adversaire, elle réplique :

– La Police montée n'appellera pas ça autrement.

À la mention du mot *police*, Mr. McDonald semble sur le point de s'énerver. Puis, se ravisant, il se penche sur les colonnes de chiffres qu'il inspecte en s'aidant de ses deux index. Il compare un à un les revenus et les dépenses. Sa bouche se tord en une grimace d'incrédulité, avant de devenir une moue d'incompréhension. Puis il soupire.

– Vous dites qu'il n'y a pas eu de profits ? demande-t-il comme s'il doutait de ce qu'il voit.

– Pas une cenne depuis l'ouverture.

Liliane ment à peine. Si le restaurant est déficitaire, l'auberge, les bains et la buanderie – surtout la buanderie – sont plus que lucratifs. Mais cela, elle se garde bien de le révéler à l'associé dont elle veut se débarrasser. Elle doit réaliser la transaction au plus faible coût possible. C'est une question de survie. Elle excuse son mensonge en se répétant qu'elle n'a pas à payer pour les rêves de grandeur de Big Alex. Elle n'a jamais donné son aval pour les invitations et autres largesses, pas plus qu'elle n'était d'accord pour servir des mets de luxe. Elle lui a fait confiance, mais maintenant, c'est terminé.

– C'est vrai que j'y ai été un peu fort, admet l'homme en balayant la salle d'un regard triste.

Liliane étudie son comportement d'un œil scrutateur. Elle s'attarde sur ses mains et ses épaules qui retombent mollement, sur son front soucieux, sur sa bouche pincée en signe de regret. Elle comprend tout à coup que Big Alex n'avait pas l'intention de la voler, que ce taux d'intérêt élevé n'était qu'une menace pour la faire reculer. Il paniquait à l'idée de perdre un restaurant auquel il s'est attaché. Elle s'émeut de lire autant de sensibilité chez un homme de la stature de Big Alex.

– Vous serez toujours le bienvenu, dit-elle en appuyant avec tendresse une main sur son bras. Et je vous serai toujours reconnaissante. Sans vous, je n'aurais pas réussi.

Au lieu d'essayer de tirer profit de cet aveu, Big Alex pose sa grande patte sur celle de Liliane.

– Vous aviez raison dès le début, Miss Lili. J'aurais dû vous écouter. Je n'y connais rien en restauration. Absolument rien.

Il se penche, saisit la plume, la trempe dans l'encre et appose sa griffe au bas du document qui met fin à leur entente. Il ramasse ensuite le sac dûment pesé et s'en va. « Pour de bon ! » se dit Liliane lorsqu'il ferme la porte derrière lui.

*

Cher papa et chère maman,

Je vous demande pardon de vous avoir quitté sans un mot. Je comprends aujourd'hui que j'ai dû vous faire de la peine. Sachez que j'ai vécu plusieurs aventures depuis mon départ. Mais je suis en santé et heureuse, enfin. Et je gagne bien ma vie.

Votre fille,
Lili Klondike
P.-S. Dites à la petite Alexina que je pense à elle.

Liliane relit la lettre et s'attarde sur ce nom qu'elle a signé avec fierté, Lili Klondike. Quel effet cela produira-t-il à Sherbrooke lorsque ses parents liront ces mots venus du bout du monde ? En se levant ce matin, il lui a semblé qu'il était temps qu'elle informe sa famille. Après un an d'absence, elle ne court plus de risques. Personne ne songerait à la ramener de force, pas après si longtemps. Elle est partie. Enfin. Pour de bon.

Sa lettre contient peu de chose, mais elle donne suffisamment d'informations pour qu'on cesse de s'inquiéter… si quelqu'un s'inquiétait. Il arrive à Liliane de se demander si sa mère s'interroge à son sujet, si elle regrette d'avoir essayé de lui forcer la main avec ce mariage dont elle ne voulait pas. Pour être honnête, Liliane doit dire *dont elle ne voulait plus*. Parce qu'elle se souvient très bien avoir été fière, au début, de se présenter comme la fiancée de Joseph Gagné. Oui, mais c'était au début. Quand elle ne connaissait rien. Quand les rêves de sa mère prenaient toute la place dans sa vie et qu'ils se confondaient aux siens pour former une illusion de bonheur. Ces rêves, qui n'avaient d'autre fondement que de rendre sa mère heureuse, ne pouvaient pas survivre à l'épreuve du temps. Ils s'étaient effrités au même rythme que l'image maternelle. De mère déifiée, Mme Georges Doré était passée à des proportions plus modestes: les proportions d'une simple femme. Une femme comme Liliane. Et aujourd'hui, Liliane ne peut pas s'imaginer en mère de famille. La chose lui semble tout simplement impossible. Sa vie est trop belle, trop remplie, trop riche en émotions et en aventures. Comment pourrait-elle se confiner dans une cuisine avec une marmaille bruyante?

Elle se souvient avoir célébré ses dix-sept ans dans la piste Chilkoot en se demandant de quoi aurait l'air son avenir. La semaine dernière, elle a eu dix-huit ans et elle mène la vie dont elle rêvait. Exactement celle qu'elle imaginait. Elle est la patronne d'un café qu'elle dirige enfin seule. Elle a des amis, et c'est ici, au Klondike et avec eux, qu'elle trouve désormais la source de son bonheur. Avec eux, ici, et nulle part ailleurs.

Chapitre XVII

La chambre de Dennis-James est sobre. Peu d'objets, peu de meubles. Peu de vêtements suspendus. Des provisions s'entassent dans un coin, à côté d'un poêle démonté et de la toile froissée d'une tente roulée en boule. On est loin de leur chambre de Skagway, mais Rosalie y voit plusieurs avantages. L'hôtel est assez éloigné du Tivoli pour maintenir Dennis-James à distance. Rosalie peut ainsi se concentrer sur ce qu'elle a à faire quand elle est au travail, et se détendre vraiment lorsqu'elle boit du champagne en compagnie de son amant.

L'endroit où loge Dennis-James s'avère toutefois bruyant. Le moindre son franchit les cloisons et, dans le couloir, les clients qui marchent font trembler le plancher. Dennis-James feint de ne pas entendre ces bruits. Il imagine des projets avec Rosalie, ou lui fait l'amour comme s'ils étaient seuls au monde. En cette soirée de la fin d'août cependant, il est soucieux quand il verse le champagne dans deux verres, s'assoit sur le pied du lit et demande à Rosalie de le rejoindre.

– J'ai quelque chose à te dire, souffle-t-il en lui prenant la main pour la porter à ses lèvres.

Rosalie déteste ce ton trop doux. Elle sent que quelque chose cloche, même si Dennis-James se montre attentionné. Il continue de lui baiser la main, effleurant chacun de ses doigts tout en lui caressant la paume de son pouce. Il soupire, retardant le moment de lui parler. Mais qu'a-t-il donc ? Rosalie n'aime pas qu'il la fasse attendre. Elle n'aime pas qu'il fixe la fenêtre et la nuit au-delà. Et, surtout, elle n'aime pas cet air contrit qu'elle lit sur son visage.

– Qu'y a-t-il ? demande-t-elle enfin. Quelque chose ne va pas ?

Dennis-James soupire encore, sans détourner les yeux du croissant de lune qu'on aperçoit au-dessus des collines. Ses lèvres ne sont plus que deux minces lignes si serrées qu'il est difficile pour Rosalie d'imaginer leur forme charnue habituelle. Dennis-James se lève, abandonnant les mains de son amoureuse pour se poster près de la fenêtre, comme il le faisait souvent du temps où ils vivaient à Skagway.

« Ça augure mal », songe Rosalie sans le quitter des yeux.

Dennis-James observe la rue, tout en bas. Rosalie n'a pas de mal à imaginer ce qu'il voit parce qu'elle-même le voit tous les jours. Des trottoirs achalandés et des passants bruyants. Dans les saloons et les théâtres, les gens s'amusent comme de coutume. Une musique endiablée plane sur la ville. Dans la chambre adjacente à la leur, un couple fait l'amour, et ses gémissements se mêlent aux rythmes des violons et aux cris de deux hommes qui se querellent, quelque part dans la ruelle voisine. Soudain, la voix de Dennis-James annonce, couvrant ces manifestations de la vie humaine :

– Je vais divorcer, Lili. C'est décidé.

Elle devrait être contente, manifester sa joie. N'est-ce pas ce dont elle rêvait depuis… depuis qu'elle a appris l'existence de cette épouse demeurée à New York ? Alors, pourquoi cette stupéfaction tout à coup ? Ses paumes deviennent moites, sa bouche, sèche, et ses yeux s'écarquillent le temps d'analyser ce que Dennis-James vient de lui annoncer.

– Le *SS May West* quitte Dawson le 3 septembre, poursuit-il. Je vais vendre tout ce que j'ai et retourner à New York régler les papiers. Au printemps, je reviendrai et on pourra se marier.

Où se cache donc le soulagement attendu ? Le bonheur ? À sa place, c'est la panique. L'air ne se rend plus dans les poumons de Rosalie. Elle devrait se réjouir de cette annonce, se féliciter d'avoir enfin touché le cœur de son amant. Au lieu de quoi elle est terrifiée. Elle vient de réaliser que si Dennis-James retourne à New York, jamais il n'en reviendra. L'autre ne le laissera pas partir ; elle l'attend depuis trop longtemps. À moins que ce soit lui qui, une fois loin de Rosalie, voie ses sentiments s'estomper. Après tout, il est évident que le Klondike, malgré son faste, l'a déçu. L'or n'est pas à portée de la main. On lui promettait la richesse alors qu'il arrive tout juste à joindre les deux bouts. Si Rosalie ne payait pas cette chambre pour lui, Dennis-James n'aurait pas les moyens de vivre à l'hôtel. Il camperait dans une tente humide à Lousetown et ses vêtements seraient mangés par les mites. Au lieu des restaurants, il se contenterait de fèves et de pois, comme elle-même le faisait avant de triompher au Tivoli. Les mains de Rosalie sont si froides que ses jointures lui font mal lorsqu'elle plie les doigts. Ses épaules tremblent quand elle se tourne vers Dennis-James, les yeux suppliants.

– S'il te plaît, ne pars pas.

Peut-elle lui avouer qu'elle ne le croit pas quand il dit qu'il reviendra ? Peut-elle admettre qu'elle ne fait pas le poids devant une vie respectable à New York, avec une épouse et un public digne de lui ? C'est au tour de Rosalie de soupirer.

– N'es-tu pas bien ici ? demande-t-elle en montrant la chambre et la bouteille de champagne entamée.

– Je croyais que tu voulais qu'on se marie, Lili.

Ces mots dans la bouche de Dennis-James sont un véritable supplice.

– Je le voulais, murmure-t-elle sans le quitter des yeux, mais maintenant, ça n'a plus d'importance. À Dawson, chacun est libre de vivre comme il l'entend. S'il te plaît, ne pars pas.

Dennis-James secoue la tête et Rosalie se rend compte à quel point cette décision le torture, lui aussi.

– Je trouve insupportable de dépendre de toi, souffle-t-il en se tournant enfin vers elle. C'est tellement humiliant ! À la longue, je ne sais plus qui je suis.

Rosalie le comprend plus qu'il ne pourra jamais l'imaginer. N'a-t-elle pas ressenti exactement la même chose lorsqu'elle a reçu son premier client ? L'impression de ne plus s'appartenir. La sensation d'avoir changé de corps en même temps qu'elle a changé de vie.

– On pourrait se prendre un *claim* ! lance-t-elle soudain, surprise elle-même de s'entendre parler de la sorte.

– Tu es sérieuse, Lili ? Tu veux qu'on s'installe dans une cabane en bordure d'un ruisseau après avoir mené cette vie de luxe ?

Rosalie se mordrait la langue. Qu'est-ce qui lui prend de faire des suggestions aussi ridicules ? Vivrait-elle vraiment dans le bois ? Certainement pas ! Alors pourquoi ces propos insensés ? Est-ce parce qu'elle dirait n'importe quoi pour que Dennis-James reste ? N'importe quoi pour détourner son attention de ce terrible projet ? Finalement, cette promesse ne lui sert qu'à gagner du temps. Dans quelques semaines, quand les derniers bateaux abandonneront la région pour l'hiver, Rosalie trouvera bien d'autres arguments pour le faire changer d'idée.

– Avec toi, déclare-t-elle d'un ton le plus convaincant possible, j'irais n'importe où.

Dennis-James demeure un moment bouche bée. Il se rapproche de Rosalie et, tout à coup, se jette à ses pieds. Prenant ses deux mains dans les siennes, il les porte à ses lèvres, mais c'est avec fougue cette fois qu'il les embrasse.

– Oh, ma Lili ! s'exclame-t-il tout en remontant le long de ses bras. Je n'aurais jamais osé te le proposer. Surtout avec cette belle vie que tu mènes, avec tout cet or que tu amasses au Tivoli. Oh, ma Lili ! Si tu savais comme je t'aime !

Incapable de contenir sa joie, il se redresse, renverse Rosalie sur le lit et s'allonge sur elle. Sa bouche a quitté les bras et s'enfouit désormais dans la chevelure puis dans le corsage pendant que ses mains retroussent la jupe.

– S'il existe un jour dans la vie d'un homme où il lui est permis d'être parfaitement heureux, dit-il, le mien c'est aujourd'hui.

Rosalie rit de son enthousiasme et se laisse faire quand il lui retire un à un ses vêtements. Au fond d'elle-même, une petite voix lui murmure que le barrage qui vient de céder n'aurait jamais dû se rompre. Elle est allée trop loin, elle en a conscience maintenant. Mais qu'aurait-elle pu faire d'autre ? Mulligan lui a demandé de monter un nouveau spectacle, d'écrire de nouveaux textes. Pour ce faire, Rosalie a besoin de calme, de sécurité et d'amour. Elle a besoin de Dennis-James ici, avec elle.

Quand, trente minutes plus tard, elle est sur le point de jouir dans ses bras, elle ressent, juste avant d'atteindre le paroxysme, un moment d'une extrême lucidité. S'il existe un jour dans la vie pour être parfaitement heureuse, elle ne l'a jamais vécu.

*

La musique commence tout doucement. Une mélodie exotique, quelque chose qui rappelle l'Orient, les contes des *Mille et Une Nuits*. Dans la salle du Tivoli, les spectateurs sont rivés à la scène, fascinés et intrigués de découvrir, à mesure que le rideau se lève, une femme enroulée telle une momie, dans des verges et des verges de chiffon blanc. La lumière révèle d'abord les jambes, puis les hanches et enfin un corps tout en courbes, empreint de volupté. Des exclamations s'élèvent de l'assistance lorsque se dévoile enfin le visage de Rosalie, la chevelure sombre remontée en une coiffure à l'égyptienne. Ses yeux, soulignés par un maquillage charbonneux, lui donnent un air mystérieux. Ses traits sont figés comme dans du marbre et seule sa moue sympathique laisse deviner sa belle humeur.

Elle tend la main à un homme de la première rangée et celui-ci la rejoint sur scène, heureux comme un enfant à qui elle aurait offert une glace. D'un geste cérémonial,

Rosalie détache un bout de chiffon et le lui remet. Puis, sous les regards hypnotisés de ses admirateurs – et celui, plus envoûté encore, de son nouvel assistant –, Rosalie se met à tourner lentement, au rythme d'une mélodie langoureuse. Elle ne fait rien d'autre. Elle tourne et tourne sur elle-même, et le drap de gaze blanche se déroule, dévoilant ses formes pleines. Le tissu s'entasse sur le plancher, froncé ou replié, et Rosalie continue de tourner.

Malgré la musique, le silence s'est répandu dans le Tivoli. Au parterre, au balcon ou dans les loges, tous demeurent muets devant l'audace de l'actrice, devant sa grâce, son charme, sa créativité. Et à mesure que le chiffon la découvre apparaissent ici et là un bout de coton, un bout de dentelle. Lorsque les dernières verges s'affalent sur le plancher, Rosalie est chaussée d'escarpins, mais vêtue uniquement de ses sous-vêtements blancs. Gardant sa prestance, elle s'incline, un sourire provocant sur les lèvres. Aussitôt, les cris et les sifflements fusent, de même que les pépites. Le bruit enfle jusqu'à devenir strident et à la limite du supportable. L'homme qui déroulait la gaze est conduit au parterre, mais Rosalie, elle, demeure sur la scène jusqu'à ce que la pluie de cailloux dorés cesse complètement. Alors seulement elle recule d'un pas et le rideau tombe, l'effaçant du monde.

Un quart d'heure plus tard, Rosalie revient dans la salle, son corps moulé dans une robe de taffetas rouge. Les clients se retournent sur son passage et Cooper doit attribuer des numéros à ceux qui s'avancent pour une danse. Au premier, Rosalie demande un verre de champagne, ce qui lui est consenti avec empressement. Elle accompagne son cavalier au bar où il commande toute une bouteille. Pendant que la mousse se déverse sur le comptoir, Rosalie s'esclaffe. Elle reconnaît tout à coup Dolly La Belle, resplendissante dans sa robe bleue. La jeune femme la salue, puis la remercie avec chaleur lorsque Rosalie lui tend un verre.

– Un autre verre ! s'écrie son client à l'endroit du barman.

Rosalie rit et boit encore. Malgré tout ce qu'elle a ingurgité pendant l'après-midi, elle ne se sent pas ivre. Il faut dire qu'elle était nerveuse. La danse de la momie, ainsi qu'elle a baptisé son nouveau spectacle, est tellement osée ! Pendant qu'elle tournait sur elle-même, au grand plaisir des spectateurs, Rosalie ne pouvait s'empêcher de s'inquiéter. Elle craignait que la Police montée intervienne. La chose est inévitable, Mulligan l'a bien avertie. Cela devrait d'ailleurs se produire dans les prochains jours, surtout maintenant que tout le monde sait comment se termine le spectacle. Demain, après-demain au plus tard, un ou deux agents en civil assisteront à la représentation, y mettront fin et conduiront Rosalie en prison pour le reste de la nuit. Mr. Cooper en sera quitte pour une amende, mais la publicité qui découlera de l'arrestation devrait lui permettre de tripler ses recettes quotidiennes. Et Rosalie touchera bien sûr un pourcentage sur ces gains supplémentaires.

La soirée se déroule sans heurts. Sourire aux lèvres, Rosalie accepte le ticket qu'on lui tend et se laisse entraîner sur la piste. Quand la musique s'éteint, au bout d'une minute à peine, elle change de cavalier, à moins qu'on l'invite à boire ou qu'on lui remette un second ticket. Ainsi, sa nuit n'est qu'une succession de partenaires qui l'étourdissent, au propre comme au figuré.

Vers six heures du matin, Rosalie vacille plus qu'elle marche. Elle possède assez de lucidité cependant pour reconnaître l'homme qui se place devant elle, les bras grands ouverts. Et, bien que la panique tente de se frayer un chemin dans son esprit, elle ne perd pas son calme.

– Tu ne devais plus remettre les pieds au Tivoli, Arthur. Si Cooper t'aperçoit…

Arthur Hicks ricane.

– T'inquiète pas pour Cooper, dit-il, sûr de lui. Il est là-haut avec… euh… une cliente.

– Une cliente ?

Rosalie balaie la salle du regard, d'abord intriguée. Puis elle lève la tête vers la chambre de Mr. Cooper, à l'étage. La porte se referme justement sur un pan de soie bleue.

– J'ai demandé à Miss Dolly de s'occuper de lui… Le temps que je te rende visite.

Incrédule, Rosalie n'arrive pas à détacher ses yeux de la porte close.

– Tu as dû la payer cher pour…, commence-t-elle.

La fin de sa phrase se perd dans le bruit de la salle.

– Disons qu'elle n'aura pas besoin d'attirer un autre client aujourd'hui, complète Arthur avec un sourire entendu.

Rosalie ne sait comment agir. Doit-elle laisser Arthur s'exprimer ou doit-elle le repousser ? Laquelle de ces deux attitudes est la plus dangereuse ? Elle imagine Dolly dans la chambre et repense aux conseils qu'elle lui adressait il n'y a pourtant pas si longtemps. De prime abord, le comportement de la jolie prostituée peut avoir quelque chose de déroutant. Mais si on y pense bien, celle-ci a les mêmes intérêts que tout le monde ici : le profit.

– Qu'est-ce que tu lui as dit pour qu'elle accepte ? insiste Rosalie, essayant de retarder l'affrontement qu'elle sent inévitable. Dolly te connaît, tu sais.

– Je lui ai expliqué que je voulais te voir quelques minutes, c'est tout.

Quelques minutes. Rosalie aimerait qu'il se montre plus précis. Et elle aimerait savoir quand finira enfin cette relation qui ressemble trop à une douleur lancinante. Elle aperçoit tout à coup Mulligan près de la porte, les yeux rivés sur elle. Elle en ressent un vif soulagement. Lui aussi a compris la menace que constitue la présence d'Arthur Hicks en ces lieux.

Contre toute attente, l'amant éconduit ne se montre pas violent ni jaloux. Il lui tend son ticket comme le font tous les clients et Rosalie n'a pas d'autre choix que de lui accorder une danse. Elle se tient raide dans ses bras, se déplaçant au rythme de la musique, mais refusant d'approcher ce corps qu'elle connaît trop bien.

– J'ai vu de loin ton nouveau *spectacle*, dit-il en plongeant son regard dans le sien. Je t'ai trouvée superbe.

– Merci.

Rosalie ne relève pas l'insistance qu'Arthur a mise sur le mot *spectacle*. Ça ne servirait à rien. Elle sent dans son dos la main solide qui l'attire contre son torse et résiste autant qu'elle le peut. Mais que veut-il donc ? À chaque pas, Rosalie s'épuise davantage, et arrive un moment où elle n'est plus capable de le maintenir à distance. À la longue, la force et la patience de l'homme viennent à bout de ses défenses. Les bras de Rosalie cèdent et, alors qu'elle se retrouve collée à lui, la musique s'éteint enfin.

Soulagée, elle se détache et s'apprête à passer au prochain client quand Arthur dépose un autre billet dans sa main.

– Je n'ai pas fini, dit-il en l'enlaçant de nouveau.

Avec un soupir de dépit, Rosalie recommence à valser, mais l'impatience se lit dans la raideur de son maintien, dans la moue pincée qu'elle offre à son cavalier.

– Tu n'as pas besoin de bouder, Lili. Je ne suis pas ici pour faire du grabuge.

– Ah non ? Tu es venu pour quoi dans ce cas ?

– Je voulais te voir, je te l'ai dit.

Ils font un tour de piste sans échanger une parole. La musique cesse et, encore une fois, Arthur tend un ticket à Rosalie qui s'en empare, agacée.

– Il paraît que tu m'as remplacé, lance-t-il alors qu'ils entament leur troisième danse.

Le chat sort du sac. Rosalie continue de tourner, mais elle se tient plus alerte que jamais. Les effets de l'alcool se sont dissipés et c'est en toute lucidité qu'elle mène la conversation. Une fois de plus, elle se félicite d'avoir interdit à Dennis-James de mettre les pieds au Tivoli.

– Nous deux, Arthur, c'est fini depuis longtemps. Le reste ne te concerne pas.

– C'est vrai. Je te posais la question, Lili, parce que j'ai de quoi payer, ce soir.

Rosalie pousse un autre soupir d'exaspération.

– Qu'est-ce que tu veux, Arthur ? Tu vas acheter toutes mes danses ?

– Je veux coucher avec toi.

Rosalie écarquille les yeux, abasourdie. C'est une chance qu'elle soit maintenue en équilibre par les bras d'Arthur, sinon elle aurait perdu pied. Elle ne s'attendait pas à une demande aussi directe. Elle aurait dû, pourtant, elle le connaît bien.

– Je ne fais plus ça, lance-t-elle. Je danse, c'est tout. Si c'est pas à ton goût, tu peux aller ailleurs.

Arthur raffermit sa prise autour d'elle avant de la forcer à le regarder.

– Tu ne couches plus avec personne ou tu ne couches pas avec moi ?

Immobilisée sur la piste, Rosalie tente de se dégager, mais les mains d'Arthur ne cèdent pas.

– Lâche-moi ! Tu me fais mal.

Loin d'abandonner, il la serre encore plus fort.

– Réponds-moi et je te laisse aller.

– Je ne couche plus avec personne.

– Ah ! s'exclame Arthur en la repoussant violemment. Ça le dérangeait, lui aussi, n'est-ce pas ?

Il a parlé fort et, autour d'eux, les danseurs se sont retournés. Même au bar, les hommes n'ont d'yeux que pour le couple qui se querelle. Loin d'être embarrassée, Rosalie s'avance vers Arthur et lève le menton avec arrogance.

– Qu'est-ce que tu veux que je te dise ? Que je l'aime plus que je t'aimais ? Tu veux que je te fasse mal ? Que je te détruise ? Arrête donc ! Ça te donnera quoi ?

D'abord muet de stupeur devant la riposte, Arthur se reprend :

– Je veux que tu me dises si tu m'as aimé. Je veux savoir si tu comprends à quel point tu m'as fait mal.

La voix d'Arthur s'est brisée tandis qu'il prononçait les derniers mots, et il serre les dents. Touchée par un tel aveu, Rosalie sent sa colère s'estomper.

– Viens, allons parler de ça en privé.

Elle a levé un bras vers lui, la paume tendue. Arthur hésite, puis accepte et, sa main dans la sienne, il se laisse mener derrière les décors jusque dans la cour. Là, dans la lumière du matin, à l'abri des regards indiscrets, Rosalie s'ouvre enfin.

– Bien sûr que je t'ai aimé, dit-elle en s'adossant au mur, les bras croisés.

Arthur pose sur elle des yeux froids. Elle les ignore et poursuit :

– Et, oui, je savais que je te faisais mal.

Cette fois, le visage d'Arthur se transforme en grimace.

– Pourquoi tu faisais ça si tu m'aimais ?

– Parce que je refuse qu'on essaie de me contrôler. Parce que je refusais que tu me dises comment mener ma vie.

La voix d'Arthur devient suppliante.

– Mais tu lui obéis, à lui, pourquoi pas à moi ?

– Je n'obéis à personne. Il s'agit d'une décision que j'ai prise toute seule.

Cette déclaration a l'effet d'un coup de poignard et Arthur recule, blessé.

– Tu l'as prise pour lui, cette décision, mais tu ne pouvais pas la prendre pour moi, c'est ça ?

Rosalie ne répond pas. Non, elle ne pouvait pas la prendre pour lui, cette décision. Mais elle ignore pourquoi.

– C'était trop payant ? Tu ne pouvais pas t'en empêcher ?

Rosalie hoche la tête. Arthur peut bien croire ce qu'il veut.

– Et maintenant, ce n'est plus payant, ou est-ce que tu serais déjà démodée ?

Encore une fois, Rosalie juge inutile de répliquer. Pourquoi faut-il qu'Arthur ramène tout à lui ? Il n'y était pour rien ; elle ne faisait que suivre le courant. Mais comment pourrait-elle lui expliquer ça ? Puisqu'elle ne réplique pas, Arthur fouille dans une poche de sa veste et en sort une liasse de billets.

– Tiens, dit-il en les lui tendant. Je veux une demi-heure, pas plus. Ensuite, je disparaîtrai de ta vie, je te le promets.

Rosalie regarde l'argent et s'interroge : Comment Arthur a-t-il pu s'en procurer autant, lui qui ne possédait rien quand Mr. Cooper l'a mis à la porte ? Elle n'ose pas poser la question de peur d'ouvrir une boîte de Pandore et se contente de repousser les billets.

– Je ne fais plus ça, Arthur, je te l'ai dit.

– Je ne te demande pas la lune, Lili. Une demi-heure, ce n'est pas la fin du monde.

– Je ne…

– Quoi ? Ce n'est pas encore assez ? Tu en veux plus ?

Arthur plonge une main rageuse dans sa poche et en sort un sac rebondi.

– Tiens ! crache-t-il en le lui lançant. Est-ce que c'est assez, ça ?

D'où vient donc cet or ? Et l'argent ? Décidément, Rosalie va de surprise en surprise. Elle ne se laisse cependant pas séduire et lui redonne le sac.

– Ce n'est pas une question d'argent, dit-elle avec fermeté.

– Ça l'était, pourtant, avant.

Cette fois, Rosalie explose :

– Arrête ! Tu es ridicule !

Arthur fouille encore dans sa veste et lui montre une lettre avec le mot Lili griffonné à la hâte sur le dessus.

– Tu as raison. Regarde si je suis ridicule! Tu vois ça, c'est une déclaration d'amour, Lili. Je venais te la porter. Regarde ce que j'en fais.

Avec des gestes rageurs, il déchire la lettre en morceaux de plus en plus petits jusqu'à ce qu'il ne reste qu'une poignée de papiers soufflés par le vent.

Rosalie ne sait comment réagir devant tant de folie.

– Va-t'en, murmure-t-elle finalement. Tu vois bien qu'on se fait du mal.

Le visage tendu, les joues rougies, le front en sueur, Arthur a fermé les yeux. Lorsqu'il la regarde enfin, la colère a disparu de ses yeux, remplacée par un mépris teinté d'orgueil.

– J'ai compris, Lili.

Sans autre explication, il s'éloigne dans la ruelle. Avant de tourner le coin de la rue, il lui jette un long regard indéchiffrable et pique à droite.

Chapitre xviii

Les navires s'apprêtent à descendre le fleuve Yukon pour la dernière fois avant l'hiver. Debout dans le port de Dawson, Liliane étudie d'un œil sceptique le minuscule *SS May West*. Le bateau à aubes n'a que deux ans, mais il porte déjà les stigmates des voyages nordiques. À cause de son apparence fragile, on l'imagine difficilement résister à la glace qui jonchera le fleuve sous peu. Le capitaine a dû rassurer Liliane lorsqu'elle l'a interrogé à ce sujet. Le *SS May West* a amplement le temps de rejoindre St. Michael avant que l'hiver immobilise le Yukon.

– Le courrier, lui a-t-il affirmé, ne pourrait être entre de meilleures mains.

Liliane a donc l'esprit tranquille. Sa lettre trouvera son chemin jusqu'à Mr. Noonan. Dans l'enveloppe, elle a inclus un bon de la Bank of British North America qui rembourse cinquante pour cent de la somme que l'Irlandais lui a confiée en marchandises diverses il y a un peu plus d'un an. De quoi lui permettre de se sentir moins redevable envers l'homme qui l'a aidée à se lancer en affaires au Klondike. Cette dette la tourmentait depuis trop longtemps. Et puis ça lui fait chaud au cœur de prouver à Mr. Noonan qu'une femme peut réussir dans le commerce. Surtout si elle a été bonne élève. L'Irlandais sera fier d'elle, Liliane n'en doute pas un instant.

Un jet de vapeur, et la sirène retentit. Les passagers s'approchent et montent à bord les uns après les autres, longeant avec précaution la minuscule passerelle. Liliane ne ressent pas la moindre envie en voyant ces hommes et ces femmes quitter la région avant les glaces. Il y a un an, comme eux, le détective Perrin partait et tentait de la convaincre de le suivre. Malgré l'avenir peu reluisant qui s'offrait à elle, Liliane a tenu bon. Et ce matin, elle s'enorgueillit de cet entêtement.

Un coup d'œil à la ville lui permet de conclure qu'elle n'est pas la seule à défier le destin. Alors qu'ils pourraient s'en retourner chez eux, des milliers d'hommes au chômage continuent d'espérer mettre la main sur une concession ou, dans le pire des cas, sur un emploi dans une concession. Au pied de la montagne, les tentes ont cédé la place à des cabanes en rondins ou en planches provenant de la scierie de M. Ledoux. Hiver oblige, Dawson a effacé les derniers vestiges des camps. Maintenant que le vapeur fait machine arrière pour mieux pivoter et affronter le courant, Liliane quitte le port en bombant le torse. Elle aime déambuler sur le trottoir de bois dans sa belle robe, voir le respect qu'elle inspire à ses concitoyens.

Comme elle n'a plus d'associé, Liliane n'imagine pas ce qui pourrait l'empêcher de faire enfin des profits avec son restaurant. Il n'y a plus d'obstacle sur sa route. Ses autres commerces demeurent lucratifs et elle devra bientôt effectuer une visite à la banque tous les mois pour y déposer ses surplus.

« Se rendre à la banque une fois par mois, quel désagrément ! raille-t-elle en elle-même, les yeux rivés sur les vitrines des boutiques. Il y a pire dans la vie. »

Le pire, elle l'a déjà vécu. Elle peut donc envisager l'hiver avec optimisme. Un sourire béat sur les lèvres, elle s'engage sur la Front Street. Les talons de ses bottines neuves heurtent le trottoir à un rythme régulier, son pas est assuré. À son image. Droit devant s'élève le Fair View, qu'elle a choisi comme lieu de résidence pour ses séjours en ville. Certes, les chambres ne sont pas abordables. Les repas non plus. Qu'à cela ne tienne ! Liliane peut bien se permettre un peu de luxe de temps en temps. Et puis elle doit montrer, tant à Big Alex qu'à Mrs. Mulroney, qu'elle ne leur en veut pas. C'est bien connu, la rancœur est mauvaise conseillère. Surtout en affaires.

Le vent du nord se lève et projette sur Dawson une brise plus fraîche. Liliane frissonne puis resserre les pans de son manteau. Non, la perspective d'un hiver difficile ne l'effraie pas le moins du monde. Au contraire ! Bientôt, les mineurs venus en ville attendre la fin de l'été retourneront sur les concessions. Si tout va bien, ils seront cinq mille à Grand Forks. Cinq mille clients potentiels pour le restaurant, l'hôtel, les bains et la buanderie. De quoi faire de Liliane une des femmes les plus riches du Klondike.

*

Elle a passé deux jours à Dawson. Deux jours pendant lesquels elle a étudié la concurrence, comparé les prix et les menus pour dresser des listes. En ce lundi matin, elle quitte le Fair View et entreprend une tournée en vue d'acheter tous les produits et ingrédients qu'elle a répertoriés. Elle entre dans les boutiques, choisit et paie. Elle enverra plus tard Joshua récupérer les marchandises et les rapporter à Grand Forks.

À dix heures, elle sort du dernier magasin, fière de son coup. Elle a réussi à mettre la main sur presque tout ce qu'elle cherchait. Les prix n'étaient pas aussi bas qu'elle l'avait espéré, mais ils étaient tout de même raisonnables, compte tenu de l'hiver qui s'en vient. Satisfaite, elle se dirige vers l'hôtel Green Tree où Joshua a passé la nuit. Elle veut lui donner les reçus afin qu'il puisse vérifier chacun des produits qu'on lui remettra. Elle connaît bien les procédés utilisés par les marchands pour élargir subtilement leur marge de profit. Un sac de farine oublié, une livre de sucre en moins, une bouteille de vin qui a disparu. Il est hors de question qu'elle tombe dans ces pièges pour *cheechakos*. Elle a même payé en argent, histoire d'éviter de se faire avoir avec les traditionnelles balances truquées.

Tandis qu'elle traverse la rue, son attention est attirée par une femme accroupie dans une ruelle. En d'autres circonstances, Liliane passerait son chemin ; à Dawson, il n'y a rien de surprenant à voir une fille vomir derrière un bâtiment. Tout le monde sait que les abus d'alcool et d'opium sont légion dans certains milieux. Ce qui intrigue Liliane, c'est qu'il est tôt ; les belles de nuit sont encore au lit à dix heures du matin. De plus, la ruelle en question donne sur l'arrière du Tivoli et, bien que Liliane ne distingue pas le visage de celle qui gémit, elle est persuadée qu'il s'agit de l'autre Lili.

Son instinct ne l'a pas trompée et, lorsqu'elle s'approche, elle reconnaît la silhouette ronde et la chevelure sombre. L'autre n'a pas entendu Liliane arriver et sursaute quand elle l'aperçoit.

– Ah, c'est vous ! s'écrie-t-elle en la reconnaissant. Comment allez-vous ?

Elle s'essuie la bouche du revers de la main et Liliane esquisse un sourire qu'elle voudrait réconfortant.

– Ce serait plutôt à moi de vous poser la question, répond-elle en français, leur langue maternelle à toutes les deux.

L'autre Lili amorce à son tour un sourire et lui tend la main.

– Je m'appelle Rosalie.

– Et moi, Liliane. Êtes-vous malade ?

– Je le souhaiterais bien.

Le silence qui suit cette étrange déclaration provoque un malaise entre les deux femmes. Comme Rosalie n'ajoute rien, Liliane juge qu'il serait impoli de pousser le sujet plus avant. Elle cherche donc une façon de poursuivre la conversation autrement.

– Je pensais que les gens de théâtre dormaient le jour. Êtes-vous une lève-tôt ?

Rosalie émet un petit rire cynique avant de répondre :

– Pas vraiment, j'ai plutôt tendance à dormir longtemps. Mais cette nuit, je n'ai pas fermé l'œil. Ça doit paraître, n'est-ce pas ?

Liliane remarque les cernes, la pâleur de la peau et acquiesce.

– Avez-vous envie d'un café ? dit-elle en lui tendant son mouchoir. On pourrait parler un peu.

Tout en observant la rue d'un bout à l'autre, Liliane réfléchit. Où pourraient-elles s'attabler à cette heure-ci ?

– Est-ce que le Fair View vous conviendrait ? demande-t-elle. On pourrait même y déjeuner tranquillement au milieu des touristes.

Les yeux de Rosalie deviennent trop brillants, mais Liliane fait mine de ne pas le remarquer. Elle s'émeut cependant de voir l'autre redresser les épaules, s'éponger le visage, replacer ses vêtements et s'assurer que sa coiffure reflète un minimum d'élégance.

– C'est vraiment une bonne idée ! déclare Rosalie en lui emboîtant le pas.

*

Les clients sont déjà nombreux lorsque les deux femmes pénètrent dans la salle à manger. Le maître d'hôtel, reconnaissant Liliane, leur adresse un large sourire et leur apporte du café sans même qu'elles aient besoin de le commander. Rosalie ne se donne pas la peine de consulter le menu.

– Je prendrai deux œufs, deux tranches de bacon, deux saucisses et deux tranches de pain au levain, ordonne-t-elle avant que l'homme ne s'éloigne.

– Vous mangez souvent ici ? s'enquiert Liliane, impressionnée par l'aisance de sa compagne alors qu'elle-même a l'impression de se tenir trop droite, les fesses serrées.

– Je suis venue une fois…

Rosalie s'interrompt, comme si ce souvenir était douloureux.

– … mais ça fait longtemps.

Liliane lève un sourcil, perplexe. Le Fair View n'est ouvert que depuis la fin de juillet. Elle remarque tout à coup l'air atterré de Rosalie et suit son regard. Sur la table voisine trône un exemplaire de la dernière édition du *Nugget.* En reconnaissant son surnom dans un des gros titres, Liliane étire le bras et s'empare du journal.

Le célèbre amant de Lili Klondike quitte Dawson à bord du SS May West.

Liliane parcourt rapidement l'article.

– Peterson ? demande-t-elle en se rappelant la passion du pianiste pour l'actrice du Tivoli.

Elle regrette aussitôt sa question, craignant d'avoir tourné le fer dans la plaie. L'autre répond, paraissant soulagée de pouvoir se confier.

– Je ne pensais pas qu'il partirait, murmure-t-elle. Il n'est même pas venu me dire au revoir. Il devait savoir que j'essaierais de le faire changer d'idée.

Elle soupire, jette un œil sur l'article et ajoute :

– Dans le fond, il a bien fait. J'aurais probablement réussi à le retenir.

Liliane ne dit rien, sa propre vie lui paraissant tout à coup peu digne d'intérêt.

– Je le cherchais depuis trois jours, poursuit Rosalie. Et puis, hier soir, Cooper m'a apporté le journal. Ça m'a tellement bouleversée de lire ça ! Tout ce temps, je l'attendais pour rien.

Elle secoue la tête, l'air découragé.

– Je ne pensais pas qu'il partirait, répète-t-elle. La semaine dernière, il me disait encore qu'il était prêt à prospecter. Il a prétendu avoir trouvé un *claim*. Et moi, je l'ai cru.

Elle pince les lèvres, amorce un sourire, qui meurt aussitôt.

– Avez-vous toujours besoin d'une cuisinière ?

– Vous voulez le poste ?

Aucune des deux n'a répondu à la question de l'autre. C'est inutile, elles se sont comprises. Elles ne discutent pas du salaire, car toutes les deux se rappellent l'offre de Liliane. Se produit alors ce que Liliane n'aurait jamais cru possible. Elle a levé les yeux vers Rosalie et ressent soudainement pour elle une espèce de coup de foudre. Un coup de foudre d'amitié. Elle a la conviction que cette sensation est réciproque. L'autre lui manifeste d'ailleurs la même sympathie. Tout ce qui entoure le déjeuner devient alors prétexte à conversation. La manière d'infuser le café, de cuire les œufs, d'apprêter le bacon, la différence entre les clients masculins et les clients féminins, la façon de les servir correctement, de discuter avec eux, de les attirer. La décoration, l'ambiance, l'accueil. Elles abordent ensuite la question des pourboires, de la qualité des repas, des boissons, des desserts. Et, lentement, la discussion prend une tournure plus personnelle.

Liliane écoute Rosalie décrire la maison de Mrs. Wright, à Portland, et ce restaurant qu'elle a jadis ouvert sur la plage de Skagway. Elle trace un portrait terrible de Soapy Smith, mais parle avec affection de Mme Gagnon à White Pass City. Elle lui raconte son séjour à Lac Bennett, celui à Canyon City, puis les quelques semaines passées à Lousetown qui l'ont menée au Tivoli.

Plus réservée, Liliane se contente de lui dépeindre son café sur la piste Chilkoot. Elle n'a pas envie de parler de ce fiancé abandonné au pied de l'autel ni de son aventure avec Samuel. Elle lui fait cependant le récit de sa première descente du fleuve Yukon en compagnie des frères Ashley, mais tait les gestes audacieux de Percy envers elle. Elle escamote la vente aux enchères qui l'a conduite à Grand Forks, mais brosse un tableau exhaustif de son auberge.

La conversation se meuble de fous rires, de souvenirs, d'espoirs déçus et de projets d'avenir. Elles se découvrent un même lieu d'origine, un passé et un parcours semblables, et des amis communs.

– Ah, le détective Perrin ! soupire Rosalie lorsque Liliane lui relate le départ de son protecteur pour St. Michael. Quelle âme généreuse ! Il y a de ces hommes tellement extraordinaires ici…

Cette image fait naître les traits de Saint-Alphonse dans l'esprit de Liliane. Puis elle remarque tout à coup qu'elle et Rosalie sont passées discrètement au tutoiement, qui renforce ce lien qu'elles sont en train de tisser. Malgré les silences de l'une, malgré l'exubérance de l'autre, elles savent toutes les deux qu'elles sont faites pour s'entendre.

Chapitre xix

La route défile, cahoteuse, sous les yeux de Rosalie. Ni les montagnes, ni les mines, ni les hommes ne pénètrent dans son âme tourmentée. Elle se laisse bercer, fouettée par le vent du nord, aveugle à la beauté du monde et prisonnière de son corps. À côté d'elle sur le banc, Liliane parle peu et tient fermement son manteau autour de ses jambes. Le temps s'est rafraîchi depuis leur départ et Rosalie ne serait pas surprise d'apercevoir quelques flocons.

À plusieurs reprises, Liliane donne à Mr. Ashley, leur chauffeur, quelques instructions concernant l'entreposage des provisions pour l'hiver. L'homme approuve ou émet des réserves. Rosalie écoute d'une oreille distraite, enregistrant mentalement les ingrédients mentionnés et imaginant, par habitude, les plats qu'elle pourrait préparer. Mais le cœur n'y est pas. Son âme revient sans arrêt aux événements de la veille. Hier soir, le sol a cédé sous ses pieds, emportant avec lui ses rêves et ses certitudes.

Rosalie se revoit, à minuit, descendant de scène après avoir présenté son spectacle. Mr. Cooper lui tendait le journal. Ce n'est pas pour rien que le patron avait attendu la fin de la soirée pour lui annoncer la nouvelle. Le départ inattendu de Dennis-James allait nécessairement la bouleverser et affecter sa performance. Comme anticipé, Rosalie n'a pas pu terminer sa nuit au *dance hall*. Elle s'est réfugiée dans sa chambre, sous le choc. Si ce malheur était arrivé seul, elle aurait fini par s'en remettre, elle en est certaine. Le monde ne cessait pas de tourner quand Dennis-James changeait d'idée. Rosalie gagnait bien sa vie et les perspectives d'avenir, même sans son amant, paraissaient plutôt réjouissantes. Sa pièce était un succès. Les spectateurs ne tarissaient pas d'éloges à son sujet. Cooper et Mulligan se montraient satisfaits et son salaire avait fait un bond prodigieux. Chaque soir, Rosalie croulait sous les pépites. Le perdant, finalement, c'était Dennis-James, car il ne profiterait jamais de la vie qu'elle aurait pu lui offrir.

Mais elle lui en voulait cependant. Oh oui! Comme elle lui en voulait! Qu'il l'ait abandonnée sans un mot lui semblait impardonnable. Ils avaient discuté de ce voyage à New York, elle l'avait convaincu d'y renoncer, lui avouant à quel point elle tenait à lui. Certes, elle lui avait menti. Jamais elle n'avait eu l'intention d'aller vivre sur une concession. Se pouvait-il qu'il l'ait deviné? S'était-elle trahie de quelque manière? La leçon que lui infligeait la vie lui semblait injuste. En essayant de le retenir, elle l'avait probablement fait fuir. Elle s'en voulait, se répétant qu'elle aurait dû lui dire la vérité, lui faire confiance comme lui-même lui faisait confiance. Elle lui avait menti et, même si elle se justifiait en se rappelant que lui aussi lui avait longtemps menti, rien n'apaisait son tourment.

C'est alors que le mauvais sort s'était acharné. Affligée par la rancœur et les doutes, Rosalie pleurait dans sa chambre. Une demi-heure à peine s'était écoulée depuis la lecture du journal, quand elle a réalisé tout à coup que ses règles tardaient à venir. Elle aurait pu s'en rendre compte avant ; elle avait bien une semaine de retard. Mais elle aurait pu aussi le remarquer beaucoup plus tard, prise qu'elle était dans le tourbillon d'activités du Tivoli. Le hasard avait voulu qu'elle en prenne conscience exactement à ce moment-là. Sa vie s'effondrait : elle était enceinte. La réalité l'avait rattrapée et mise K.-O.

La nuit qui avait suivi avait été terrible. Rosalie avait envisagé toutes les solutions, du recours à la faiseuse d'anges au *Klondike King* épousé par la ruse. Elle se savait capable de tout. Même de *ça*. Or, malgré tous ses efforts, elle ne pouvait oublier qu'elle aimait le père de l'enfant qui grandissait en elle. Car il n'y avait qu'un père possible. Avec les clients, elle avait écouté Dolly La Belle et imposé le condom. Étant donné la rapidité avec laquelle les maladies se transmettaient depuis l'arrivée massive des *cheechakos*, les hommes n'étaient pas difficiles à convaincre puisque le préservatif les protégeait eux aussi. Mais comment aurait-elle pu réclamer la même précaution à Dennis-James ? Elle n'y avait même pas songé. Dennis-James était son amant, pas un client. Jamais elle n'aurait cru cependant redevenir enceinte aussi facilement ni aussi rapidement. Il ne leur avait fallu qu'un mois. Un court mois. Quelques semaines d'amour pour gâcher toute une vie. Dire qu'elle s'était longtemps pensée stérile ! Quelle naïveté ! Ce rêve de petite fille, qui avait fait surface à Skagway pour mourir dans la piste, renaissait d'une bien cruelle manière. Cet enfant-là non plus n'aura pas de père. Comme le précédent.

*

Ce qui surprend Rosalie en arrivant à Grand Forks, c'est l'absence de chômeurs. Partout, on s'affaire, que ce soit dans les mines ou dans les commerces. La ville est propre et son odeur, marquée par le bois brûlé, apparaît comme un véritable parfum aux narines de Rosalie. À voir la vigueur des habitants, il est facile de conclure que la fièvre typhoïde n'a fait que peu de victimes dans les environs. À Grand Forks, les conditions de vie ne semblent pas aussi précaires qu'à Lousetown ou même à Dawson. Ici, tout le monde travaille, donc tout le monde possède de l'or. La prospérité est manifeste et, au lieu de se concentrer dans quelques rues, la population s'étale jusque sur les hauteurs des collines avoisinantes. Étendue, Grand Forks est donc salubre et agréable, malgré la fumée qui stagne à la grandeur de la vallée.

Le cheval longe la rue principale jusqu'à un embranchement et s'immobilise enfin devant un bâtiment de deux étages. L'enseigne fixée à la façade annonce *Lili's Café, Hotel, Baths and Laundry.*

– C'est ici ! déclare fièrement Liliane.

Elle s'est levée d'un bond et accepte maintenant la main que lui tend Joshua pour l'aider à descendre avec grâce.

– Ce n'est pas le Fair View, continue-t-elle en contournant la charrette, mais j'en suis bien contente.

La porte s'est ouverte. Le bruit des conversations et de la vaisselle qui s'entrechoque parvient jusqu'à la rue, suscitant chez la propriétaire un sourire de contentement. Sur le seuil, un jeune homme grand et frêle vient d'apparaître, les mains dans les poches. Il salue sa patronne, mais prend un air inquiet lorsqu'il aperçoit Rosalie. Aussitôt, Liliane fait les présentations.

– Voici Joe, le serveur. Jusqu'à présent, il était également responsable du restaurant pendant mon absence.

L'employé a tiqué en entendant les mots *jusqu'à présent*, mais il se ressaisit à temps pour serrer la main que lui tend Rosalie.

– Madame, souffle-t-il, son regard hésitant entre la crainte et la curiosité.

– Joe, Rosalie est notre nouvelle cuisinière. Tu devras lui *obéir* à la lettre.

L'insistance de Liliane sur le mot *obéir* laisse deviner que Joe n'est pas aussi docile qu'il devrait l'être. Des souvenirs reviennent à l'esprit de Rosalie. Elle se rappelle la poigne dont elle devait faire preuve dans la maison de Mrs. Wright pour mater l'insubordination des aides-cuisinières qui travaillaient sous ses ordres. Comme à l'époque, Rosalie se dit qu'elle devra se battre pour imposer son autorité. La bonne marche du restaurant en dépend.

Soudain, un énorme malamute jaillit par la porte entrouverte et bondit vers Liliane. Visiblement heureuse et excitée, la bête gémit, tourne autour de sa maîtresse avant de se frotter la tête sur sa jupe pour quémander des caresses.

– Et lui, lance Liliane en éclatant de rire, c'est Canuck !

Liliane étire le bras et gratte le cou de l'animal en lui parlant doucement. Canuck continue de se tortiller pendant quelques secondes, appuyant fort la tête contre ses jambes pour s'assurer de son attention. Amusée, Rosalie tend la main à son tour. Le chien s'approche aussitôt, la sent et s'assoit sur ses pieds.

– Tu vois, s'écrie Liliane, même lui t'a adoptée.

Rosalie acquiesce et caresse Canuck jusqu'à ce que, derrière elle, Joe et Joshua commencent à décharger la charrette. Les deux hommes se sont emparés des caisses et longent le bâtiment pour se diriger vers l'arrière, où, Rosalie le devine, ils auront accès à la cuisine. Elle s'apprête à leur emboîter le pas lorsque Liliane la retient.

– Viens! dit-elle d'une voix empreinte de fierté. Je vais te montrer le restaurant.

Elle lui prend le bras, et cette confiance que Liliane lui témoigne ajoute soudain un poids nouveau sur ses épaules. S'il fallait qu'elle la déçoive... Liliane poursuit, plus volubile qu'elle l'a été de tout le voyage:

– Pour aujourd'hui, on va t'installer à l'étage. Mais demain, je vais te faire préparer la chambre adjacente à la cuisine.

Un sourire aux lèvres, elle ramasse son sac de voyage et continue ses explications en français sans s'occuper de Canuck qui a déjà disparu:

– Tu auras une fenêtre pour voir dans la cour et garder un œil sur la cache... Au cas où il y aurait des voleurs assez téméraires pour y grimper.

Elles ont franchi le seuil et la porte claque derrière elles. Rosalie met quelques secondes à s'habituer à la pénombre. Elle distingue d'abord le bar et son inévitable balance, puis les nappes, la porcelaine et l'argenterie. Les visages des clients lui apparaissent enfin au travers d'un nuage de fumée. Ils ne sont pas très nombreux, et, comme à Dawson, ce sont surtout des hommes, et la plupart portent le traditionnel mackinaw. À côté d'elle, Liliane ne parle plus. Rosalie remarque que ses yeux sont rivés sur un homme accoudé au bar. Un homme aussi blond et costaud que Joshua Ashley.

– Bonjour, Lili, lance celui-ci en écrasant dans le cendrier la cigarette qu'il tenait entre ses doigts.

– Bonjour, Percy, réplique Liliane, visiblement contrariée.

Chapitre XX

La voix de Rosalie leur parvient de la cuisine, étouffée par le bruit des casseroles et par la rumeur des conversations ambiantes. Assis tous les deux à une table près de la fenêtre, Liliane et Percy se jaugent mutuellement.

– C'est vrai que je t'en ai voulu au début, raconte Percy sans montrer la moindre animosité. Je t'en voulais encore au printemps, quand j'ai appris que tu ouvrais ton restaurant. J'ai même préféré manger chez Mrs. Mulroney plutôt que d'avoir à t'affronter. Mais là, je trouvais que ça faisait assez longtemps que je te fuyais. Le Klondike n'est pas assez grand pour permettre d'entretenir du ressentiment.

S'attendant à pire, Liliane déglutit, incapable d'articuler une réponse. Devant elle, Percy se montre humble et s'excuse presque. Malgré son air sincère, elle continue cependant de douter et surveille chacun de ses gestes tandis qu'il s'allume une cigarette.

– Il n'y a même pas un an, dit-il, tu faisais pitié. Et là, regarde-toi ! Tu t'en sors mieux que nous autres.

Il balaie la salle des yeux et Liliane réprime un sourire. Percy n'imagine pas à quel point il a raison.

– Je suis bien content que tu aies embauché Joshua, poursuit-il. Quand il a vu tous les *cheechakos* arriver, il a eu peur de ne jamais se trouver du travail. Au moins là, il a un toit sur la tête et assez d'argent pour l'hiver. Avec Big Alex qui emploie Marvin de temps en temps, je peux dire que mes frères et moi, on se débrouille pas trop mal. Bon, pas aussi bien que toi, mais quand même...

Il se tait un moment, l'observe et se passe la main dans les cheveux, gêné.

– Il paraît que le gars qui t'a achetée t'a traitée correctement.

Liliane approuve d'un geste, mais persiste dans son mutisme. Elle n'a pas envie de lui parler de Saint-Alphonse.

– Je suis content, répète Percy en tirant sur sa cigarette.

Il souffle la fumée par ses narines, l'air pensif, et Liliane s'inquiète encore. Elle n'est pas certaine d'aimer la tournure que prend cette conversation. La dernière fois qu'ils se sont parlés, Percy lui avait paru sincère, avant qu'elle réalise qu'il essayait de la coincer. Alors, elle se méfie. « Pourvu qu'il ne me parle pas encore de mariage... », songe-t-elle en croisant les bras. Heureusement, Percy n'aborde pas le sujet. En fait, il ne semble pas avoir grand-chose à dire. Tous deux demeurent donc en silence, tentant d'oublier leurs souvenirs communs. Puis Percy se lève tout à coup.

– Vaut mieux m'en retourner sur le *claim* si je ne veux pas que Picotte vienne me chercher. Salut !

Il écrase sa cigarette et récupère son chapeau. Liliane ne le quitte pas des yeux quand il contourne les tables, salue quelques clients et pousse la porte. Les rayons du soleil éclaboussent un moment le pelage de Canuck qui dort au pied du bar. Le chien redresse la tête, vérifie si un nouveau client est entré, puis, constatant que ce n'est pas le cas, se rendort aussitôt. Liliane n'a pas bougé, mais elle couve d'un œil différent l'ensemble de son restaurant. Percy a raison : elle a réussi mieux que bien des hommes.

*

La semaine s'écoule et chacun trouve sa place au restaurant. Rosalie dans la cuisine, Liliane dans la salle à manger, Joe qui fait l'aller-retour entre les deux et Joshua qui s'occupe d'un peu de tout. Le vendredi soir, Liliane constate une légère augmentation de la clientèle. Au lieu d'être huit comme les soirs précédents, les clients frisent la douzaine. C'est encore peu, mais Liliane se réjouit à l'idée que la nouvelle a enfin fait le tour de la ville.

Il est presque huit heures lorsque la porte s'ouvre sur l'ombre imposante de Big Alex McDonald. Dans la salle, les conversations se sont tues et les regards vont de la patronne au nouveau venu. Puisque tout le monde est au courant des désaccords survenus entre eux, chacun anticipe la suite. Debout derrière le bar, une bouteille à la main, Liliane ne cède pas à l'angoisse qui forme un nœud dans sa poitrine. Elle s'empare plutôt d'une bouteille du whisky préféré de son ancien associé. Elle lui en verse un verre au moment où il s'approche.

– C'est la maison qui vous l'offre, dit-elle. En souvenir du bon vieux temps.

L'homme accuse le coup et dissimule son malaise sous un nonchalant *merci*. Puis il vide son verre d'un trait avant de le reposer avec rudesse.

– Les affaires vont bien, à ce que je vois, lance-t-il, railleur.

Liliane ne répond pas. Le restaurant est si grand qu'il paraît vide, surtout si on le compare à ce qu'il était il y a quelques mois à peine. Pour éviter que le cynisme de Big Alex gâche sa soirée, elle lui tend un menu et prend sa voix la plus agréable.

– Désirez-vous manger quelque chose?

Big Alex semble surpris par autant d'amabilité. Il jette un œil dans la salle, où les quelques clients présents l'observent à la dérobée. Impossible de se montrer désagréable quand on est l'objet d'autant d'attention.

– Seulement si je paye, rétorque-t-il avec un soupir de résignation.

Satisfaite, Liliane le conduit à une table, prend sa commande et, après avoir transmis celle-ci à la cuisine, elle revient s'asseoir avec lui.

– Comment ça se passe sur vos concessions? demande-t-elle, davantage pour faire la conversation que par intérêt.

Flatté qu'on s'intéresse à ses affaires, Big Alex entreprend une description détaillée de ses actifs. La glace est brisée, et peut enfin s'entamer entre eux une discussion à peu près libre de sous-entendus. De loin, on dirait deux commerçants qui bavardent pour le plaisir, mais Liliane demeure aux aguets, surveillant ses moindres mots de peur de trahir ses faiblesses. Quand Rosalie arrive avec une assiette fumante, Big Alex s'interrompt, ahuri.

– Mais c'est l'autre Lili Klondike! s'exclame-t-il, en la dévorant des yeux.

Amusée, Liliane fait les présentations:

– Mister McDonald, voici ma nouvelle cuisinière.

Big Alex s'est levé et s'empare de la main de Rosalie qu'il embrasse avec une ardeur exagérée.

– Quel plaisir ! Je suis un de vos admirateurs. J'ai même assisté à la danse de la momie. Un très beau spectacle, vraiment !

Liliane perçoit le coup d'œil interrogateur que lui lance Rosalie et s'empresse de lui donner, d'un bref hochement de tête, la permission d'entrer dans le jeu. Rosalie offre alors au mineur un sourire que Liliane qualifie d'emblée de ravageur.

– Je suis contente de vous rencontrer, Mister McDonald. On m'a tellement parlé de vous !

Elle a tiré une chaise et s'assoit près de lui. Aussitôt, Big Alex s'enquiert :

– Vous prendrez bien un verre ?

Prononcée ainsi, la phrase ressemble davantage à une invitation qu'à une question et Rosalie accepte. Nouveau sourire, suivi d'un clin d'œil complice en direction de Liliane.

– Miss Lili, s'écrie Big Alex, servez-nous donc une de ces bouteilles de champagne rapportées de Skagway !

L'instant d'après, la bouteille est ouverte, le précieux liquide versé, et Rosalie entame avec lui une discussion toute en finesse, ce qui amène le *Klondike King* à payer une seconde bouteille. De retour derrière le bar, Liliane analyse les gestes de son employée, de la fréquence de ses sourires à ses vagues mouvements de la tête. Elle la voit remplir les verres en prenant soin de ne jamais vider le sien. Une telle ruse la fascine et, figée, un chiffon à la main, elle admire la technique. Contrairement à Liliane, Rosalie possède beaucoup d'entregent. Elle affiche de plus une si grande aisance avec les hommes que, dans toute autre circonstance, la chose serait choquante. Liliane aurait peut-être fini par s'en scandaliser si, à la fin de la soirée, elle n'avait trouvé sur le comptoir, abandonnée près de la balance, une gigantesque pépite d'or en guise de pourboire.

*

Ce soir-là, allongée dans son lit, Liliane réfléchit, un sourire béat sur les lèvres, les yeux rivés au plafond, incapable de trouver le sommeil. Les idées jaillissent, les projets aussi.

Dehors, le vent souffle sur la vallée sa plainte familière et, dans la chambre adjacente, un couple fait l'amour. Liliane entend les gémissements de la femme et le grincement régulier du lit qui heurte le mur. L'image d'un homme s'immisce dans son esprit. Elle le voit qui s'allonge sur elle, nu, le sexe dressé. Liliane tente de repousser cette image, mais quand le rythme des ébats de la pièce voisine s'accentue, la vision revient avec davantage d'intensité. L'homme a les traits de Saint-Alphonse. Il possède sa main mutilée, ses cheveux noirs, son visage glabre. Elle l'imagine qui s'enfonce en elle et se rend compte du désir qui l'habite. Effrayée par ses propres pensées, elle frémit. Les bruits continuent, plus troublants encore parce qu'elle se voit avec Saint-Alphonse à la place de ses voisins de palier. La brûlure entre les cuisses devient cuisante quand les gémissements de la femme se transforment en un cri aigu. Liliane n'ose bouger. Le lit frappe si fort contre le mur qu'on dirait qu'il va le défoncer. S'élève enfin le râle masculin. Puis le silence revient, presque brutal. Dans la tête de Liliane, les images se superposent.

Elle se souvient de ses nuits chez Saint-Alphonse, de l'engourdissement nocturne, de la promiscuité qu'elle espérait et craignait à la fois. Elle revoit aussi les yeux de Big Alex, posés sur Rosalie, son sourire, sa grande main qui s'empare de celle de la cuisinière. Et le pourboire abandonné sur le comptoir. Une idée lui vient alors. Une idée si géniale qu'elle s'en veut de ne pas y avoir pensé avant.

Puisque la menace de violence est plus efficace que la violence elle-même, peut-on conclure qu'une promesse de plaisir est plus efficace que le plaisir lui-même ? Voilà une avenue à explorer et, le cas échéant, à exploiter.

*

– N'en fais pas trop, surtout ! précise Liliane lorsqu'elle constate l'enthousiasme de Rosalie pour son nouveau plan. Je ne voudrais pas que ça donne à mon établissement une mauvaise réputation.

Rosalie ouvre le four, vérifie la cuisson de la pièce de viande qui s'y trouve et revient au chaudron qui mijote sur le feu.

– Ne t'inquiète pas, je serai parfaite.

Le ton utilisé pour ces derniers mots exacerbe l'angoisse qui sourdait dans l'esprit de Liliane. Rosalie continue de s'activer devant la soupe, de touiller les fèves, mais ses gestes deviennent plus fluides, ses épaules s'agitent. Ses hanches ondulent lorsqu'elle se déplace entre le poêle et la table où attendent les légumes coupés en juliennes. Pendant un moment, Liliane se demande s'il est approprié de proposer à Rosalie de jouer un deuxième rôle, car ce rôle se situe à la limite de la morale. Elle se conforte en se rappelant que rien d'illicite ne se produira dans son auberge. Rien qui ne s'y produise pas déjà. En occupant le poste de serveuse après avoir préparé les repas, Rosalie ne posera aucun geste inconvenant… ou presque.

– Joe peut remplir les assiettes, poursuit Rosalie. Et moi, je vais les servir de la bonne manière au bon client.

Liliane tressaille. Encore ce ton chargé de sous-entendus.

– N'en fais pas trop, surtout ! répète-t-elle. S'il fallait que…

– Arrête donc de t'inquiéter ! coupe Rosalie en s'interrompant dans son travail. Je ne te ferai pas honte, promis. Maintenant, si tu me laissais, ça me permettrait de finir le dîner.

Liliane soupire, remarque encore une fois le déhanchement provocant de son amie et quitte la cuisine. Au moment où elle passe la porte, la voix de Rosalie retentit encore :

– Je vais te montrer comment on peut conjuguer l'art de la scène et l'art culinaire. Et si la clientèle augmente d'ici une semaine, je compte sur toi pour revoir mon salaire à la hausse.

Liliane hésite entre la joie que lui procure l'anticipation des profits et l'angoisse de voir le sol s'écrouler sous ses pieds encore une fois. En faisant miroiter aux clients des perspectives de plaisir, les deux femmes s'apprêtent à tenter le diable. Espérons que celui-ci aura un minimum de retenue.

Chapitre xxi

À la suite d'une suggestion de Rosalie, Liliane a fait modifier l'enseigne. Le simple déplacement de l'apostrophe met en évidence la présence de deux femmes dans l'établissement et annonce, à tous ceux qui l'ignoraient encore, que des changements sont survenus au Lilis' Café, Hotel, Baths and Laundry. Finie la morosité du mois d'août. La salle à manger grouille de clients, on doit offrir deux services le soir. Le nom de Lili Klondike est sur toutes les lèvres. Les hommes ne savent pas toujours distinguer la patronne de la cuisinière, mais ce détail indiffère Liliane dont le sourire ne se tarit pas. L'important, c'est que l'argent et l'or sont au rendez-vous.

Certes, Rosalie a été surprise de voir une dame comme Liliane faire appel à son deuxième talent. Elle a dû admettre cependant qu'en tant que femme d'affaires Liliane a du flair. Une simple réorganisation du travail a permis d'augmenter significativement la clientèle. Pour le bonheur de tous.

Entre les repas, Rosalie s'occupe de la cuisine avec autant d'adresse que chez Mrs. Wright. Dans le consommé à la jardinière, les huîtres fumées, le homard de Newburg, le jambon bouilli et la langue de bœuf froide, elle retrouve les parfums d'antan. Jamais sur les planches du Tivoli, même au sommet de sa gloire, elle n'a ressenti pareil contentement. Ce qu'elle prépare sent bon, goûte bon, et les hommes en redemandent. Ses virées en salle, assiettes à la main, lui rappellent la scène. Il s'agit d'ailleurs d'une sorte de spectacle, car il faut être à l'affût des commentaires, faire des blagues, rire aux compliments. Un petit effort qui rapporte un revenu substantiel. Rosalie arrive ainsi à oublier cette grossesse inopinée. Dans les circonstances, sa stature imposante s'avère une bénédiction ; quelques rondeurs supplémentaires n'attireront pas l'attention avant plusieurs semaines, peut-être même plusieurs mois. Surtout si elle les dissimule sous un tablier.

Grand Forks embaume donc les mets les plus divers, mais c'est l'odeur caractéristique des caris de mouton qui amène le plus de clients. Rosalie effectue elle-même le mélange d'épices, prépare une fois par semaine un chutney du Bengale. Quoi de mieux comme publicité que ces parfums puissants ?

Joe, que Liliane a entrepris de former correctement, remplit les assiettes et dessert la salle à manger sans trop se plaindre. La peur de perdre son emploi l'a incité à varier ses tâches, et Rosalie aperçoit parfois un sourire victorieux sur les lèvres de Liliane quand le jeune homme plonge les bras dans l'eau jusqu'aux coudes pour faire la vaisselle ou tordre la serpillière. Quant à Joshua Ashley, qui est responsable, entre autres, de l'approvisionnement, il se montre si efficace que Rosalie ne conçoit pas le restaurant sans lui. Entre deux allers-retours à Dawson, il chasse, entretient le bâtiment et participe même au nettoyage des chambres de temps à autre. Il s'occupe aussi du poulailler, une idée de Liliane pour s'assurer d'avoir des poulets pendant l'hiver. Difficile d'imaginer pareil colosse gagnant sa vie au Klondike autrement que dans une mine, mais Joshua Ashley semble le plus heureux des hommes. Jamais il ne rechigne à la tâche et sa bonne humeur se conjugue bien à celle de Rosalie dans la lumière crue du jour.

La nuit cependant, quand elle est seule dans la chambre attenante à la cuisine, Rosalie se laisse parfois aller au désespoir et pleure en envisageant les mois à venir. Si quelqu'un l'entend geindre sous les couvertures, personne ne lui en parle jamais. Au matin, la vie reprend et, entre un travail qu'elle aime et les attentions de Joshua Ashley, Rosalie met de côté son chagrin. L'amitié s'avère un rempart contre l'adversité qu'elle sent poindre à l'horizon. Car on ne devient pas fille-mère impunément. Même au Klondike.

Chapitre XXII

Les jours raccourcissent, le vent se montre impitoyable et la neige recouvre la vallée du fleuve Yukon depuis quelques semaines déjà. Durci par le froid, le sol est de nouveau victime des feux, des pics et des pelles. Les hommes s'acharnent à sortir le gravier des mines et l'or circule librement. En amont du ruisseau Bonanza, la ville de Grand Forks continue de prospérer. La complicité qui s'est établie entre les deux femmes du Lilis' Café, Hotel, Baths and Laundry apporte le succès escompté. Jour après jour, les clients s'y présentent pour boire et manger, mais aussi pour écouter le rire cristallin de la cuisinière qui distribue les assiettes en se déhanchant agréablement. Certains préfèrent s'installer au bar où ils entament avec la patronne les conversations les plus diverses. Aucun d'entre eux ne s'aperçoit de l'intérêt que la patronne en question prête désormais aux concessions minières. C'est que Liliane projette encore de s'enrichir.

Il faut dire qu'au début de l'automne elle abordait le sujet davantage pour plaire à ses clients, pour s'assurer de leur fidélité et, dans certains cas, de leur amitié. Dans son esprit, une mine se résumait à ce monde rude où la fortune se mesure à la quantité de sueur dépensée. Puis, un beau soir, elle a compris qu'il s'agissait aussi de chiffres. Ce qui détermine la valeur d'une concession ressemble à ce qui détermine la valeur d'un commerce : la possibilité d'en tirer des profits. Avec beaucoup de discrétion, elle a commencé à prendre des notes, consciente que la venue d'une femme dans ce milieu exclusivement masculin risquait d'être mal accueillie.

Le soir du 16 octobre cependant, Liliane doit renoncer à sa collecte d'informations. La nouvelle de l'incendie qui vient de ravager Dawson occupe toute l'attention. Debout derrière le bar, une bouteille de whisky à la main, elle écoute le récit qu'en fait Joshua à l'ensemble des clients présents.

– Le feu a pris à l'hôtel Green Tree à cinq heures du matin, explique-t-il en avalant le troisième verre offert par Liliane pour l'aider à se réchauffer. C'est une chance parce que la plupart des habitants n'étaient pas encore couchés. Le vent soufflait du nord et les flammes se sont propagées d'une bâtisse à l'autre en quelques minutes. Les maisons flambaient comme des allumettes. Sur la montagne, les arbres explosaient, on aurait dit des coups de tonnerre. Il a fallu briser la glace du fleuve pour apporter de l'eau. Comme il n'y a pas encore de pompiers dans la région, c'était le chaos. Des hommes donnaient des ordres que personne ne suivait. D'autres couraient dans tous les sens. Quelqu'un a eu l'idée de démolir une rangée de maisons pour empêcher que le feu s'étende au reste de la ville. Vous devinez que les propriétaires desdites maisons n'étaient pas d'accord, mais quand il est devenu évident que si rien n'était fait la ville y passait en entier, tout le monde s'est rendu à cette idée. Je pense que c'est ça qui a permis d'éviter le pire…, même si la moitié des bâtiments a brûlé. La moitié, pouvez-vous croire ça?

Liliane imagine sans peine les flammes qui courent, les maisons qui s'écroulent, les gens jetés à la rue, et tout lui apparaît comme un cauchemar familier. Elle a déjà vu Dawson en feu. Elle a déjà été jetée à la rue en plein froid. Combien seront-ils cette fois?

– Il faudra faire une corvée et s'occuper des malchanceux avant le gros de l'hiver, dit-elle en refoulant ses souvenirs.

Joshua approuve, lui tend de nouveau son verre et Liliane n'hésite pas à lui en servir un quatrième. Le pauvre est encore frigorifié d'avoir parcouru la route d'une traite. Elle vient à peine de reposer la bouteille lorsque deux hommes pénètrent dans le restaurant. Liliane reconnaît en eux l'attitude des *Klondike Kings* et, flairant l'occasion, elle s'empresse de les accueillir.

– Bienvenue chez nous, messieurs! s'exclame-t-elle en remarquant que les nouveaux venus n'ont d'yeux que pour Rosalie qui fait le service au fond de la salle. Vous tombez bien, nous avons du cari ce soir.

Elle les déleste de leurs manteaux et les conduit vers une table qui vient tout juste de se libérer.

– Joe! s'écrie-t-elle en direction de la cuisine.

L'employé accourt, un plateau à la main. Dans le temps de le dire, la vaisselle sale disparaît et, à la place se trouvent deux couverts rutilants.

– Efficace, votre employé! lance un des hommes, les yeux toujours rivés sur Rosalie. Nous prendrons le cari.

Liliane hoche la tête et s'éloigne, ravie.

– Prépare-moi deux *généreuses* assiettes de cari, ordonne-t-elle à Joe en insistant sur l'adjectif.

Comme il retourne aux fourneaux, Liliane attrape Rosalie avant qu'elle s'engouffre elle aussi dans la cuisine.

– Tu vois les deux hommes, là-bas ?

Rosalie se tourne dans la direction indiquée et son regard s'éclaire.

– Je connais l'un d'eux. C'est William O'Keefe. Un... client du Tivoli.

Liliane retient ce nom et désigne de nouveau la table.

– J'aimerais que tu leur apportes leurs assiettes et que tu t'assoies avec eux.

– Que je m'assoie ! Pour quoi faire ? Joe ne pourra jamais...

Liliane l'interrompt :

– Je m'occupe de Joe et toi de ces deux hommes. J'aimerais que tu discutes avec eux et que tu les amènes à parler de leurs concessions.

– Et qu'est-ce que tu veux savoir ?

– Si l'occasion se présente, demande-leur s'ils sont disposés à en vendre des parts.

Rosalie prend un air amusé.

– Tu te lances dans la prospection ?

Liliane évite de répondre. Venue de n'importe qui d'autre, la question l'aurait profondément agacée. De Rosalie cependant, elle a appris à tout accepter, même l'indiscrétion.

– S'ils t'apparaissent suspicieux, fais l'innocente qui parle pour parler.

Rosalie lui adresse un clin d'œil signifiant que c'est bien dans ses cordes. Puis elle murmure, avec un sourire de connivence :

– On diversifie nos activités, c'est ça ?

Liliane hoche simplement la tête, lui retourne son sourire et la regarde s'éloigner, deux assiettes à la main, se trémoussant à chaque pas comme elle a dû le faire des centaines de fois sur la scène du Tivoli.

Chapitre XXIII

Prendre l'air. Marcher dans la pénombre du matin. Vomir à l'abri des regards indiscrets. Préparer le dîner puis le souper. Servir les assiettes et se montrer aimable avec les clients. Et surtout, retenir les informations qui pourraient s'avérer lucratives. Voilà les occupations de Rosalie. Chaque jour ressemble au précédent et il y a quelque chose de réconfortant dans l'habitude, quelque chose qui donne l'impression qu'on peut ralentir le temps. Si ce n'était des nausées, Rosalie y retrouverait la sensation d'éternité qu'elle éprouvait quand elle travaillait pour Mrs. Wright.

Dès l'aube, donc, Rosalie prétend se rendre dans la cache. Elle retarde ainsi le moment de se dévoiler au monde. Encore quelques semaines. Peut-être quelques mois, si la chance lui sourit.

Chapitre XXIV

Décembre est bien entamé et la pénombre est devenue constante. Il ne s'écoule pas un jour sans que Liliane ne pense à sa chance. Le restaurant est rodé et fonctionne à merveille. Les chambres sont toutes louées et la lessive abonde. Seuls les bains sont désertés, mais la chose est compréhensible : qui songerait à se plonger dans l'eau par ce froid d'enfer ?

La plus grande satisfaction de Liliane cependant, ce sont les parts qu'elle a réussi à acheter dans quatre concessions. Par l'entremise de William O'Keefe, elle a rencontré des mineurs qui cherchaient des investisseurs et c'est ainsi qu'elle se retrouve propriétaire non seulement du Lilis' Café, Hotel, Baths and Laundry, mais également de mines qui sont sur le point d'être rentables. De quoi être fière.

Avec les fêtes qui approchent, elle a la tête pleine de projets. Elle aimerait recevoir ses amis, organiser un réveillon avec des musiciens où elle servirait un bon repas et de l'alcool en abondance. Elle a envie de danser. *Danser.* Ce mot fait affluer les souvenirs par dizaines. Elle se revoit, un an plus tôt, objet d'un encan qui l'a menée chez Saint-Alphonse. Dolly savait très bien ce qu'elle faisait ce soir-là et, malgré un vague ressentiment lié à la honte d'avoir été manipulée, Liliane ne peut lui en vouloir. Dolly voulait la sortir de sa misère et elle a réussi.

Dolly... Liliane n'a pas été surprise de la voir apparaître à Grand Forks il y a moins d'une semaine. Tout le monde savait que le Suédois venait de découvrir de l'or. L'information n'a pas tardé à se rendre à Dawson. Deux jours plus tard, Dolly retournait vivre chez Hans qui l'accueillait à bras ouverts. « Chacun est là pour faire fortune », avait répété Saint-Alphonse en lui apprenant la nouvelle. Liliane n'a pas senti la moindre désapprobation dans sa voix. Que de sagesse ! Que de bonté aussi !

Chaque fois qu'elle le revoit, Liliane ne peut s'empêcher de tirer ces deux conclusions. Saint-Alphonse s'avère l'homme le plus fascinant qu'elle ait rencontré. Elle repense aux veillées de l'année précédente, lorsqu'elle dansait avec lui. Étrangement, son esprit fait abstraction des autres partenaires présents. Elle revit sa première nuit sur le *claim*, puis les suivantes, celles où elle s'est rapprochée de lui. Elle frissonne en se rappelant les gestes qu'elle a posés par la suite. Comment expliquer que, depuis quelque temps, elle n'arrive plus à sortir Saint-Alphonse de ses pensées ? Soir après soir, elle se découvre des ruses toutes féminines pour le garder plus longtemps au restaurant, pour l'admirer, lui parler, l'écouter. Certes, elle a envie de se retrouver seule avec lui, mais elle se méfie toujours d'elle-même. Elle a peur de se laisser aller, de l'embrasser. Dieu sait où cela les mènerait ! Depuis l'arrivée d'un grand nombre de femmes, en juillet et en août, le moindre écart de conduite est sévèrement jugé. Grand Forks est une ville organisée maintenant et Liliane y tient un rôle prépondérant avec son auberge et son établissement.

Et puis elle a une réputation à préserver. Plus question de vivre comme si demain n'existait pas. Elle garde d'ailleurs un œil sur Rosalie, qu'elle encourage à user de ses charmes mais pas trop, afin de conserver la clientèle et trouver des partenaires potentiels pour une concession. Jamais davantage, cependant. Car Liliane n'est pas dupe. Si Rosalie s'est à ce point enrichie au théâtre, ce n'est pas avec son talent sur scène. Enfin, pas uniquement.

De toute façon, il n'est pas question de permettre aux femmes de la bonne société de douter de la conduite de Liliane ou de ses employés. Il suffirait d'une rumeur pour que son restaurant se retrouve sur la liste noire. Si cela se produisait, Liliane pourrait tout perdre.

Chapitre XXV

Au matin du 23 décembre, Rosalie est penchée au-dessus de son trou habituel, se vidant l'estomac. Malgré le manteau, malgré les foulards et le chapeau, elle est frigorifiée. Elle sent la sueur lui couler dans le dos, sur le front, et le spasme qui lui tord les entrailles. Depuis quelques jours, l'odeur de la viande lui lève le cœur. Et comme au matin la cuisine embaume encore les effluves de la veille, Rosalie en perçoit les effets dès qu'elle ouvre les yeux.

Elle serre dans son poing le mouchoir avec lequel elle s'essuiera quand les dernières nausées seront passées. En attendant, elle continue à fixer le sol gris de neige, les bras croisés sur le ventre. Une voix s'élève soudain derrière elle ; Rosalie sursaute, mais trouve assez d'assurance pour ne pas se retourner.

– Vous êtes malade ? dit l'homme qu'elle reconnaît aussitôt.

Le mouchoir se déplie entre ses doigts et glisse rapidement sur ses lèvres, son menton, ses joues. Puis, d'une main, elle replace son bonnet et pivote pour faire face à Saint-Alphonse avec un minimum de contenance. Elle est éblouie par la lumière de la lampe qu'il brandit.

Même s'il s'empresse de l'abaisser, Rosalie a aperçu le regard interrogateur qu'il dardait sur elle.

– Une indigestion, je suppose, lance-t-elle sans grande conviction.

Saint-Alphonse plisse les yeux, l'étudie un moment et répète :

– Une indigestion, je suppose.

Quelque chose dans le ton laisse deviner qu'il n'en croit pas un mot, mais il ne la confronte pas. Il recule d'un pas et lui tend sa main libre.

– Venez, je vous raccompagne à la cuisine.

Rosalie laisse Saint-Alphonse la prendre par le coude, trop lasse pour opposer de la résistance. Étonnamment, que cet homme connaisse la vérité l'indiffère. Est-ce parce qu'elle lui fait confiance ? Parce qu'elle le sait peu enclin à juger ? Parce qu'elle devine qu'il a lui aussi été meurtri par la vie ? Elle se résigne. Que peut-elle y faire, de toute façon ? Elle regagne donc avec lui la chaleur du poêle où le café est déjà prêt.

– Je vous en sers une tasse ? propose Rosalie en retirant son manteau.

Saint-Alphonse ne répond pas, mais, après avoir suspendu lui aussi son manteau, il jette un œil dans la salle à manger, puis en direction de l'escalier.

– Elle est à l'étage en train de faire les chambres, lance Rosalie, en réponse à une question qu'il n'a pas posée.

Loin d'être dupe, elle a compris depuis longtemps la raison pour laquelle Saint-Alphonse vient si souvent leur rendre visite. L'affection qu'il éprouve pour la patronne se manifeste dans chacun de ses gestes, dans chacune de ses paroles. Il n'a d'yeux que pour elle, d'intérêt que pour elle et Rosalie envie Liliane d'avoir un tel prétendant.

Saint-Alphonse grimpe déjà les marches quatre à quatre, sans même tenir la rampe. Il porte de beaux vêtements. Du neuf, c'est évident.

Chapitre XXVI

En ce petit matin froid du 23 décembre, Saint-Alphonse s'adresse à Liliane, debout devant la porte de la chambre numéro 4. Il a refermé derrière lui sans faire de bruit, mais ne s'imagine pas pour autant à l'abri des oreilles indiscrètes. Il sait que sa voix traverse les minces parois et parvient à peine étouffée dans les pièces voisines. Saint-Alphonse s'exprime donc en français. Pour l'intimité, mais aussi parce que c'est leur langue commune, une langue qui les a rapprochés l'hiver dernier et qui, l'espère-t-il, les rapprochera encore davantage cet hiver. Ses mots français inondent la chambre de leur musique sans laisser de place au silence ni au doute. Ils se moulent à ses pensées, se modulent pour traduire son émotion, sa joie d'être enfin seul avec elle après tout ce temps.

Près du lit, des draps sales roulés en boule à ses pieds, Liliane l'écoute, émue. Elle ne s'attendait pas à le revoir si tôt, ni de si bonne heure le matin. Sa robe est froissée et son tablier est taché de suie. Son chignon, noué à la hâte, retombe mollement sur sa nuque et des mèches rebelles lui voilent le visage. Cependant, à voir les beaux habits de Saint-Alphonse, elle devine la raison de sa visite et sent ses paumes devenir moites. Elle croise les mains sur sa poitrine, cherchant ainsi à dissimuler son trouble, sa joie et ses propres envies, afin de le détailler à sa guise. Elle ne peut oublier qu'elle l'a déjà trouvé laid, mais n'arrive plus à se rappeler pourquoi. Le halo de la bougie abandonnée sur le bureau les enveloppe d'une lumière chaude. Rien d'autre n'existe que leurs sentiments et leurs corps tendus et attirés l'un vers l'autre.

Saint-Alphonse parle toujours, son regard s'attardant parfois sur le sien, mais fuyant, la plupart du temps, au-delà de la fenêtre, vers quelque lieu inaccessible pour elle. D'une voix ferme, il fait le récit de sa vie, pour qu'elle sache bien qui il est, d'où il vient, où il va. Il ne dit rien de sa famille, mais décrit Montréal et ses études de médecine. Il esquisse à peine le portrait d'une fiancée pour qui il a voulu jadis construire une maison. Il passe sous silence les détails de l'accident, mais l'image frappe l'imagination de Liliane. Elle ressent presque dans sa chair la scie qui tranche les doigts posés par inadvertance sur la trajectoire de la lame. Il raconte sa colère devant l'impossibilité de devenir chirurgien, son renvoi de l'université et le départ de sa fiancée. Rejet, abandon, humiliation. La jeune femme le voulait riche, à défaut d'être beau. Il ne serait jamais ni l'un ni l'autre, croyait-elle.

Liliane l'écoute et souffre pour lui, alors que lui ne souffre plus. Elle le laisse dessiner le Colorado, les montagnes Rocheuses enneigées, la cabane sans porte ni fenêtre et les nuits trop froides dans le vent. Il raconte sa vie de desperado, l'omniprésence de la mort, la sauvagerie de ceux qui n'ont plus rien à perdre. Quinze années de coups de feu, de saloons et de débauche. Quinze années d'égarement.

– Je ne suis jamais retourné chez moi, conclut-il avant de se taire, le visage figé dans une expression indéchiffrable, un rictus qui ressemble terriblement à de l'amertume.

Pourtant, pas un mot amer n'est sorti de la bouche de Saint-Alphonse. Il a fait le récit de sa vie sans chercher à dissimuler ses excès. Ce matin, pour la première fois, Liliane se dit qu'elle le comprend peut-être enfin. Elle ressent pour lui et avec lui le poids d'une erreur et de ses conséquences sur toute une vie. Chaque détail prend un sens : sa venue au Klondike, son acharnement à creuser la terre, en complète opposition avec sa générosité remarquable. Elle s'explique sa bonté, forgée à même le feu de l'épreuve, de la douleur. Mais, surtout, elle saisit la source de ses hésitations, de ses craintes d'un jugement trop sévère, de l'absence de justice divine. Alors qu'ici chacun veut être riche, Saint-Alphonse n'aspire qu'à la paix, qu'à la dignité. Un bonheur tellement simple qu'on arrive difficilement à y croire. Le silence devient si léger qu'il fait naître un sourire sur les lèvres de Liliane. L'amour de Saint-Alphonse prend toute la place. Il n'y a plus de doutes, plus de sous-entendus ni de malentendus. Saint-Alphonse s'est dévoilé jusque dans ses moindres secrets.

– Un jour, tu as dit que tu me trouvais gentil mais laid. Puisque tu as bénéficié du premier attribut, saurais-tu passer par-dessus le second ?

En une fraction de seconde, Liliane revoit cette horrible soirée où, ivre, elle avait parlé avec cruauté.

– C'est déjà fait, dit-elle en le couvant d'un regard franc et empreint d'affection.

Rassuré, Saint-Alphonse se lance alors dans une déclaration sans précédent. Il gesticule et les mots déboulent dans sa bouche, chargés d'émotion. Il lui dit qu'il l'aime, qu'il la veut comme épouse, qu'il veut vivre avec elle de jour comme de nuit, devant tout le monde et devant Dieu. Il lui avoue ce désir d'elle qui ne le quitte plus. Il lui raconte les rêves qu'il chérit, lui décrit le souvenir qu'il garde de fragments de bonheur vécus avec elle, ceux qu'il ressasse avec tristesse depuis qu'elle n'habite plus sur la colline. Il lui parle de la joie que lui a procurée chacune de ses visites, chacun de ses regards, de ses sourires. Il lui dépeint ses projets d'avenir, ceux qu'il envisage pour lui-même et ceux qu'il imagine avec elle. Il lui promet de ne jamais entraver sa liberté, jurant qu'elle pourra faire du commerce à sa guise, exploiter un restaurant, une auberge ou tout ce qu'elle voudra. Jamais il ne lui interdira quoi que ce soit.

Tandis que Saint-Alphonse continue de parler, Liliane rêve avec lui d'une vie à deux, d'un bonheur continu, de nuits chaudes, de journées à s'enivrer de tendresse. Elle rêve de confort, de livres et de nourriture dont elle ne manquera plus jamais. De tranquillité, de sécurité, de plaisirs tout simples. D'une vie paisible, baignée de douceur. La main mutilée de Saint-Alphonse s'agite dans les airs, s'appuie sur son cœur, désigne le ciel et le monde. Maintenant qu'elle sait tout de lui, elle peut mieux le juger, choisir de le prendre ou de le refuser. Dans son éloquence, il s'offre, entier, pour dormir contre elle chaque nuit, lui faire l'amour sans remords, sans culpabilité, sans qu'elle ait à craindre pour sa réputation. Il aimerait qu'elle s'abandonne dans ses bras et qu'elle n'ait plus peur de ce qu'on en dira.

– Je veux fonder une famille avec toi, Lili. Je veux qu'on élève ensemble une douzaine d'enfants qui empliront notre maison de rires et de jeux. Des enfants que je protégerai, pour qui je jouerai du violon les soirs de tempête. Des enfants qui seront un mélange de toi et de moi et que nous chérirons toute notre vie.

À ces mots, Liliane a l'impression que la terre s'est mise à trembler, que la foudre a frappé dans la chambre numéro 4. Les jambes molles, le souffle court, elle ressent le besoin de s'appuyer contre le mur pour ne pas s'effondrer. De rêve, il ne reste plus de trace. Le cauchemar se dresse devant elle, tel un gouffre terrifiant. La vie de sa mère et, avant elle, de sa grand-mère. La vie de toutes les femmes qui deviennent des épouses fidèles et obéissantes. Des femmes qui ne voient plus le monde, qui s'usent à porter des bébés, à changer des couches et à laver des planchers. Qui vieillissent derrière des chaudrons, épuisées par les pleurs des enfants dont le nombre croît d'année en année. Ce n'est plus Saint-Alphonse qui se tient près de la porte, mais Joseph Gagné, Percy Ashley, son père, tous les hommes de la terre. Liliane enrage. Elle a l'impression qu'on l'a bernée, qu'on lui a fait miroiter les plaisirs de la vie de couple pour mieux la coincer, la forcer. Elle étouffe et s'en veut de s'être laissé charmer, d'avoir eu envie de ce leurre malgré elle.

S'appuyer contre le mur ne suffit plus, il lui faut s'asseoir. Elle pose les fesses sur le lit, mais le matelas s'enfonce sous son poids. Pendant une fraction de seconde, elle est persuadée que le plancher cède pour de vrai. Elle bondit, cherche son air, la bouche ouverte, les yeux embués de larmes de colère que l'orgueil la force à refouler. Parce qu'elle ne peut lui dire la vérité sans être perçue comme une erreur de la nature, Liliane se referme. Étrangement, elle souffre pour elle-même, mais souffre plus encore pour Saint-Alphonse qu'elle se voit obligée de repousser.

– Je ne veux pas me marier, dit-elle, après l'avoir écouté pendant près de vingt minutes et rêvé avec lui d'une vie à deux.

Saint-Alphonse blêmit brutalement. La main sur le cœur, il recule, les yeux hagards. Il ne s'attendait pas à cela. Ne l'avait même pas imaginé. Pas après cette longue déclaration qu'elle a écoutée avec intérêt, après cette émotion qu'elle a semblé partager avec lui. Il recule encore et s'adosse à la porte, incapable de répondre à ce refus qu'il reçoit comme une condamnation. Puis, sans un mot, il pivote, ouvre et sort. Liliane l'entend dévaler les escaliers et traverser la cuisine. La voix de Rosalie émet une interrogation inquiète, mais s'interrompt sur une porte qui claque. C'est alors que Liliane fond en larmes au pied du lit, le cœur en miettes.

*

Le lendemain, tandis que les citoyens de Grand Forks font leur tournée des environs pour célébrer la veille de Noël, Liliane demeure enfermée dans sa chambre, refusant de parler à qui que ce soit. Elle a nommé Rosalie responsable du restaurant et lui a confié le soin d'accueillir les visiteurs, de leur offrir à boire, de chanter et de danser avec eux.

Il est deux heures de l'après-midi, mais dehors, il fait nuit. Seule à l'étage, le front appuyé au montant de la fenêtre, Liliane scrute la pénombre à la recherche d'une silhouette qui ne vient pas. Sa respiration crée sur la vitre des carreaux des ronds de buée qui se figent, tout blancs.

Avec l'ongle, elle y dessine un cœur, qu'elle efface ensuite de son poing. Les cristaux de glace fondent au contact de sa peau et elle s'essuie vivement sur sa jupe, avant d'enfouir les mains sous son châle.

Elle n'a pas dormi de la nuit et la fatigue l'accable, intensifiant ce dégoût qu'elle a d'elle-même. Une boule au fond de la gorge, les yeux bouffis, elle se torture à force de repasser en boucle les événements qui ont précédé et suivi la grande demande de Saint-Alphonse. Elle se juge sévèrement. Quelle sorte de femme est-elle pour aimer à ce point et refuser en toute lucidité l'objet de son amour ? Vingt-quatre heures après la visite de Saint-Alphonse, elle souffre comme si on lui avait coupé un bras ou arraché le cœur. Le regret la hante et ne lui laisse pas une seconde de répit. Si elle pouvait retourner à cet instant fatidique où elle a repoussé Saint-Alphonse, agirait-elle autrement ? Probablement pas.

Comme elle se déteste ! Comme elle déteste son besoin d'autonomie, sa peur de l'enchaînement, de l'esclavage, de la pauvreté ! N'est-ce pas le lot des femmes que de se soumettre à leur mari, d'en prendre soin, de tenir maison, d'élever des enfants ? Pourquoi diable n'arrive-t-elle pas à se voir comme telle ? Sa mère avait raison en l'accusant. Pour qui se prend-elle donc à vouloir davantage que les autres femmes ? Même la reine Victoria a porté une trâlée d'enfants ! Qui est-elle pour désirer autre chose, pour choisir un autre destin ?

Plus Liliane se remet en question, plus elle se déprécie. A-t-elle donc peur de vivre ? L'étau se resserre dans sa poitrine. Elle fixe dans l'obscurité l'endroit où se trouve la cabane de Saint-Alphonse et laisse affluer, par pur besoin de se punir, ces moments heureux passés avec lui.

La rumeur des plaisirs festifs monte du rez-de-chaussée. Des cris, des rires et des chants. La voix cristalline de Rosalie, les éclats graves de Joshua, le joyeux tintamarre des hommes un peu ivres qui chahutent, se bousculent et content fleurette à la belle cuisinière.

Sur la commode de Liliane, la flamme de la bougie vacille. On vient d'ouvrir la porte du restaurant et chacun s'en va boire un coup ailleurs. Liliane écoute, indifférente au bonheur des autres. Elle entend encore des voix et imagine ce qui se déroule sous ses pieds. Des hommes invitent, insistent. Rosalie refuse puis cède en riant. Des bruits de pas dans la cuisine, retour dans la salle à manger. La porte se referme et le silence reprend ses droits. Liliane est fin seule, et il lui semble que la terre entière pourrait cesser d'exister et elle n'aurait pas plus mal.

Chapitre XXVII

Emmitouflée sous une tonne de fourrures, Rosalie se laisse guider par ses compagnons sur le sentier qui gravit la colline. On chante encore et quelqu'un raconte une histoire grivoise à laquelle Rosalie rit de bon cœur. Ce n'est pas la première fois qu'elle entend des blagues salaces et elle sait que les hommes expriment ainsi un désir, un malaise, une affection ou un simple agrément. Elle ne s'en formalise pas et réplique avec vivacité lorsqu'on la taquine. Elle laisse même une main se poser sur sa croupe de temps en temps. Que peut-on sentir sous tant de couches de vêtements ? De toute façon, le plaisir de ces hommes ne signifie rien. Ils pensent la toucher alors que, par cet enfant qu'elle porte, elle est hors d'atteinte, plus loin d'eux qu'ils ne pourront jamais l'imaginer. D'ici peu, quand la vérité sera impossible à dissimuler, ils la jugeront tous autant qu'ils sont. C'est pourquoi elle profite maintenant de leur compagnie, de leur chaleur, de leur admiration et de cette affection qu'ils lui témoignent à leur façon.

Elle réserve toutefois ses sourires les plus chaleureux à Joshua dont le visage irradie d'une ivresse toute simple dans la lumière des torches. Joshua, le colosse, qui ne sait comment parler de ses sentiments, qui devient lourdaud et timide dès qu'il se trouve à proximité d'elle. Joshua, l'ours qu'elle n'ose ni approcher ni repousser, dans les bras de qui elle a envie de se blottir. Avec lui, elle hésite entre la franchise et son besoin de sécurité. Elle aimerait lui dire la vérité, lui promettre de s'occuper de lui jusqu'à sa mort s'il s'engage à l'épouser et à lui éviter le déshonneur. Mais Joshua passerait-il l'éponge sur des semaines de mensonges? Lui pardonnerait-il ses ruses de séductrice s'il apprenait qu'elle est enceinte d'un autre? Elle craint que non. Elle sait que non. Elle cache donc sa détresse sous un rire tonitruant. L'éclat de sa voix résonne longtemps dans la vallée et donne l'impression qu'elle est seule au milieu de l'hiver, seule entre les maigres arbres et les montagnes désertées. La sensation génère chez elle des frissons d'effroi et Rosalie aime mieux ne pas y penser.

À mesure que le groupe monte la pente, des formes apparaissent dans la nuit: cabanes, mines, monticules de gravier et caches surélevées. Les fêtards se dirigent vers une construction plus isolée que les autres. Une petite maison en rondins d'apparence rustique, mais solide. Une faible lueur est visible par la fenêtre. Nombreux, les hommes encerclent le bâtiment. Puis ils chantent à tue-tête, frappent à la porte et sur les carreaux de verre. Rien ne se produit. Ils chantent encore, dansent en rond et saisissent Rosalie pour la faire valser. Quelques-uns se lassent d'attendre et appellent le propriétaire qui se terre toujours:

– Saint-Alphonse, ouvre-nous! lancent-ils en riant. C'est à ton tour!

Mais la porte demeure résolument fermée. Un des fêtards s'approche de la fenêtre et jette un œil à l'intérieur.

– Saint-Alphonse ! répète-t-il en retirant sa mitaine pour frapper sur la vitre avec son poing. Je te vois, là. Mais ouvre donc !

En guise de réponse, la lumière s'éteint. Les hommes ne perdent pas de temps en vaines protestations. Ils haussent les épaules, repartent bras dessus bras dessous et entreprennent la descente vers une autre cabane. Rosalie se laisse guider quelques secondes avant de se diriger vers la bécosse.

– Ne m'attendez pas, lance-t-elle en riant. Je vous rejoins dans une minute.

Quelqu'un émet un commentaire moqueur et Rosalie, refusant qu'on l'accompagne, doit leur faire mille promesses. Les hommes continuent donc leur virée, lui accordant l'intimité qu'elle exige. Dès qu'elle les sait à distance, Rosalie s'engouffre dans le rudimentaire lieu d'aisances et referme derrière elle. Elle est incapable de se retenir plus longtemps.

Lorsqu'elle sort, ses compagnons ont disparu. La nuit est presque silencieuse et les étoiles se comptent par milliers. Soudain, les premières vagues d'une aurore boréale apparaissent, striant le ciel. Un ruban de bleu et de vert danse, oscille, s'évanouit pour réapparaître et s'effacer de nouveau. Par sa bouche ouverte, Rosalie souffle un nuage de vapeur blanche. Impossible de respirer par le nez ; l'air qui s'engouffre dans ses narines lui semble si sec qu'il en est brûlant. Elle demeure longtemps immobile dans le froid, hypnotisée par ce ciel d'hiver.

Elle est tirée de sa contemplation quand la lumière se rallume dans la cabane. Elle se souvient de la veille, de la sortie en trombe de Saint-Alphonse, amoureux éconduit. Un élan de sympathie la submerge. Le pauvre homme !

Qui aurait cru que Liliane le repousserait? Elle le recevait depuis des semaines avec tant de politesse et de gentillesse qu'il s'était senti désiré. Il s'est présenté en conquérant, enfin sûr de son coup, et est reparti vaincu, honteux de s'être fait berner. Oui, le pauvre homme!

Rosalie se rapproche de la cabane. Elle ne frappe pas. Elle appuie tout simplement sur le loquet de la porte, qui s'ouvre. Apparaît alors un homme accablé, écrasé sur un banc près d'un poêle chauffé au rouge.

– Allez-vous-en! ordonne Saint-Alphonse sans se retourner. Je ne veux voir personne.

Rosalie ne répond pas. L'odeur de fond de tonne la prend à la gorge, mais elle ne dit rien et s'efforce d'ignorer la nausée qui tente de refaire surface. Elle referme derrière elle, suspend son manteau à un clou et remarque alors le désordre qui règne à l'intérieur. Près du sol, des morceaux de viande congelée côtoient des bûches couvertes de frimas. Des fourrures et des vêtements s'entassent sur un lit élevé à quatre pieds du plancher. Rosalie aperçoit aussi une batée retournée, quelques bancs renversés, quelques livres aussi et des journaux épars sur la table. Au centre de la pièce, la silhouette de Saint-Alphonse, sombre et courbée.

– Allez-vous-en, répète-t-il, toujours immobile.

Rosalie s'avance et remarque qu'il garde les yeux fermés. Elle s'empare alors d'un linge à vaisselle qu'elle noue autour de sa taille en guise de tablier. Puis elle attrape un chaudron et sort le remplir de neige. Au retour, elle le dépose sur le poêle, redresse les bancs, ramasse les vêtements, les suspend aux clous et replace les fourrures pour donner un air digne à ce lit de mineur. Elle évalue ensuite les provisions disponibles et entreprend de confectionner de la pâte à galettes. Pendant tout ce temps, Saint-Alphonse ne bronche pas. Il la laisse aller et venir sans rien dire, sans non plus répéter son avis d'expulsion. Rosalie s'active donc. Apercevant deux bouteilles de whisky vides, elle les range près de la porte et décide de faire du café. L'odeur familière envahit la cabane et Rosalie en verse dans deux tasses. Une pour elle-même, l'autre qu'elle dépose sur une bûche à la portée de Saint-Alphonse. Elle fait ensuite fondre du suif dans le poêlon et, lorsque le liquide grésille, elle y laisse couler la pâte. Elle attend que les galettes soient dorées pour les couvrir de sirop.

– C'est l'heure de manger, dit-elle en français, sa main droite tendant une assiette vers Saint-Alphonse.

Il ne répond pas, mais pose les yeux sur le repas dont les effluves aiguiseraient le plus rebelle des appétits. Il s'empare de son banc, s'approche de la table et enfonce sa fourchette dans la pâte croustillante. Dès la première bouchée, son visage semble s'égayer. À dire vrai, c'est à peine si ses lèvres expriment, pendant une fraction de seconde, autre chose que du chagrin. Rosalie sait toutefois s'en contenter. Elle s'assoit devant lui et commence à manger, davantage pour l'accompagner que pour combler sa propre faim. La seule vue de la viande exposée le long des murs lui lève le cœur.

– C'est bon, dit enfin Saint-Alphonse passant lui aussi à leur langue maternelle.

Rosalie pousse un soupir de fierté et sourit, satisfaite. Puis, incapable d'avaler une bouchée de plus, elle recule, s'adosse au montant du lit et regarde Saint-Alphonse avec intérêt. Son visage affiche une maigre barbe, ses cheveux sont en broussaille et sa chemise est froissée comme s'il avait dormi tout habillé. Sous cette apparence fruste, elle devine une peine si vive qu'elle en est émue. Mais lorsqu'il lève enfin ses yeux noirs vers elle, elle y lit une colère sourde et teintée d'humiliation.

– Pourquoi est-ce que tu es là? demande-t-il en plissant le front, l'air soupçonneux.

– Pour rien. Les gars sont venus boire un coup au restaurant et ils m'ont entraînée jusqu'ici.

– Ils sont où maintenant?

– Ils sont repartis.

– Et toi, pourquoi tu es là?

– Pour rien. J'ai utilisé ta bécosse et quand j'ai vu que tu avais rallumé la chandelle, je suis entrée.

– Qu'est-ce que tu veux?

– Rien. J'avais froid.

– Pourquoi tu as fait du ménage?

– Parce que c'était sale, qu'est-ce que tu penses! C'est quoi, toutes ces questions? Un interrogatoire de la Police montée? Je t'ai fait du café parce que je vois bien que tu as trop bu. Et puis je t'ai préparé à manger parce que c'est évident que tu n'as rien avalé depuis hier. Qu'est-ce que tu veux savoir d'autre?

– Qu'est-ce qu'elle t'a dit?

– Rien. Mais vas-tu arrêter de m'interroger comme ça? Un simple merci suffirait.

Saint-Alphonse ne réplique pas, mais conserve son regard méfiant.

– Je ne veux rien, répète Rosalie avec davantage de douceur. Et Liliane ne m'a rien dit non plus. Mais je devine ce qui s'est passé.

Saint-Alphonse se détourne et feint de se concentrer sur son assiette.

– C’est pour quand ? demande-t-il sans préciser de quoi il parle.

Rosalie répond de la même manière, sachant qu’il est inutile de nier l’évidence.

– Quelque part en mai, je suppose.

– A-t-il un père dans le coin ?

– Non.

– Dans ce cas, on peut faire comme si c’était moi.

Rosalie le dévisage, éberluée. Saint-Alphonse s’offre comme père et mari. Pour une rare fois dans sa vie, Rosalie reste bouche bée.

Chapitre XXVIII

– J'attends un enfant.

Cette déclaration a l'effet d'un coup de fouet dans le dos de Liliane, mais une fois le choc passé, elle doit se pincer pour se convaincre qu'elle a bien entendu. Assise en face d'elle, à la petite table de cuisine, Rosalie se tortille sur sa chaise, visiblement mal à l'aise. Il y a de quoi ! Étrangement cependant, Liliane se sent responsable de la situation. N'a-t-elle pas elle-même utilisé le pouvoir de séduction de Rosalie pour attirer les clients, stimuler les ventes et effectuer des transactions lucratives ? Comme elle a été naïve de croire qu'elle s'en tiendrait à des œillades provocantes ! Liliane aurait pourtant dû savoir que quand on joue avec le feu, on risque de se brûler. Elle n'ose même pas demander qui est le père. Elle demeure donc immobile et silencieuse, à enrager de l'intérieur, convaincue que le ciel vient de lui tomber sur la tête. Elle qui voulait que son établissement soit au-dessus de tout soupçon. Elle qui cherchait à se refaire une réputation. La voilà aux prises avec une fille-mère comme cuisinière. Pour peu, elle dirait que le sort s'acharne. Après avoir été forcée de refuser la demande en mariage de Saint-Alphonse, elle s'apprête à affronter ses concitoyens pour une affaire de mœurs. Que faire de Rosalie maintenant ? Elle ne peut tout de même pas la garder à son service ! La vérité éclatera un jour ou l'autre. La ville de Grand Forks est trop petite pour qu'une grossesse pas inaperçue. Liliane devra se résoudre à congédier son amie avant que la nouvelle se répande. Elle n'a pas le choix, sinon elle fera faillite. Découragée, elle ouvre la bouche dans l'intention d'aborder le sujet, mais Rosalie ne lui en laisse pas le temps.

– Je vais quitter mon poste à la fin du mois, dit-elle. Je vais me marier.

En entendant ces mots, Liliane pousse un soupir de soulagement puis s'empare de sa tasse et boit goulûment. Elle affiche ensuite un sourire sincère.

– Toutes mes félicitations, souffle-t-elle en posant une main sur celle de Rosalie. Pendant un moment, j'ai eu peur que tu ne sois…

Elle ne sait comment exprimer son idée et laisse sa phrase en suspens. Voilà une situation au premier abord horrible qui vient de prendre un air de fête.

– Si tu veux, on peut célébrer la noce ici.

Rosalie la remercie, mais retire sa main. Liliane perçoit tout à coup l'inquiétude sur son visage.

– Quelque chose ne va pas ? s'enquiert-elle, incapable d'imaginer ce qui peut encore la troubler.

– Je…

Les hésitations de Rosalie finissent par l'impatienter et, d'un ton brusque, Liliane insiste :

– Qu'est-ce qu'il y a ?

– Je vais épouser Saint-Alphonse.

Si Liliane pensait que rien de pire pouvait lui arriver, elle réalise en ce moment à quel point elle se trompait !

Son visage devient livide, ses mains, complètement glacées. L'air ne passe plus dans ses poumons et le couteau qu'on vient de lui enfoncer dans le cœur la laisse muette de stupeur. Elle a déposé sa tasse de café tout doucement, sans faire le moindre bruit. Son regard ne quitte pas celui de Rosalie, et la douleur est si profonde que Liliane étouffe un sanglot. Puis sa vue s'embrouille, mais pas une larme ne coule sur ses joues. Rosalie poursuit :

– Je t'assure que je n'ai rien fait pour le séduire. Je pensais que tu l'aimais et qu'il t'aimait en retour. C'est lui qui m'a dit que tu as refusé de devenir sa femme. Si tu ne l'avais pas repoussé, jamais je n'aurais accepté sa proposition. Mais il s'est offert et, puisque tu n'en veux pas…

Liliane continue de la fixer de ses yeux hagards, sans rien dire. Au bout d'un long moment, Rosalie se lève, replace sa chaise et se dirige vers sa chambre. Juste avant de refermer, elle se tourne de nouveau vers Liliane.

– J'aurais aimé que les choses se passent autrement, mais cet enfant-là a besoin d'un père…

La poignée grince, le bois geint et une porte close sépare à tout jamais les deux amies. Liliane ne sait si elle a imaginé ou si elle a réellement entendu les derniers mots de Rosalie qui planent encore dans la pièce.

« … Et moi d'un mari. »

*

Elle marche depuis des heures, mais la fatigue n'apaise pas son courroux. Dans un ciel parfaitement dégagé, la lune brille, répandant sur la région une lumière crue qui permet à Liliane d'apercevoir Canuck, loin devant. Le chien sautille à gauche et à droite, revient vers elle, l'attend puis reprend sa course. Absorbée par ses tourments, Liliane avance sans lui prêter attention.

À flanc de montagne, la neige se laisse souffler par le vent sur les rochers et sur les branches. Les troncs d'arbre ont blanchi. Liliane marche, les poings serrés, les joues en feu, malgré le froid. Ses pas sont brusques, rapides et décidés. Pas question de faire demi-tour. Elle continue de s'éloigner de Grand Forks en ligne droite dans la vallée dénudée, puis entre les sapins rachitiques. Elle dépense son trop-plein d'énergie par un exercice inutile et tente en vain de recoller des morceaux d'elle-même, le corps en nage sous les fourrures.

Elle marche depuis des heures, mais la peine ne diminue pas. Au contraire, la douleur ne cesse de s'intensifier. De temps en temps, elle se retourne, convaincue que son cœur saigne et qu'il laisse dans la neige une traînée de gouttelettes sombres. Jamais elle n'a cru qu'on pouvait aimer à ce point, souffrir autant et être bête jusqu'à ruiner sa vie pour des chimères. Que d'orgueil! Mais qui est-elle donc pour attendre autant de la vie? Elle se déteste. Oh, comme elle se déteste!

Elle aurait dû exploser quand Rosalie lui a annoncé la nouvelle. Elle aurait dû crier, la mettre à la porte, cracher sa haine et sa colère. Au lieu de quoi elle n'a rien dit, a endossé son manteau de fourrure, calé sur sa tête son chapeau, enfilé ses mitaines et pris la direction du bois dans l'intention d'aller y mourir. Depuis, elle a marché sans arrêt, à la fois incapable de faire le vide et incapable de penser. Elle attend toujours la fatigue qui anesthésiera un chagrin plus grand que nature. Un chagrin pourtant mérité.

Avec ce qui lui reste de lucidité, Liliane arrive à justifier le geste de Rosalie. Il fallait que quelqu'un reconnaisse l'enfant. Il fallait un père, mais aussi un mari pour prendre sa défense devant la communauté. Sans un homme pour jouer ce rôle, sa vie aurait été un enfer. Liliane se souvient tout à coup du secret de sa mère. La comparaison met un baume sur son cœur meurtri. Comme Saint-Alphonse, Georges Doré a été celui qui a sauvé la mère et son bébé du déshonneur. Si Liliane a pu vivre la tête haute depuis sa naissance, c'est parce qu'un homme a accepté de lui donner son nom. Liliane prend conscience de la générosité que nécessitait un tel geste et cette constatation la console un peu.

Elle comprend mieux la conduite de Saint-Alphonse et jamais, même quand Rosalie lui racontait son désarroi, jamais Liliane n'a cru qu'il agissait par vengeance. Elle le connaît trop bien. Elle l'en sait incapable. Il a toujours montré de la bienveillance envers elle et il a le droit d'en faire bénéficier quelqu'un d'autre. Que cette autre soit Rosalie devrait la réjouir. Car elle aussi aime Rosalie. Rosalie, une fille drôle, honnête, agréable et dévouée. Une fille avec qui elle a tout partagé depuis son arrivée à Grand Forks. Elle s'en était fait une amie, une vraie. Et elle avait cru cette amitié éternelle. Quelle tristesse !

Puisqu'il est évident qu'elle ne peut leur en vouloir, c'est contre elle-même que Liliane s'emporte avec violence. Si elle le pouvait, elle se battrait, se mortifierait. Elle choisirait de mourir ici, maintenant, avec pour seuls témoins une lune indifférente et un chien qui la suivrait jusqu'en enfer. La mort peut-elle être pire que cette sensation d'anéantissement ?

Elle sent enfin ses muscles se détendre. Elle se retourne et aperçoit la masse sombre de Grand Forks qui se dessine sur le blanc immaculé de la vallée. Elle repère leurs traces dans la neige, celles de Canuck qui zigzaguent de haut en bas, et les siennes, qui tracent un sentier bien droit. Voilà des pas qu'elle a faits d'elle-même, de son propre gré, sans qu'on la force. Elle a marché comme elle mène sa vie, avec pour seules boussoles sa volonté et sa détermination. Si elle ne peut blâmer les autres pour la direction choisie, elle n'a pas à se morfondre non plus. Elle doit s'assumer et continuer de foncer. C'est donc décidé : elle demandera à Rosalie de partir dès demain. Elle la rassurera en lui expliquant qu'elle ne leur en veut pas, ni à elle ni à lui. Ils ne sont pas responsables de son bonheur, car il dépend d'elle seule.

– Viens, Canuck ! s'écrie-t-elle sans se retourner. On rentre.

Le chien aboie et se dirige vers elle à toute vitesse. Il la devance et poursuit sa course en ligne droite. Puis il revient, l'attend encore, patient, mais content de rentrer à la maison. Liliane le suit, les yeux rivés sur la ville qui grandit à mesure qu'elle se rapproche. Grand Forks. Chez elle. L'endroit où elle a choisi de vivre, pour le meilleur et pour le pire. Elle s'en tiendra à sa décision. La vie n'est-elle pas faite d'un mélange de bonheur et de malheur ? Tant qu'elle en aura les rênes bien en mains, elle n'aura pas à se plaindre.

Liliane atteint les premières maisons, dépasse le premier saloon et une image lui vient à l'esprit. Une image heureuse et douloureuse à la fois. Il y a un an, Saint-Alphonse entrait dans sa vie. Aujourd'hui, elle est persuadée qu'il en est sorti.

Chapitre xxix

Le 25 décembre, le Tivoli regorge de gens bien mis, d'hommes et de femmes de toutes les couches de la société. Des riches et des pauvres, des grandes dames, des *dance hall girls*, des prostituées en belles toilettes, des vendeuses de cigares. Les différences sont moins évidentes chez les hommes, mais on distingue au premier coup d'œil les *sourdoughs* des *cheechakos*, les *Klondike Kings* des pauvres diables toujours en quête de travail.

Quand Rosalie pénètre dans la salle du Tivoli, elle est accueillie par Joe Cooper, John Mulligan et par plusieurs de ses anciens admirateurs qui se montrent heureux de la revoir, sans plus. Il faut dire qu'elle a changé depuis l'époque où elle était la vedette. Son corps s'est alourdi, ce qui l'a forcée à mettre de côté sa robe blanche et opter pour une tenue plus sobre, plus ample aussi. À son bras, Saint-Alphonse arbore un complet noir et luxueux. Ils sont arrivés de Grand Forks il y a une heure à peine et, après avoir pris une chambre au Fair View, ils se sont préparés pour la réception.

Saint-Alphonse ne s'attendait pas à la voir revenir chez lui aussi vite, c'est pourquoi il a été surpris quand elle est apparue sur le seuil avec sa valise. Il était bien embarrassé en lui annonçant qu'il devait se rendre à une soirée-bénéfice.

– À Dawson, a-t-il précisé en espérant peut-être que la route découragerait Rosalie. Les profits serviront à payer les dettes de l'hôpital.

Il s'est senti forcé de la prendre avec lui, et Rosalie ne s'y est pas opposée. De toute façon, elle n'avait nulle part où aller. Elle avait profité de la sortie de Liliane pour faire ses bagages et s'éclipser avant que leur relation ne dégénère.

Et la voilà maintenant de retour au Tivoli au bras de ce fiancé improvisé afin de rendre hommage à celui qu'on surnomme le Saint de Dawson. Tous d'ailleurs sont ici pour la même raison, et quand le jésuite franchit le seuil à son tour, les murmures se transforment en acclamations. Le père Judge ne porte pas la traditionnelle robe de bure, mais une belle tenue de soirée, fort inappropriée aux yeux de Rosalie, surtout chez un jésuite. Le pauvre homme semble lui aussi de cet avis, car il passe son temps à s'observer et à se tortiller dans son manteau de loup-marin. Comme si le vêtement le démangeait, le salissait.

– Je ne peux pas accepter ce cadeau, répète-t-il à qui veut l'écouter, faisant référence à ces habits trop chics pour lui.

Mal à l'aise d'être l'objet de tant d'attention, le père Judge tente de se fondre dans la foule et Rosalie le voit utiliser un prétexte ou un autre pour se diriger vers la sortie. Chaque fois, il est intercepté et, à la fin, on le mène sur la scène où sa présence provoque une ovation digne de Lili Klondike. Les gens crient, sifflent et l'acclament comme ils le feraient avec un président nouvellement élu. On applaudit, on l'interpelle, on le salue, et le pauvre jésuite cherche encore une façon de se défiler.

Au moment où le père Judge prend enfin la parole, Rosalie se tourne distraitement vers Saint-Alphonse. Ce qu'elle découvre la trouble, car il ne regarde pas la scène. Ses yeux sont tristes et se perdent au loin, bien au-delà de la salle. À cet instant précis, Rosalie se dit que si elle le pouvait, elle reculerait. Elle céderait sa place à Liliane et la forcerait à épouser l'homme qu'elle aime. Oui, elle reculerait, si seulement elle avait encore le choix.

*

La rumeur s'est répandue comme une traînée de poudre. La célèbre Lili Klondike qui épouse le *Klondike King* Saint-Alphonse. Voilà qui est digne d'intérêt. L'événement s'avère très couru et ils sont près d'une centaine de curieux à envahir l'église Saint Mary's pour assister au mariage en ce 28 décembre. Étant donné les circonstances, et peut-être aussi à cause du froid extrême qui s'abat sur les environs, le père Judge n'a pas jugé nécessaire de publier les bans. Il est vrai que sans tablier pour le dissimuler, le ventre de Rosalie gonfle sa robe et ne passe pas inaperçu. La décision du jésuite d'accorder une dispense n'est cependant pas sans conséquence et les rumeurs les plus folles ont circulé dans tous les milieux. Lorsque Rosalie s'engage dans l'allée qui mène à l'autel, elle ignore autant les regards sévères que ceux plus doux mais inquisiteurs. Elle se laisse cependant rassurer par le sourire empathique de Dolly. La prostituée, nouvellement fiancée elle aussi, s'est portée volontaire pour lui servir de témoin. Debout près de Saint-Alphonse se trouve le fiancé en question, un gaillard blond d'origine nordique que tout le monde ici appelle le Suédois. Un mineur chanceux, à ce qu'il paraît.

Même si la majorité des gens présents sont protestants, tous se montrent respectueux du culte catholique. Personne n'émet le moindre commentaire ni la moindre exclamation, même pendant la communion. La cérémonie se déroule dans le calme, un calme presque triste aux yeux de Rosalie. Elle sait que tout le monde est au courant de sa situation, mais qu'on ne la jugera plus dès qu'elle sera mariée. Elle entend les soupirs que l'on pousse ici et là lorsqu'elle répond oui à la question du père Judge. Ensuite, chacun semble retenir son souffle. Jusqu'à la dernière seconde, tous dans l'assemblée craignent que Saint-Alphonse change d'idée. Quand il promet de l'honorer et de la protéger jusqu'à ce que la mort les sépare, Rosalie n'est pas certaine de ressentir le soulagement attendu. On dirait plutôt que le couperet vient de tomber.

Cette nuit-là, le froid couvre d'un givre épais toutes les fenêtres de la région. C'est avec un peu d'appréhension que Rosalie s'est allongée dans leur lit commun, au premier étage du Fair View. Elle a conservé sa chemise et évite de regarder Saint-Alphonse pendant qu'il se déshabille. Un malaise l'habite : elle ne sait comment briser le mur de silence qui se dresse entre eux. Toujours vêtu de sa combinaison, Saint-Alphonse s'installe de l'autre côté du lit, aussi loin d'elle que possible. Rosalie tend le bras, consciente de ce qu'elle lui doit.

– Viens, murmure-t-elle en lui effleurant la main.

Il ne s'attendait pas à ce qu'elle s'offre aussi vite. Rosalie le voit qui hésite et qui cherche une excuse.

– Tu n'es pas obligée, dit-il.

Parce qu'il évite toujours de la regarder, Rosalie se redresse sur les genoux et se place en face de lui.

– Tu l'as mérité.

Elle regrette aussitôt d'avoir prononcé ces mots si froids, si dénués d'émotion. Elle attire néanmoins Saint-Alphonse près d'elle et entreprend de défaire les boutons de sa combinaison. Quand elle le sent dur sous ses doigts, elle se recouche et l'invite sur elle. Il la pénètre doucement et elle ferme les yeux. Mais lorsqu'il jouit, après quelques minutes d'un va-et-vient dépourvu de tendresse, elle éclate en sanglots.

Chapitre XXX

Une vague de froid intense s'abat sur le Klondike. Depuis trois jours, personne n'ose mettre le bout du nez dehors. Les vitres sont couvertes d'un bon demi-pouce de glace et les poêles sont chauffés à bloc. Pas un souffle de vent ne trouble la fumée des cheminées qui s'élève bien droite au-dessus des édifices. Il fait -60 °F encore une fois. Dans cet air glacial venu du pôle Nord, on dirait que la vie s'est arrêtée à l'extérieur. Point de visites, point de clients. Seuls ceux qui résident à l'étage fréquentent le restaurant. Liliane s'occupe de tout le monde, comme si elle vivait dans une communauté fermée. Avec l'aide de Joe, elle cuisine, nettoie les chambres et lave le linge qu'on lui confie. Le soir, en bonne hôtesse, elle sert à boire et discute avec les uns ou les autres. Comme le froid ne cesse de mordre et de harceler, on continue de chauffer les poêles nuit et jour en priant pour obtenir un peu de répit.

Liliane est toujours sans nouvelles de Joshua, disparu de Grand Forks le jour où Saint-Alphonse a annoncé son mariage avec Rosalie. Liliane soupçonne un chagrin d'amour, mais jamais elle n'émet la moindre opinion lorsque le sujet vient dans les conversations. Puis, par un soir du début de janvier, le colosse franchit le seuil du restaurant, à la surprise générale. Il referme précipitamment derrière lui et s'immobilise quand il s'aperçoit que tous les yeux sont braqués sur lui.

– V'là un revenant ! s'exclame quelqu'un.

Un rire joyeux emplit la salle alors que les hommes se lèvent pour l'accueillir.

– Ma foi du bon Dieu ! s'écrie Joe en accourant pour l'aider à retirer son manteau. Ne me dis pas que tu as fait la route depuis Dawson aujourd'hui.

– Ouais, réplique Joshua en lui tendant son maigre bagage. Je n'avais pas le choix. La nouvelle était trop importante pour que je garde ça pour moi.

– Une nouvelle ? demande en chœur l'assemblée.

– Ouais, la nouvelle. Nigger Jim prépare une expédition pour descendre le Yukon.

Aussitôt, les hommes se pressent autour de Joshua. On l'interroge de tous bords tous côtés, lui laissant à peine le temps de raconter son histoire.

– Nigger Jim, le *Klondike King* ?

– Lui-même, confirme Joshua. Un gars lui a vendu une carte indiquant où il avait trouvé de l'or en quantité. Nigger Jim a l'intention d'aller y planter son piquet pour prendre possession du *claim*.

– À -60 ° ?

– Ouais, à -60 °. Le gars lui aurait même donné un sac rempli de pépites pour prouver sa bonne foi.

La consternation se lit sur les visages. Quelqu'un demande encore :

– Et combien il a payé pour cette information, Nigger Jim ?

– Mille dollars, déclare Joshua, mais il a dit que ça en valait le double au moins.

Le montant est répété en écho dans le restaurant alors que les hommes se dispersent et reprennent leur place. Certains semblent y croire, d'autres pas. On argumente ici et là sur le danger d'une telle aventure à cette période de l'année. Joshua va s'installer près du poêle et Liliane le rejoint, un whisky-soda à la main.

– C'est la maison qui l'offre, souffle-t-elle en s'assoyant à côté de lui. C'est vrai, cette histoire de carte ?

Joshua vide le verre d'un trait et s'approche encore de la source de chaleur. Pendant un long moment, il garde les yeux rivés au poêle. Lorsqu'il parle enfin, il choisit un ton beaucoup plus dramatique que précédemment.

– Ils se sont mariés le 28, dit-il sans répondre à la question. L'église était pleine à craquer.

Il s'interrompt et Liliane le rejoint dans son silence. Leurs pensées se confondent. Elle imagine Rosalie au bras de Saint-Alphonse, et le père Judge, célébrant leur union. Elle imagine la nuit de noces. La boule se reforme au creux de son estomac.

– Le père Judge est malade, souffle soudain Joshua. Une pneumonie, il paraît. Il s'est alité tout de suite après le mariage et ne s'est pas relevé depuis.

– C'est grave ?

– À ce qu'on dit, oui. En tout cas, il aurait déclaré qu'il n'avait pas peur de mourir, qu'il n'attendait que ça depuis des années et que c'était sa récompense.

Liliane a une pensée pour celui qui s'est si bien occupé des malades. Presque tout le monde, à un moment ou à un autre, a mis sa vie entre ses mains. Il connaissait chacun par son nom. Mais ça, c'était avant l'été, avant l'arrivée massive des *cheechakos*. Liliane jette un regard autour d'elle, intriguée par le calme qui règne encore dans son restaurant. C'est de notoriété publique que les vieux *sourdoughs* n'ont pas l'habitude de s'exciter lorsque circule la rumeur d'une nouvelle découverte. Ils ont leurs propres critères pour évaluer que telle histoire est crédible ou non. Les *cheechakos*, pour leur part, sont reconnus comme des hommes naïfs qu'on peut berner et faire courir d'un endroit à l'autre. Ils accordent leur confiance au premier homme venu, pourvu qu'il leur fasse mille et une promesses de richesse. Or, ce soir, l'annonce de l'expédition de Nigger Jim ne produit pas le moindre effet. Liliane se serait attendue à ce que ses clients se ruent vers Dawson pour se joindre au *Klondike King*. Mais il ne se passe rien, absolument rien. Les hommes ont repris leurs cartes, leur verre ou leur fourchette et poursuivent leurs conversations interrompues par l'arrivée de Joshua. C'est tout juste si quelqu'un propose un plan, qui est d'ailleurs rejeté à l'unanimité. Liliane en conclut que le froid a réussi là où la marche sur les pistes, la rage dans les *sawpits*, la descente du canyon et des rapides sur le fleuve Yukon ont échoué. Un -60 °F permet de mettre les rêves en perspective, de relativiser la valeur de la richesse. La crédulité et la témérité des *cheechakos* sont choses du passé. Même Joshua Ashley a perdu ses illusions.

Chapitre xxxi

Après un bref redoux qui a permis à Saint-Alphonse et Rosalie de revenir de Dawson, le silence et le froid réinvestissent le Klondike. Dans la cabane de la colline, c'est toutefois une autre forme de froid et de silence qui règne. Les jours s'y déroulent dans un climat de tension qui trouve son origine dans les non-dits, les mauvaises interprétations et l'absence d'attachement entre deux personnes. Rosalie et Saint-Alphonse n'ont rien en commun, ni intérêts ni passé. Ils se sont unis par dépit, ce qui, dès le départ, ne présageait rien de bon. Rosalie a tout de suite senti que leur relation s'avérerait difficile, surtout à cause de la promiscuité qu'impose un espace aussi restreint que la cabane d'un mineur. Mais en aurait-elle pris conscience avant le mariage que ça n'aurait rien changé. Cela aussi, elle l'a compris.

La vague de froid force les habitants à rester chez eux et, tout le jour, Rosalie coud la layette du bébé pendant que Saint-Alphonse fabrique un berceau. Le soir, elle tricote pendant qu'il lit. Ils échangent quelques mots au déjeuner, davantage peut-être au dîner et retombent dans leur mutisme au souper. Seule la toux de

Saint-Alphonse, reste d'un rhume ramené de Dawson, brise le rythme plat de leur veillée.

Parce qu'elle se sent redevable, Rosalie a perdu de son entregent. Chaque fois qu'elle tente une plaisanterie, elle se trouve ridicule et a l'impression d'avoir gâché la vie de Saint-Alphonse en acceptant de l'épouser. Certains soirs, il a l'air si triste qu'elle a envie de le prendre dans ses bras, de le bercer, de lui dire qu'elle fera tout ce qu'elle peut pour le rendre heureux. Elle voudrait se montrer chaleureuse, lui offrir de l'affection, combler ce vide qu'a laissé Liliane. Mais Rosalie n'est pas Liliane. Jamais Saint-Alphonse ne la regardera avec autant d'admiration qu'il en avait pour l'aubergiste.

Par un soir de janvier, alors qu'on croyait qu'il n'y avait plus de vie à l'extérieur, quelqu'un frappe à la porte. Les yeux de Rosalie croisent ceux de Saint-Alphonse et, pendant un moment, elle y perçoit une inquiétude mêlée d'espoir. Cela lui transperce le cœur. Il attend encore Liliane. Il se ressaisit dès qu'il réalise son faux pas, attrape son fusil et ouvre.

– Bon Dieu, Saint-Alphonse ! s'écrie un vieil homme qui s'engouffre immédiatement dans la cabane. Allais-tu me faire attendre toute la nuit au grand froid ?

Saint-Alphonse prend quelques secondes avant de répondre, déçu malgré lui. Puis il tousse et bredouille :

– Je m'excuse, Walter. J'étais occupé.

Le mensonge indiffère le *sourdough* qui referme derrière lui avant de s'incliner poliment vers Rosalie.

– Madame, dit-il en retirant son chapeau.

Il s'assoit ensuite sur le banc le plus près du poêle.

– Je suis venu t'emprunter tes chiens, déclare-t-il comme s'il annonçait une grande nouvelle.

Saint-Alphonse fronce les sourcils.

– Pour quoi faire ?

C'était la question qu'attendait Walter pour se mettre à table.

– Nigger Jim va aller prendre possession d'un *claim* plus bas sur le Yukon. J'ai l'intention de partir avec lui et, pour ça, il me faut des chiens.

L'éclair qui jaillit dans les yeux de Saint-Alphonse n'échappe pas à Rosalie. Il a reposé son fusil et s'installe à son tour près du poêle, à moins d'un pas du vieux Walter.

– C'est quoi cette histoire ?

Walter entreprend alors de lui faire le récit de la carte et du sac d'or de Nigger Jim. Saint-Alphonse l'écoute avec intérêt et, à la fin, il hoche la tête.

– D'accord, dit-il. Mais je viens avec toi.

À cet instant, la détresse qui s'empare de Rosalie pourrait sembler injustifiée. Ne souffre-t-elle pas justement de cette proximité obligée ? Or, à l'idée d'être seule dans cette cabane isolée, elle panique. Sans qu'elle ait le temps de la retenir, une question franchit ses lèvres :

– Quoi ? Tu vas partir chercher de l'or par ce temps ?

Les deux hommes se tournent vers elle comme si elle venait de dire une absurdité, comme si la température ne constituait en rien un obstacle à la recherche de l'or. Puis Walter remet son chapeau, incline la tête pour saluer Rosalie et se dirige vers la porte, escorté de Saint-Alphonse.

– Il paraît que Nigger Jim a l'intention de partir demain soir, poursuit-il. Alors, je t'attends chez moi à huit heures demain matin.

Saint-Alphonse approuve et referme derrière le vieux *sourdough*. Sans un mot et toujours sans avoir répondu à

Rosalie, il entreprend de préparer ses bagages. Il ramasse divers objets qu'il entasse dans un grand sac de voyage.

– Tu vas partir chercher de l'or par ce temps ? répète plus doucement Rosalie, consciente que sa question, posée devant Walter, était plutôt déplacée.

Saint-Alphonse ne réagit pas davantage que précédemment. Il continue de se choisir des outils et des vêtements.

– Pourrais-tu arrêter de m'ignorer ? s'écrie enfin Rosalie que l'indifférence a fini par enrager.

Saint-Alphonse daigne alors lui répondre, sans toutefois cesser de s'activer.

– Ça ne change rien pour toi. Tu portes mon nom, et ton enfant a un père. Tu n'as plus rien à craindre maintenant.

Rosalie demeure un moment interdite en constatant à quel point ce mariage était une erreur. Puis elle se lève et va se placer devant lui de manière à entraver son chemin.

– Je ne te parle pas de moi. Il fait froid dehors et je m'inquiète pour toi.

Saint-Alphonse repère ses raquettes le long du mur. Il étire le bras et s'en empare.

– Je sais, dit-il en les déposant, avec son sac, près de la porte.

– Alors, tu sais que c'est dangereux.

Il soupire, impatient, et survole encore une fois la pièce pour vérifier s'il ne lui manque rien. Satisfait de son inspection, il lance, comme si cela expliquait tout :

– Je suis un chercheur d'or, Rosalie.

De toutes les personnes qu'elle a rencontrées au Klondike, seul Saint-Alphonse l'appelle par son vrai nom. En évitant de prononcer le mot Lili, il évite de penser à Liliane. C'est dire le gouffre qui les sépare.

– Tu as déjà trouvé de l'or, souffle Rosalie en s'approchant de nouveau.

Elle s'empare de ses mains. Il s'immobilise et la laisse glisser ses doigts entre les siens. Enfin, leurs regards se rivent l'un à l'autre. Une émotion passe entre eux. Pour la première fois. Rosalie sent ses yeux s'embuer.

– Tu n'y vas pas pour t'enrichir davantage, n'est-ce pas ? Tu essaies juste de me fuir.

Saint-Alphonse ne la corrige pas. Rosalie relâche alors ses mains, se hisse sur la pointe des pieds et dépose un long baiser sur sa joue.

– Fais attention à toi, dit-elle. Je veux que tu reviennes.

Ces mots surprennent Saint-Alphonse qui fronce les sourcils. Il scrute son visage comme s'il craignait qu'elle soit en train de se moquer de lui. Rosalie lui offre son sourire le plus chaleureux et, avant qu'il n'ait le temps de reculer, elle l'enlace et le serre contre elle. Il la laisse faire pendant un court moment puis, la repoussant avec douceur mais fermeté, il lui dit :

– Je reviendrai.

Il attrape son sac, ses raquettes et son fusil et sort dans la nuit. Rosalie l'entend tousser en s'éloignant. Moins d'un quart d'heure plus tard, le fouet claque et les chiens aboient. Rosalie s'élance vers la porte qu'elle entrouvre juste à temps pour voir le traîneau soulever la neige. Une neige aussi sèche que du sable. Aussi sèche que le cœur de Saint-Alphonse.

Chapitre XXXII

On dirait que le temps s'est arrêté. Dehors, plus rien ne bouge. À Dawson, on a déjà commencé à veiller le père Judge. Le jésuite repose toujours dans un état précaire et répond à tous ceux qui prient pour lui que la mort l'attend, qu'il l'accepte parce qu'elle est inévitable.

Le froid extrême perdure et la fumée, que le vent ne disperse pas, stagne dans la vallée du fleuve Yukon et dans celle de la rivière Klondike. Des pans de brume remontent le long du ruisseau Bonanza jusqu'à la fourche. Déjà, des collines, on ne voit plus Grand Forks, et de Grand Forks, on ne distingue plus que ce voile blanc étrange qui impose la patience. On attend, et on dirait que les cœurs ont cessé de battre.

Liliane et Rosalie subissent le même tourment, s'inquiètent pour le même homme et tournent en rond à quelques centaines de verges de distance. Elles ont posé leurs pieds chaussés de mocassins près d'un poêle rougeoyant et frissonnent, enroulées dans un châle de laine. Toutes deux prient pour que le vent se lève et que souffle du sud un air plus doux et moins cruel. Si Saint-Alphonse avait pu imaginer à quel point il était aimé, aurait-il suivi Walter sur le chemin de l'enfer ?

Pendant ce temps, l'expédition de Nigger Jim fonce vers le nord. Une cinquantaine d'attelages longent le fleuve presque sans faire de bruit, comme une pantomime dans la lumière de la lune. Les cils givrés, les fourrures battues par l'air glacial déplacé par les traîneaux, les hommes fixent le lointain, défiant la nature, repoussant toujours plus loin leurs limites. Un observateur attentif pourrait lire dans leurs yeux une détermination et une témérité semblables à celles qui les habitaient aux premiers jours de la ruée vers l'or. Ce regard obnubilé alors qu'ils franchissaient la dernière pente de la Chilkoot ou affrontaient le col de la White Pass avec ses paysages figés par l'hiver. L'appât du gain, la fièvre de l'or, la folie, ce besoin d'en vouloir toujours plus, d'aller voir ailleurs si la terre est plus riche, plus généreuse. Qui sait ? Peut-être cherchent-ils simplement à tester leur courage ? Peut-être veulent-ils vérifier si, malgré cet or qu'ils accumulent à ne plus savoir qu'en faire, ils sont toujours vivants ?

Chapitre XXXIII

Cinq jours se sont écoulés depuis le départ de Saint-Alphonse. Cinq jours pendant lesquels Rosalie a vécu sans bruit. Elle a tricoté, cousu, tricoté encore, si bien que la layette s'en trouve grandement avancée. C'est à peine, cependant, si elle a cuisiné. Elle n'avait pas le cœur aux chaudrons et la simple vue de la viande continue de lui donner la nausée. Malgré cela, elle a remarqué que son ventre s'arrondissait, que la taille de sa jupe devenait plus serrée, sa chemise, plus ajustée. Elle a donc décousu et ajouté des empiècements, déplacé des agrafes et des boutons.

Le cinquième soir, elle se couche habitée par une grande lassitude. Saint-Alphonse ne lui a pas dit quand il rentrerait. Peut-être ne le savait-il pas lui-même… Peut-être n'avait-il pas l'intention de rentrer du tout… Elle rejette cette dernière idée et fixe le plafond de terre gelée dont les branches entrelacées réfléchissent la lueur du poêle. Il lui faut deux bonnes heures pour s'endormir et, lorsqu'elle y parvient enfin, son sommeil est hanté par des cauchemars qui défilent en continu.

Elle est soudain réveillée par les aboiements des chiens. En quelques secondes, elle a enfilé ses mocassins et ses fourrures. Elle a déjà ouvert la porte quand l'attelage apparaît au milieu de la colline. Elle comprend immédiatement que quelque chose ne va pas. Deux hommes se trouvent sur le traîneau. L'un, petit et courbé, est debout à l'arrière, l'autre, très grand, est couché à l'avant. Rosalie s'élance vers eux dès que les chiens s'immobilisent.

– Qu'est-ce qui se passe ? s'écrie-t-elle en s'agenouillant à côté du traîneau. Oh, mon Dieu ! Alphonse !

Walter la rejoint.

– Il est juste endormi, explique-t-il, mais je pense qu'il est quand même mal en point. Aidez-moi à le transporter à l'intérieur.

À deux, ils soulèvent Saint-Alphonse et, quelques minutes plus tard, l'homme repose dans son lit, en combinaison mais recouvert de fourrures. Le poêle a été bourré de nouveau et la cabane a pris une odeur de surchauffé. Sorti détacher les chiens, Walter revient au bout de quelques minutes. Rosalie se rend compte qu'il est transi.

– Je l'aurais bien laissé à l'hôpital, explique-t-il à Rosalie lorsqu'elle lui tend un verre de whisky, mais le père Judge est en train de mourir et il y avait plein d'autres gars plus malades que lui.

– Vous avez bien fait de me le ramener. Il sera mieux ici.

– J'en doute pas. Il fait de la fièvre. Une pneumonie, je dirais.

Elle hoche la tête pour approuver le diagnostic, puis une tension empreinte d'épuisement s'immisce dans la cabane. Rosalie va et vient entre sa chaise et le lit au rythme des quintes qui secouent Saint-Alphonse. La toux est sèche, déchirante et probablement douloureuse. Walter la suit des yeux, aussi inquiet qu'elle. Il a allumé sa pipe et, concentré, fume avec des gestes réguliers.

– On a failli y rester…, murmure-t-il, en soufflant, dans un soupir, un jet de fumée. Pauvre Saint-Alphonse. Il crachait déjà ses poumons avant de quitter Dawson, imaginez après ! Il faisait un froid d'enfer là-bas, sur le Yukon. Moi, j'étais prêt à revenir au bout de quelques heures tellement j'étais gelé, mais Saint-Alphonse a refusé. Il ne voulait pas faire demi-tour, même quand, après deux jours de marche terribles, dix traîneaux ont rebroussé chemin. Lui, on aurait dit qu'il avait le diable aux trousses. Il toussait et crachait. La nuit, il n'avait pas une minute de répit. Il restait couché à deux pouces du poêle qu'on installait dans notre tente. Il tremblait comme un possédé, mais il s'entêtait à continuer le matin venu. Au bout de la troisième journée, on a atteint une pente tellement escarpée qu'on se serait crus sur la Chilkoot. Les chiens ont refusé de grimper, alors Saint-Alphonse est parti en raquettes. Il a suivi Nigger Jim jusqu'au bout pour planter son piquet à côté du sien.

– C'était de la folie…, murmure Rosalie en retournant encore une fois près du lit pour vérifier l'état de son mari.

– Aujourd'hui, tout le monde s'entend là-dessus. De la folie, oui. Probablement même que c'était une histoire inventée de toutes pièces dès le début. Une manière de dégourdir les hommes pendant l'hiver. L'aventure avait l'air d'une compétition entre *sourdoughs* et *cheechakos* pour savoir qui était le plus fort ou le plus capable. Je ne suis même pas certain qu'ils valent quelque chose, ces *claims*-là.

Rosalie ne dit rien, mais pose une main sur le front de Saint-Alphonse. Il est fiévreux et couvert de sueur. Elle attrape un chaudron, va le remplir de neige et revient le déposer sur le poêle. Rapidement, la neige se transforme en eau. Rosalie y trempe un linge avec lequel elle éponge le visage brûlant.

– Si ça vous dérange pas, poursuit Walter, je dormirai sur ce banc-là pendant quelques heures. Après, je vous promets de m'en aller, mais là, je suis pas mal fatigué. On est bien chez vous, il fait chaud, alors que chez moi… Je suis parti depuis tellement longtemps que ma cabane doit être prise dans la glace.

Il rit et Rosalie lui sourit.

– Reposez-vous, Mister Walter, dit-elle. Ne vous occupez pas de moi. Je vais surveiller Alphonse encore un peu au cas où il se réveillerait.

Puis, se tournant de nouveau vers Saint-Alphonse, elle ajoute :

– Merci de me l'avoir ramené.

– De rien, madame. Je vous l'avais enlevé, il était normal que je vous le ramène.

Le vieux mineur lui fait un clin d'œil et s'adosse au mur derrière lui. Une minute plus tard, il dort à poings fermés. Ses ronflements emplissent la pièce, meublant un silence désormais moins oppressant.

Chapitre XXXIV

Comme pour exaucer les prières des habitants, le vent se met à souffler du sud quelques jours après le retour de Saint-Alphonse. La température remonte et le ciel se couvre de nuages. La neige commence alors à tomber en gros flocons, comme elle le fait parfois à Noël au Québec. La brume se disperse en moins d'une journée et, lorsque Dolly pénètre dans le restaurant dans l'après-midi du 18 janvier, elle est recouverte d'une épaisse couche de neige.

– J'arrive de chez Saint-Alphonse, dit-elle d'entrée de jeu, alors que Liliane quitte le bar pour venir l'accueillir.

– Comment va-t-il ?

Incapable de décider si elle serait bienvenue ou non dans la cabane de la colline, Liliane n'a pas osé s'y aventurer. Cela ne l'empêche pas de prendre les moyens qu'il faut pour être tenue au courant.

– Assez mal, répond Dolly en s'assoyant à une table. Il souffre de la même chose que le père Judge, il paraît.

Le père Judge. Liliane ressent une grande tristesse l'envahir en entendant ce nom. Plus encore en réalisant ce que la comparaison a de tragique. La nouvelle de la mort du jésuite est parvenue à Grand Forks la veille et, grâce au redoux, ils sont plusieurs centaines de mineurs et d'employés à se rendre à Dawson pour assister aux funérailles. Liliane y a envoyé Joe et Joshua, leur demandant de la représenter, leur imposant aussi quelques jours de congé. La vérité est qu'elle ne pouvait pas se résoudre à quitter la vallée tant que Saint-Alphonse ne serait pas hors de danger. Et puisqu'elle n'avait pas assez de courage pour aller s'enquérir elle-même de l'état de santé du malade, elle a confié cette mission à la seule personne qui soit à l'aise tant sur la colline qu'au restaurant.

– Rosalie est inquiète, commence Dolly en acceptant une tasse de thé. La fièvre ne le lâche pas. Des fois, il est lucide, mais d'autres fois, il se perd dans un délire sans bon sens. En plus, il tousse tellement qu'il en est épeurant.

Liliane a cessé de respirer. Joshua lui a raconté les mésaventures de Saint-Alphonse, il y a quelques jours. Elle a failli s'écrouler quand elle a compris à quel point il était malade. Même si elle l'a repoussé, un lien demeure entre eux, une sensation indéfinissable, une affection qu'elle ne peut nier et qui la réconforte lorsqu'elle broie du noir. Si Saint-Alphonse mourait, il laisserait un tel vide que Liliane en souffrirait jusqu'à la fin de ses jours, elle en est convaincue. Dieu qu'elle a pleuré la nuit dernière ! Ce matin, elle en avait mal aux yeux et a dû appliquer des compresses glacées sur ses paupières afin que rien ne paraisse devant les clients.

– Est-ce qu'elle s'en occupe bien ? demande-t-elle, plus pour se faire rassurer que pour s'informer vraiment. N'aurait-il pas été mieux soigné à l'hôpital ?

Dolly secoue la tête.

– Walter y a pensé quand ils sont revenus de l'expédition, mais il ne restait plus de lit. Si Saint-Alphonse avait été célibataire, il l'aurait peut-être laissé par terre sur une paillasse, mais comme ce n'est pas le cas, il l'a ramené chez lui en se disant qu'il n'y avait personne de mieux placé que sa femme pour s'en occuper.

L'attitude et les mots de Dolly sont d'une rare cruauté et Liliane détourne les yeux. Elle sait qu'elle a mérité les sarcasmes de son amie, mais trouve quand même difficile de se les faire servir sous son propre toit.

– Si j'étais toi, j'irais le voir… Avant qu'il soit trop tard.

Horrifiée d'entendre Dolly évoquer un de ses pires cauchemars, Liliane se rebiffe.

– Je ne peux pas, souffle-t-elle en déglutissant avec difficulté. Il ne voudra jamais…

– Bien sûr que oui. Tu n'imagines pas combien il m'a parlé de toi ce matin.

Liliane écarquille les yeux, submergée par un bonheur auquel elle n'a pas droit.

– Qu'est-ce qu'il t'a dit ?

Dolly se recule sur sa chaise, satisfaite de l'effet produit par ses paroles.

– En fait, il voulait savoir comment tu allais, comment ça se passait au restaurant, tout ça.

Liliane imagine la scène. Saint-Alphonse allongé dans ce lit qu'elle connaît bien, interrogeant Dolly, espérant des nouvelles d'elle. Peut-être même rêve-t-il d'elle encore malgré tout…

– Et Rosalie ? demande-t-elle en revoyant le visage de sa cuisinière et amie. Comment elle a pris ça ?

– Rosalie est une femme généreuse et compréhensive, mais elle est surtout reconnaissante. Elle sait que Saint-Alphonse l'a épousée pour la sauver de sa… *situation*.

Elle est intelligente aussi. Elle a vite compris qu'il n'y aurait pas d'amour entre eux. Je ne dis pas qu'elle n'en souffre pas, mais elle a peur de perdre son mari et est prête à accepter bien des choses pour lui rendre la vie plus douce.

Liliane demeure un long moment muette. L'envie ne lui manque pas de gravir la colline pour aller se jeter au pied du lit de Saint-Alphonse et lui avouer qu'elle l'aime et qu'elle veut qu'il survive. Mais à quoi cela servirait-il ? Il est marié à une autre, et tourner le fer dans la plaie n'apporterait rien de bon. Dolly interrompt soudain le cours de ses pensées avec des paroles plus dures encore que les précédentes.

– Ah, Lili ! s'exclame-t-elle avec impatience. Arrête donc de toujours tout analyser, de tout évaluer. Tu essaies d'imaginer l'avenir, mais Saint-Alphonse n'en a peut-être pas, justement. Quelques mots de ta part lui permettraient de mourir en paix si cela devait arriver. Tu dois bien pouvoir trouver assez de générosité dans ton cœur pour lui accorder ça !

Incapable de répondre, Liliane quitte la table, les traits durcis. Elle abandonne Dolly à ses pointes et ses reproches et se dirige vers l'escalier. Elle grimpe les marches deux par deux sans jeter un regard en arrière. Seule dans sa chambre cependant, elle s'élance sur le lit, enfouit sa tête dans son oreiller et pleure. Elle se déteste d'être comme elle est.

Chapitre xxxv

L'hiver avance lentement et, à la fin de janvier, Saint-Alphonse semble enfin prendre du mieux. Il ne quitte pas son lit, mais il arrive, une fois par jour, à s'asseoir et à manger de lui-même. Il tousse encore cependant, et Rosalie ne le croit pas hors de danger. Soigner son mari est devenu sa seule occupation, et surtout, sa seule préoccupation. Elle fera tout pour que Saint-Alphonse survive. Elle se l'est juré et renouvelle sa promesse chaque soir, lorsqu'il s'endort et que le sifflement de ses poumons est strident au point de lui faire craindre une rechute. Rien d'autre n'a d'importance à ses yeux que la vie de Saint-Alphonse et celle de l'enfant qu'elle porte et qui ne cesse de grandir.

Son ventre tend désormais le tissu de sa robe comme si Rosalie avait avalé un ballon. Elle se déplace lourdement entre sa chaise et le poêle, entre sa chaise et le lit, où Saint-Alphonse dort près de vingt heures par jour. Elle achève la layette, prépare ragoûts et pains avec ce que contient la cache, mais ne sort presque pas. Elle a confié à Lebrun la responsabilité de la mine et lui a interdit de venir déranger son patron à moins d'une urgence, ce qui ne s'est pas encore produit. Le temps oscille entre le froid et le frais, mais les hommes continuent de creuser sous terre. Partout dans les environs, le gravier s'accumule. Sur le terrain de Saint-Alphonse, l'amoncellement s'élève maintenant à douze pieds, ce qui permet d'anticiper une fortune pour le printemps.

Le soleil a commencé à se montrer le bout du nez. Pendant quelques heures au milieu de la journée, le ciel passe de gris foncé à un gris plus clair, ce qui est, de l'avis de tous, fort encourageant. Au début de février, dame nature surprend tout le monde en envoyant sur le Klondike des pluies diluviennes. Le mercure grimpe jusqu'à 41 °F et les employés se retirent des mines par crainte d'effondrement.

Par un de ces après-midi pluvieux, alors que le ciel s'est déjà assombri et qu'un brouillard épais recouvre la vallée, quelqu'un frappe chez Saint-Alphonse. Comme il vient tout juste de s'endormir, Rosalie ne laisse pas à l'importun l'occasion de réveiller son mari en frappant une deuxième fois. Elle abandonne son tricot et se rue sur la porte. Elle l'ouvre à peine, mais un coup de vent la rabat avec fracas contre le mur, découvrant un visiteur comme surgi d'outre-tombe. Pétrifiée, Rosalie le détaille, l'œil hagard. Malgré la barbe hirsute et les cheveux longs, malgré les vêtements de mackinaw trop grands et dégoulinants, Rosalie reconnaît Dennis-James Peterson. Il paraît usé, fatigué et presque aussi surpris qu'elle. Il tient à la main un fanal dont la flamme vacillante met en évidence son air inquisiteur quand il l'examine des pieds à la tête. Son visage devient sévère lorsqu'il jette un œil derrière elle, sur le lit où Saint-Alphonse dort toujours. Alors, sans dire un mot, il fait demi-tour.

Rosalie met un certain temps à absorber le choc. Elle hésite, se demandant si elle rêve ou si sa vie est vraiment ce cauchemar qu'elle pressent. Dennis-James a commencé à descendre la colline quand elle se ressaisit. Elle sent la colère monter brutalement. Refusant de le laisser disparaître encore une fois sans explication, elle s'élance derrière lui.

– Attends ! s'écrie-t-elle en courant sous l'averse.

Mais Dennis-James n'attend pas. Il accélère plutôt et Rosalie doit l'appeler de plus belle, gênée dans sa course par ses jupes et par ce ventre déjà lourd.

– Attends-moi ! ordonne-t-elle enfin, hurlant de toutes ses forces.

À mesure qu'il s'éloigne, elle sent monter dans sa gorge une boule énorme. Le simple fait de le revoir a réveillé chez elle une émotion qu'elle croyait avoir oubliée. Elle veut le toucher, s'assurer que c'est bien lui, qu'il est bien revenu pour elle, même s'il arrive trop tard. Coincée entre ses regrets, sa colère et ses espoirs, Rosalie veut continuer de suivre Dennis-James, mais réalise qu'elle a atteint ses limites. Lasse et épuisée, elle tombe à genoux. Elle l'appelle encore, furieuse contre lui et contre elle-même :

– Dennis-James, s'il te plaît, attends-moi…

Sa voix se perd dans le grondement de l'orage et Rosalie se rend compte qu'elle pleure en murmurant son nom, recroquevillée dans la neige mouillée, le corps secoué de sanglots violents. Elle pleure sans même songer à revenir vers la cabane. Les questions s'évanouissent et seule une peine immense l'envahit. Ses cheveux ruissellent sur son visage où l'eau de pluie se mêle à ses larmes. La brume l'entoure et l'obscurité efface le reste du monde. Elle tremble tant de froid que de désespoir, mais ne fait pas le moindre effort pour se mettre à l'abri.

Une main se pose soudain sur son épaule. Rosalie lève la tête et ses yeux croisent le regard bleu de Dennis-James, brillant sous le fanal. Elle cesse aussitôt de pleurer.

– Relève-toi, souffle Dennis-James d'une voix neutre. Je te raccompagne chez ton mari.

Elle souffre de l'entendre énoncer si crûment la réalité, mais l'orgueil lui interdit de le montrer. Ils rejoignent la cabane, où Dennis-James refuse d'entrer. Il tourne plutôt les talons, l'abandonnant devant la porte pour s'en retourner. Elle l'attrape par le bras.

– Comment es-tu revenu ? demande-t-elle avec une certaine dureté dans la voix. Cinq jours de pluie n'ont pas pu dégeler le fleuve jusqu'à St. Michael.

Perplexe, Dennis-James lui prend la main et l'entraîne sur le côté de la cabane où ils sont protégés du vent et de l'orage. Il peut ainsi scruter son visage et il l'étudie comme s'il essayait de comprendre sa question. Il murmure enfin :

– Je t'avais dit que je reviendrais te chercher au printemps, quand j'aurais construit ma cabane et que j'aurais sorti de la mine de quoi nous installer.

– Tu m'as dit ça ? Quand ? Tu es parti sans un mot. Imagine ce que j'ai ressenti en l'apprenant dans le journal !

– De quoi tu parles, Lili ? Je t'ai écrit une lettre et je l'ai donnée au gars qui m'a vendu son *claim* sur Henderson Creek. Il s'en allait à Dawson pour prendre le bateau et s'en retourner chez lui au Québec. Il m'a même dit qu'il te connaissait, qu'il savait où te trouver.

– Arthur ?

Rosalie sent son cœur se serrer et cherche appui sur le mur derrière elle. L'air se raréfie brusquement.

– Là-haut, tout le monde l'appelait Hicks, poursuit Dennis-James. Comment ? Il n'est pas passé te voir ?

– Oui…

Rosalie se remémore cette dernière rencontre avec Arthur, son insistance à vouloir faire l'amour avec elle, sa crise de colère quand elle a refusé. Il brandissait devant ses yeux une enveloppe. Il était enragé et criait que c'était pour elle.

– Arthur m'a montré une lettre, mais je ne savais pas ce qu'elle contenait. Ni de qui elle venait. Dans sa colère, il l'a déchirée en petits morceaux et les a lancés dans les airs avant de s'en aller.

Dennis-James paraît tout à coup plus ébranlé que Rosalie. Il s'appuie à côté d'elle et son épaule touche la sienne. Rosalie n'amorce pas un geste pour le repousser. C'était donc à Arthur que faisait allusion *The Nugget* lorsqu'il annonçait que le célèbre amant de Lili Klondike s'embarquait sur le *SS May West*.

– Il y avait deux lettres, souffle Dennis-James. Une pour toi et l'autre pour ma femme. Pour lui dire que je ne reviendrais pas.

Malgré son désarroi, Rosalie sent une grande chaleur l'envahir. Dennis-James ne l'avait pas abandonnée, il l'avait simplement prise au mot et était parti chercher un *claim* pour qu'ils s'y établissent enfin. Si la situation n'était pas aussi tragique, elle en ressentirait de la joie.

– Quand j'ai entendu parler du mariage de Lili Klondike avec Saint-Alphonse, j'étais certain que c'était l'autre, l'aubergiste. Puis je me suis mis à douter, alors j'ai attendu que finisse la vague de froid et je suis descendu à Dawson.

Il soupire, se tourne un moment vers Rosalie avant de fixer de nouveau le lointain.

– Cooper m'a dit que c'était toi, la nouvelle mariée, mais j'ai refusé de le croire. Dans mon esprit, tu ne pouvais pas avoir fait ça, pas quand je t'avais promis de revenir. Et puis je n'étais pas loin, tu pouvais me rejoindre n'importe quand. Il devait se tromper.

Un éclair fend le ciel et le tonnerre qui suit impose à Dennis-James un moment de silence.

– J'avais toutes les raisons de douter, poursuit-il. Vous vous ressemblez tellement, l'autre Lili et toi, Cooper n'avait peut-être pas bien vu. Comme les hommes de Smith à Skagway, il vous avait peut-être confondues. Pour en avoir le cœur net, je suis parti tout de suite pour Grand Forks. Je voulais lui prouver qu'il avait tort…

Il s'interrompt encore, déglutit et lance :

– Là, je constate qu'on ne m'avait pas menti, mais je ne comprends toujours pas pourquoi tu t'es mariée. À moins que…

Il se tourne vers elle, cynique.

– À moins que ce soit parce que ce gars-là est riche…

Ses derniers mots tombent durement dans les oreilles de Rosalie. Sur le coup, elle a envie de le blâmer, de lui crier la vérité, de lui annoncer que c'est SON enfant qu'elle porte, que Saint-Alphonse l'a épousée pour lui éviter le déshonneur parce que LUI, il avait disparu. Elle voudrait surtout lui expliquer qu'elle était désespérée quand elle a cru qu'il l'avait abandonnée. Elle ne dit rien, pourtant. Ça ne se fait pas. Ce serait manquer de respect envers Saint-Alphonse que de déclarer ouvertement qu'il n'est pas le père de son enfant. Une telle révélation placerait les deux hommes en conflit. Un conflit impossible à résoudre. D'ailleurs, n'a-t-elle pas déjà fait son choix? Dans une situation comme celle-ci, on ne peut pas revenir en arrière.

Dennis-James a posé les yeux sur son ventre et son visage se crispe d'amertume.

– Sois heureuse, dit-il simplement avant de tourner les talons pour de bon.

Rosalie le voit s'en aller sous la pluie et disparaître dans la brume. Il ne laisse dans son sillage qu'un remous de nuages incandescents dans la lumière du fanal. Puis la brume se referme derrière lui comme si personne n'y était passé. Le cœur gros mais consciente de son propre courage, Rosalie le regarde partir sans essayer de le retenir. Après les aventures qu'ils ont vécues ensemble, après ces disputes et ces réconciliations, après tout cet amour qu'ils ont partagé, leur relation est définitivement terminée.

Elle s'essuie le visage dans un pan de son châle, repousse quelques mèches de cheveux et relève ses jupes. Elle franchit le seuil de la cabane la gorge serrée, mais l'esprit décidé à aller de l'avant. Sur le lit, Saint-Alphonse n'a pas bougé. Elle s'approche de lui et appuie sa joue froide sur son front brûlant. Le contraste est si marqué qu'il la saisit. Elle réalise soudain à quel point elle a été malchanceuse, mais aussi à quel point elle a été privilégiée de trouver un homme comme Saint-Alphonse sur son chemin. Après avoir bourré le poêle pour la nuit, elle se déshabille, retirant un à un ses vêtements trempés et trop serrés. Elle défait ensuite son chignon, tresse ses cheveux en une longue natte humide qu'elle laisse pendre dans son dos. Puis, toujours transie, elle se glisse sous les fourrures et se blottit contre son époux. La vie l'a blessée, certes, mais Rosalie a fait son choix et l'assume. Étirant le cou, elle dépose un baiser sur les lèvres de Saint-Alphonse.

Chapitre XXXVI

La pluie s'est transformée en neige et le vent souffle doucement. Les flocons tourbillonnent au-dessus de Dawson. Ils se posent ici et là, recouvrant les trottoirs de bois, les sillons de boue gelée et les madriers des édifices en chantier. On a mis les chevaux à l'abri, rentré les chiens, et seuls les hommes errent de par les rues, quelques-uns en quête de richesses, mais la plupart affamés de caresses. Que ne donneraient-ils pas pour une heure dans la chaleur d'un lit, blottis contre le corps moelleux d'une femme qui dira oui, au moins une fois ? Et la neige tombe, effleurant les visages, dissimulant les peines sous un voile immaculé.

Il y a des semaines qu'on a enterré le père Judge, et Dawson a retrouvé un peu de son air de fête. Des saloons déferlent des cascades de rires, et les voix des actrices entraînent la ville dans un rêve d'ivresse perpétuelle. Par les fenêtres des chambres, à l'étage d'un hôtel ou d'un autre, on aperçoit les chanceux. Des corps qui s'ébattent, qui se réchauffent et qui comprennent que l'hiver est loin d'être fini. Dans ce luxe de désirs, Dawson essaie de reprendre vie.

Lorsque Dennis-James Peterson pousse la porte du Tivoli, le propriétaire, le gérant et tous les hommes présents le reconnaissent. Pendant un long moment, la salle se trouve plongée dans un silence tendu. Les filles se sont tues elles aussi, leurs regards tournés vers celui qui s'avance, qui retire son chapeau et son manteau avant de longer le bar pour atteindre le piano. Tout le monde se souvient. L'été précédent, c'est ici que Dennis-James Peterson a joué *Orphée aux enfers*, accordant sa musique à celle du violon de Saint-Alphonse. Le voilà ce soir qui s'assoit sur le même banc et laisse glisser ses doigts sur les touches comme s'il hésitait. Chacun retient son souffle et constate que le pianiste a revêtu ses beaux habits, que ses cheveux sont lavés et bien coupés et que son visage est rasé de près. Certains remarquent aussi qu'il émane de lui un parfum acheté à prix d'or. Sa moustache fine et blonde frémit. Dennis-James y glisse l'index, pensif et muet. On le dirait en proie à la mélancolie. Dans un soupir qui ressemble davantage à un sanglot étouffé, il entame son concert.

Le canon de Pachelbel s'amorce de lui-même, tirant d'abord des notes très douces que Dennis-James génère en caressant le clavier comme il caressait le corps de Rosalie. Il y met toute son âme, évoquant à sa manière les hauts et les bas de sa vie avec elle. Leur amour, leurs peines, leurs passions, leurs déceptions. Chaque événement s'anime dans sa tête et Pachelbel enfle jusqu'à l'étage du Tivoli. Le rythme s'intensifie, se transforme en un périple qui, lui, finit par des mots durs. On devine les querelles, les cris, les accusations. Alors qu'on n'y croyait plus, la musique se radoucit, les notes dégringolent, rigolotes. Des rires, une réconciliation. Puis les doigts s'élancent plus fort, créant une nouvelle vague rude, saccadée. Un déchirement ? Un amour torride ? Et qu'est-ce que ce calme qui revient ? Les mains effleurent le clavier, comme si l'homme se lovait dans les creux d'une mélodie qui reprend en boucle. Puis la tension remonte, presque à pic cette fois, et Dennis-James frappe les touches avec violence. Il garde les yeux clos, bat le rythme, qu'il veut puissant. Sur ses joues, des larmes roulent, s'accrochent un instant dans sa moustache pour glisser ensuite le long de son menton et tomber sur le clavier où elles se transforment en musique. Le corps frêle et la tête blonde s'agitent avec urgence, avant que, encore une fois, les notes ralentissent, s'apaisent et deviennent d'une tristesse à fendre pierre. Les doigts, qui portent toujours les stigmates du froid, oscillent sur quelques blanches, survolent les noires, et la musique s'éteint, comme dans un soupir.

Pendant un moment, Dennis-James demeure au piano, objet d'attention et de curiosité. Personne ne pense à applaudir, car personne n'ose briser le silence qui suit une si intime prestation. Des clients essuient une larme, d'autres empruntent un mouchoir ou reniflent. Dennis-James se lève enfin et se dirige vers le bar.

– Whisky ! lance-t-il à Cooper sans le regarder.

Ému malgré lui, le propriétaire lui verse à boire et remplit une seconde fois le verre lorsque Dennis-James le dépose devant lui. Lentement, les conversations reprennent dans le saloon. Le rire des filles, les blagues des hommes. Dennis-James vide encore son verre d'un trait et le vire à l'envers sur le comptoir.

– Donne-moi ce revolver que tu gardes derrière le bar, dit-il à Cooper d'une voix où suinte la menace.

Effaré, le tenancier recule et lui montre ses paumes vides, feignant la sincérité.

– Je n'ai pas d'arme ici, proteste-t-il. Tu sais que la Police montée l'interdit.

Dennis-James secoue la tête.

– Ne me prends pas pour un imbécile et donne-moi ce revolver.

Il n'a pas haussé le ton, mais l'intimidation est bien présente. Cooper glisse une main sous le bar et en retire un objet enroulé dans un linge. Il le dépose sur le comptoir.

– Où sont les balles ? s'enquiert Dennis-James sans même jeter un œil sur l'arme.

Cooper désigne le linge.

– Il est chargé.

Sa voix trahit son inquiétude lorsqu'il ajoute :

– Qu'est-ce que tu vas faire avec ça ?

Dennis-James ne répond pas, mais Cooper perçoit l'éclat funeste qui embrase son regard pendant une fraction de seconde. Il laisse néanmoins Dennis-James s'emparer du pistolet, le glisser sous sa veste et s'éloigner. Il le surveille encore quand il attrape au passage son manteau et son chapeau. Dès que le pianiste franchit la porte cependant, le tenancier fait un signe à Mulligan demeuré tout ce temps en retrait.

– Va avertir la Police montée ! lui ordonne-t-il. Ce gars-là va tuer quelqu'un.

Aussitôt, Mulligan enfile un manteau et quitte le Tivoli dans un flot de murmures angoissés. Il s'élance dans la neige et court comme il a rarement couru dans sa vie. Il repense à la tristesse de la musique qui s'élevait du piano. Il revoit le pistolet roulé dans le chiffon et imagine le geste terrible que Peterson s'apprête à poser. Des meurtres, il a souvent vu ça chez lui, mais jamais ici. Et pourtant, il en a vu des choses ici. Même si Mulligan court de toutes ses forces, il n'a pas encore atteint le poste de police lorsque la détonation retentit, fendant la nuit comme un coup de canon, plongeant la ville dans un silence de mort.

Chapitre XXXVII

L'avant-midi est bien entamé et les draps sont suspendus en travers de la cuisine, tels des fantômes immobiles, froissés et humides. Le poêle grince, chauffé au rouge, diffusant sa chaleur dans la pièce, accélérant le séchage de la lessive. Liliane s'est installée à la petite table et dresse encore des listes. Des choses à faire, à acheter, à penser. Elle porte ses vêtements de semaine et un tablier impeccable. Son air est sévère et son chignon, serré comme celui d'une vieille fille. N'est-ce pas justement ce qu'elle a décidé de devenir, une vieille fille ? Elle ressemble de plus en plus à Mrs. Mulroney qui, elle, se ressemble de moins en moins. On dit qu'elle se montre coquette et qu'elle se laisse courtiser par un certain comte Carbonneau, négociant en champagne. Liliane se questionne. Se pourrait-il que son idole ne soit pas à la hauteur de ses attentes ?

Quelqu'un tousse derrière elle, dans l'embrasure de la porte. Liliane reconnaît la voix de son employé.

– Qu'y a-t-il, Joshua ? demande-t-elle sans cesser de calculer. As-tu été chercher la viande chez le boucher ?

Joshua demeure silencieux et Liliane ne quitte pas ses papiers des yeux. Au bout de quelques minutes, l'homme tousse encore. Cette fois, Liliane se retourne. L'air effaré qu'elle lit sur le visage du colosse la saisit et elle abandonne ses listes pour s'approcher de lui.

– Il y a eu un suicide à Dawson, Miss.

Liliane hoche la tête en pinçant les lèvres, exprimant ainsi une sympathie troublée. Plusieurs suicides ont eu lieu depuis novembre, et ce, dans tout le Klondike. Personne n'en comprend la cause, mais chaque nouveau décès plonge les habitants dans une profonde détresse, comme si chacun avait peur que le geste soit contagieux. Qui sera le prochain ? Un voisin ? Un ami ? Soi-même ? Tout le monde s'est posé au moins une fois cette question pendant l'hiver. Et l'hiver n'est pas fini.

– On le connaissait, Miss.

Joshua se mord la lèvre et son visage trahit une tristesse sincère.

– C'est un de tes frères ? demande Liliane qui craint tout à coup l'effet qu'aurait une réponse positive.

L'image de Percy vient d'apparaître dans son esprit. Pendant une fraction de seconde, la peine de Joshua devient la sienne, jusqu'à ce qu'il secoue la tête.

– Le pianiste qu'on a ramené de Skagway. Celui qui était très… ami avec l'autre Lili.

C'est au tour de Liliane d'être bouleversée.

– Est-elle au courant ?

– Oui, Walter est allé le lui dire en arrivant ce matin.

Liliane n'a pas besoin d'en entendre davantage. Elle s'empare de son manteau et s'apprête à sortir, lorsqu'une idée la fait se retourner.

– Trouve Joe et informe-le qu'il sera responsable du restaurant pour les prochains jours. Ensuite, fais tes bagages. Tu vas accompagner Lili à Dawson.

Joshua ne dit rien, mais Liliane est certaine qu'il lui obéira. Elle quitte donc son établissement sans inquiétude, son chien sur les talons. Il lui faut moins d'une demi-heure pour atteindre la cabane de Saint-Alphonse. Elle croise plusieurs hommes sur sa route et constate que l'histoire de Peterson est sur toutes les lèvres. Malgré l'esprit de sollicitude qui l'habite, c'est avec une vague appréhension qu'elle frappe à la porte. Rosalie ouvre, le visage plus blême que les draps qui séchaient au restaurant. Liliane ne fait qu'un pas à l'intérieur avant que celle-ci se précipite dans ses bras. Les larmes de Rosalie inondent le col du manteau que Liliane n'a pas eu le temps de retirer. Sur le lit, Saint-Alphonse a tendu la main pour caresser Canuck. De la tête, il offre un bref salut à Liliane, qui remarque sa mine triste, son air impuissant.

Rosalie pleure encore. Liliane doit la repousser pour pouvoir suspendre son manteau. Elle s'avance ensuite vers le poêle, vérifie qu'il y a de l'eau dans la bouilloire et la met à chauffer.

– Y a-t-il quelqu'un à Dawson pour s'occuper des funérailles ? demande-t-elle, évitant de prononcer le nom du défunt.

Rosalie hausse les épaules, les lèvres serrées pour retenir de nouveaux sanglots. Liliane ose une suggestion :

– Si tu veux y aller, je vais rester ici pour veiller sur ton mari. Joshua va t'accompagner.

Le visage de Rosalie s'éclaire, ce que Liliane interprète comme une approbation.

– Prenez les chiens, souffle Saint-Alphonse de sa voix faible.

Rosalie ne réplique pas. Elle se penche sous le lit et en retire son sac de voyage qu'elle commence à remplir.

Elle termine ses préparatifs au moment où Joshua et son frère Marvin frappent à la porte. Une demi-heure plus tard, deux attelages se mettent en marche.

*

Saint-Alphonse s'est rendormi. Il est tard. Rosalie doit avoir atteint Dawson à l'heure qu'il est. Sans même en avoir la confirmation, Liliane respire mieux. Elle écoute le poêle dont les ronflements se mêlent à ceux du malade et aux grognements du chien assoupi près de la porte. Comment se fait-il qu'elle ressente dans la cabane de Saint-Alphonse une quiétude qu'elle n'a jamais ressentie au restaurant? L'étroitesse des lieux y est-elle pour quelque chose? Les murs rapprochés lui donnent-ils la certitude qu'elle peut être protégée du reste du monde?

Cet après-midi, elle a préparé un chaudron de soupe, ce qui leur a servi de souper. Après avoir mangé, Saint-Alphonse a fixé le plafond pendant près d'une heure puis il a fermé les yeux. Liliane s'est assise près du lit et étudie maintenant la pièce d'un œil intéressé. Rien n'a changé depuis son départ. Ni les meubles, ni les outils suspendus à des clous. Ni même les fourrures qui servent de couvertures. Rosalie s'est installée dans un décor qu'elle n'a pas osé transformer à son image. À part ses quelques vêtements ramassés à la hâte pour son voyage à Dawson, la cuisinière n'a rien apporté chez Saint-Alphonse. Pas de literie, pas de bijoux ni autres objets personnels. Elle est partie pour quelques jours, mais c'est comme si elle n'avait jamais vécu ici. Elle n'a rien laissé derrière elle, sauf bien sûr la layette rangée dans le berceau sous le lit.

Intriguée malgré elle, Liliane étire le bras. Elle déplie avec un soin presque dédaigneux les camisoles, les petites robes et les langes. Les points sont fins, le tricot, régulier, les coupes, bien droites. Du beau travail. Poussant un soupir dont elle ignore la cause, elle replace le linge comme elle l'a trouvé avec la sensation de s'être montrée indiscrète. Un bruit de pas à l'extérieur attire tout à coup son attention. Elle se lève, empoigne le fusil et, après avoir vérifié s'il est chargé, elle se dirige vers la porte où Canuck gronde déjà.

– Qui est là ? demande-t-elle sans ouvrir.

– C'est Walter, Miss.

Le vieux mineur entre, retire son chapeau, et son regard se pose aussitôt sur Saint-Alphonse.

– J'ai vu sa femme passer en traîneau cet après-midi. Je me suis dit qu'il n'y avait peut-être personne pour s'occuper de lui, alors je suis venu.

Sans attendre d'invitation, il s'assoit sur un banc et repousse le chien. Puis il sort sa pipe et la bourre de tabac.

– Ça fait drôle de vous voir ici, raille-t-il en craquant une allumette.

L'odeur de fumée envahit la pièce en même temps qu'une étrange tension. Liliane se prend à souhaiter que Walter reparte au plus vite et la laisse à ses réflexions. L'homme ne semble cependant pas près de quitter les lieux. Il a même étiré les jambes et s'est calé sur son banc, le dos au mur, les yeux clos. Impatiente, Liliane retourne à sa place. Elle souhaiterait avoir quelque chose à faire. Au moins quelque chose à dire. C'est connu dans toute la vallée maintenant qu'elle n'éprouve pas beaucoup de respect ni d'amitié pour Walter. Que lui non plus ne parle pas prouve que ce sentiment est réciproque.

Les minutes passent très lentement. Liliane a appuyé sa tête contre le pied du lit, croisé les bras sur sa poitrine et, l'heure tardive aidant, elle a fermé les yeux elle aussi. Elle sent son esprit s'évader. Elle se serait peut-être endormie si Saint-Alphonse ne s'était pas mis à tousser. Elle bondit, attrape un gobelet et lui donne à boire.

– Merci, souffle-t-il en reposant la tête sur l'oreiller. Je ne me rappelais plus que tu étais ici.

– Tu as un autre visiteur, précise Liliane en désignant l'importun du menton. Walter est venu vérifier si quelqu'un s'occupait de toi.

Elle a parlé en français de manière à exclure le *sourdough* de la conversation, mais Saint-Alphonse la réprimande :

– Ce n'est pas un mauvais gars, dit-il dans la même langue, avant de passer à l'anglais. Comment vas-tu, Walter ?

Le vieux mineur souffle la fumée de sa pipe et s'approche du malade.

– Je vais bien, mais toi, je trouve que tu prends trop de temps à guérir.

Comme pour justifier l'inquiétude de Walter, Saint-Alphonse tousse encore. Liliane tressaille d'entendre le son creux, presque déchirant, qui lui traverse la poitrine. D'instinct, elle lui tend à nouveau le gobelet.

– Je prendrais bien un peu de thé, si ça te tentait d'en faire.

Liliane acquiesce, puis se voit forcée d'en offrir à Walter.

– Avec plaisir, Miss, répond celui-ci, un sourire satisfait sur le visage.

Liliane réprime une grimace et sort chercher de la neige. Lorsqu'elle revient, elle trouve les deux hommes en grande discussion. Vu la fragilité du malade, cela l'irrite, mais elle s'abstient de commenter. Elle compte justement utiliser la fatigue de Saint-Alphonse pour mettre Walter à la porte dans un quart d'heure. Elle dépose donc son chaudron sur le poêle et, constatant que Walter a pris son banc, elle va s'asseoir sur le sien.

– D'après ce qu'on raconte, explique le *sourdough*, Peterson aurait passé la soirée à jouer du piano au Tivoli. Puis, vers minuit, il aurait demandé à Cooper de lui donner son revolver. Cooper a deviné que ça risquait de mal tourner, alors il a prétendu qu'il ne gardait pas d'arme au saloon. Comme la Police montée les interdit, Peterson aurait pu tomber dans le panneau. Mais il n'était pas idiot, ce gars-là. Il a insisté. Quelqu'un m'a dit qu'il s'est même penché au-dessus du bar, qu'il a attrapé Cooper par le collet et qu'il l'a secoué jusqu'à ce qu'il sorte le pistolet qu'il conservait dans une armoire. Ensuite, Peterson a quitté le Tivoli. Tout le monde était convaincu qu'il s'en venait te régler ton compte. Cooper a eu la bonne idée d'envoyer Mulligan avertir la police. Le pauvre, il n'a pas eu le temps de se rendre. Toute la ville a entendu le coup de feu. Un seul. Peterson était retourné à son hôtel et venait de se tirer une balle dans la tête.

– Oh, mon Dieu ! souffle Liliane, horrifiée d'entendre l'histoire racontée avec autant de détails.

– J'espère qu'ils ne vont pas exposer le corps, ajoute Saint-Alphonse. Ce serait terrible pour Rosalie, surtout dans son état.

– Je pense qu'ils lui ont déjà préparé un cercueil. C'est le gérant de l'hôtel qui l'a trouvé. Il paraît que c'était pas beau à voir. Le pauvre gars devait être furieux que ça se soit produit chez lui, parce que du sang sur un plancher, c'est bien difficile à nettoyer. Ça veut pas disparaître. On peut frotter et savonner des jours de temps, ça reste taché.

Liliane laisse son regard glisser à ses pieds. Il y a un an, dans cette même cabane, Saint-Alphonse retirait une balle de l'abdomen de Walter. Le plancher de bois en porte encore les traces. Quelques taches isolées et une longue traînée brunâtre.

– Bon, ben ! lance tout à coup le vieux mineur en s'étirant. Je vais y aller si je veux dormir dans mon lit cette nuit.

Il se redresse et, après un bref salut à l'intention de Liliane, il s'adresse de nouveau au malade :

– Guéris vite, Saint-Alphonse. On ne sait jamais ce que nos employés peuvent faire dans le fond de la mine quand on n'y est pas.

Sur ce, il quitte les lieux. Liliane l'entend qui s'éloigne en sifflotant. Lorsque le calme de la nuit revient, elle ose enfin plonger son regard dans celui de Saint-Alphonse. Pendant plusieurs minutes, ni l'un ni l'autre ne dit rien. Ils ne détournent pas non plus la tête, comme si ce moment seul à seule leur appartenait, comme s'ils le méritaient, après tout ce temps. Puis, incapable d'en supporter davantage, Liliane se lève et revient vers le poêle.

– Est-ce que je te sers encore du thé ? demande-t-elle, concentrant toute son attention sur la bouilloire.

Elle remarque alors la main de Saint-Alphonse sur son épaule. Elle se retourne et le découvre debout, si près d'elle qu'elle craint son prochain geste. Mais Saint-Alphonse ne bouge pas. Il demeure simplement là, à la fixer droit dans les yeux.

– Est-ce que tu vas m'expliquer un jour pourquoi tu n'as pas voulu de moi ?

Liliane sent sa gorge se nouer et ses yeux s'embuer. Que répondre ? La question est posée avec une telle sincérité qu'elle serait malhonnête de l'éviter. Elle prend donc sa main mutilée dans la sienne et effleure de ses doigts la cicatrice.

– Je vais te dire la vérité, mais seulement si tu te recouches.

Saint-Alphonse hoche la tête et retourne dans son lit. Il était temps. Il s'y effondre comme s'il était à bout de forces. Liliane verse du thé, lui tend sa tasse et va reprendre sa place sur le banc laissé vide par Walter. Elle réalise qu'elle ne peut plus se défiler. Comment d'ailleurs lui refuser le témoignage d'honnêteté qu'il lui réclame ? Elle lui doit bien ça, après tout.

Elle commence donc son récit. Comme il l'a fait lui-même avant de la demander en mariage, Liliane relate son parcours, ne passant rien sous silence, ni ses fiançailles avec Joseph Gagné ni sa fuite avec l'argent des cadeaux de noces. Elle parle de Mrs. Burns, de la quiétude de son foyer, de ses livres. Elle dit combien elle l'enviait d'être anglaise et sans enfants. Puis elle parle de son don pour les chiffres, son penchant pour les affaires. Elle décrit sa rencontre avec Mr. Noonan à Vancouver, son périple jusqu'au Klondike, ses motivations. Elle entreprend ensuite de raconter en détail le quotidien de sa mère. Une grossesse par année, les couches qui n'en finissent plus, une maison bruyante et sale où rien n'est jamais à sa place. Les cris, les mauvais coups, le chaos. Elle ne cache pas son dégoût des enfants ni sa détermination à mener une existence différente de celle qu'on lui destinait. Puis elle conclut :

– Une vie comme ça, je n'en veux pas.

Elle s'attendait à ce qu'il soit scandalisé de la voir refuser ainsi le destin des Canadiennes françaises. Elle anticipait un sermon sur son rôle et ses devoirs. La réponse de Saint-Alphonse vient plusieurs minutes plus tard.

– Je comprends, dit-il en pressant sa main dans la sienne.

Sans rien ajouter, il se tourne sur le côté, et, face au mur, il s'endort.

Chapitre xxxviii

Il a fallu trois jours pour enterrer Dennis-James Peterson. Rosalie a dû promettre à plusieurs un salaire énorme afin qu'ils piochent la terre gelée et creusent une tombe profonde. Rien n'aurait pu l'empêcher d'exiger des funérailles décentes pour l'homme de sa vie. Ce matin, la neige tombe tout doucement sur Dawson. Près du trou, Marvin et Joshua triment à descendre le cercueil à l'aide de cordes. Derrière eux, une vingtaine d'inconnus prient pour que l'âme de Dennis-James repose en paix, mais Rosalie ne se leurre pas. Toutes ces prières ne suffiront pas à dispenser son amant des conséquences de son geste. Dennis-James s'est suicidé. Il ira en enfer, personne n'en doute. Malgré ce châtiment dont elle a la certitude, Rosalie ne pleure pas. Elle a épuisé toutes les larmes de son corps pendant le voyage en traîneau, mais aussi pendant les heures qui ont suivi sa visite de la dépouille. Même si on avait déjà placé Dennis-James dans un cercueil, même si elle s'est refusée à interroger qui que ce soit sur la manière dont il a mis fin à ses jours, Rosalie ne cesse d'imaginer ce qui s'est passé. Elle a entendu Marvin et Joshua en discuter à voix basse. Elle a perçu l'horreur sur le visage de Cooper lorsque Mulligan lui décrivait ce qu'il avait vu. Chaque fois, elle essayait de ne pas écouter, mais le mot *revolver* a réussi à atteindre ses oreilles, faisant naître dans son esprit plusieurs versions de la scène fatale.

À force d'imaginer les pires scénarios, Rosalie a fini par ne plus rien ressentir. Plus de douleur, plus de peine. Rien qu'un grand vide accentué par le poids de la culpabilité. Si elle le pouvait, elle s'allongerait sur le cercueil de bois et ces hommes l'enterreraient avec celui qu'elle a tant aimé.

Depuis des jours, elle cherche à comprendre. Elle repasse en boucle le fil des événements qui ont amené Dennis-James à poser un geste aussi terrible. Si elle l'avait attendu avant d'en épouser un autre..., si elle avait été honnête avec lui et l'avait laissé repartir lorsqu'il a proposé d'aller divorcer..., si Arthur n'avait pas déchiré sa lettre..., rien de tout cela ne se serait produit. Elle aurait dû l'attendre. Elle aurait dû mieux l'écouter, mieux l'aimer. Elle aurait dû... Sa tête n'est qu'un concert de remords. Mais même quand elle prend chacune des circonstances isolément, quand elle les compare, les analyse, Rosalie ne parvient pas à s'expliquer comment Dennis-James en est arrivé à désirer la fin avec autant de détermination. Est-ce parce qu'il était criblé de dettes à New York? Ce n'était pourtant pas nouveau. Il se savait depuis longtemps incapable de rembourser ne serait-ce que le dixième de l'argent emprunté avant de partir. La honte pesait-elle lourd dans la balance au moment de presser la gâchette? Et cette lettre qu'il a remise à Hicks, celle qu'il envoyait à sa femme pour lui dire qu'il ne reviendrait pas, quelle importance avait-elle? Son avenir lui semblait-il à ce point sans issue? Est-ce le mariage de Rosalie avec Saint-Alphonse qui a tout déclenché, qui a fait déborder un vase déjà plein ?

Peu importe comment elle regarde la situation, Rosalie n'arrive pas à comprendre comment un homme de la trempe de Dennis-James a pu désirer la mort au point de passer à l'acte. Elle se sent responsable. Pendant que Dennis-James creusait sa mine dans l'intention de la rendre heureuse, elle en a épousé un autre. Quand elle a compris cela, elle a aussi compris à quel point il était malheureux, mais elle n'a rien fait. Ni pour alléger sa peine, ni pour le retenir. Et maintenant, elle s'en veut. La sensation va d'ailleurs en s'amplifiant, annihilant toutes les autres, lui coupant l'appétit, lui faisant presque oublier cet enfant à venir. Un enfant de lui, fruit d'un amour qu'elle aurait voulu éternel.

Elle revoit Dennis-James au piano, dans le salon de Mrs. Wright, avec son écharpe bleue autour du cou. Elle entend Bach et Mozart qu'il faisait revivre de ses doigts lestes. Elle se rappelle l'effet que sa musique produisait dans son ventre quand elle l'épiait à son insu, à l'abri des regards. Elle revoit sa démarche souple sur la plage de Portland dans la pleine lune. Il foulait la grève mouillée, évitant les vagues. Elle avait dû l'appeler pour qu'il remarque sa présence. Puis elle s'était offerte en entier, sans limites. Elle se souvient du train, de Chicago, de Saint Paul, des théâtres et des restaurants. Elle se souvient d'un bain à deux dans un hôtel de Spokane, de caresses sans fin dans un parc. De Seattle, d'une chambre louée comme mari et femme et de cette course folle pour obtenir deux billets. Il y avait eu l'agression. Comme elle avait eu peur de le perdre ce jour-là !

D'autres images lui viennent encore. Un voyage en mer, la piste de la White Pass, des jours à affronter le froid et l'abattement. Dennis-James avait souffert en silence pendant des semaines avant de rebrousser chemin. Ensuite, il y avait eu Skagway, l'hiver, des nuits à faire l'amour dans une chambre minuscule alors que la neige avait arrêté le temps. Jamais elle n'oubliera comment il a risqué sa vie pour lui éviter les bordels et la colère de Soapy Smith. Il n'a jamais su pour ce premier enfant de lui, mort dans les bois en pleine tempête. Mais a-t-il deviné pour celui-ci ?

Les larmes remontent comme les vagues de Portland ou celles de Skagway. Elles ruissellent au même rythme que les images dans sa tête, évoquant une seule certitude : la conviction d'un bonheur si intense qu'il ne pouvait pas durer. Que de querelles, mais aussi, que de baisers posés sous cette moustache blonde ! Rosalie a fixé dans son esprit l'image de son corps penché sur le clavier, de ce sourire qu'il tournait vers elle et auquel elle ne savait résister. Comme elle l'a aimé !

La foule se disperse enfin. Rosalie demeure sur place, les yeux rivés au talus de boue gelée, remuée et entassée là pour recouvrir le père de son enfant. Elle pose une main sur son ventre et sent une bosse, un membre qui s'agite sous la peau. Une partie de Dennis-James a survécu. Un pied ou une main s'agite et Rosalie esquisse un faible sourire en séchant ses larmes. Après un dernier signe de croix, elle pivote et s'en va. Grâce à cet enfant, jamais elle ne l'oubliera.

*

Le traîneau file à un rythme d'enfer. Les chiens courent et les patins glissent sur le sentier couvert de glace à cause de la pluie des derniers jours. Les chiens demeurent quand même vigilants, ne s'écartant jamais des sillons creusés par les multiples passages. Depuis quelques heures déjà, il neige sur la vallée du ruisseau Bonanza, et le vent qui se lève souffle en rafales. Rosalie s'accroche, debout à l'arrière du traîneau, et elle excite les bêtes de la voix. L'attelage accélère.

Elle a profité de la confusion qui régnait après les funérailles pour s'éclipser. Elle a dit à Joshua qu'elle allait se reposer dans une chambre louée au Fair View. Il comprenait qu'elle n'ait pas envie de soutenir les regards, de converser avec quiconque, ne voulant pas inspirer la pitié. À l'hôtel, au lieu de dormir, elle a rempli son sac de voyage et a décidé de mettre à profit les quelques heures de clarté qu'il restait. Elle n'avait plus qu'un désir, qu'une seule idée en tête : retourner à Grand Forks. Elle voulait retrouver Saint-Alphonse, se griser, endormir sa peine dans son nouveau rêve de bonheur. Voilà ce qu'il lui fallait impérativement. Elle a donc repris le traîneau, à l'insu de Joshua parti écluser au Tivoli. Bien au fait de ses habitudes, elle savait qu'il trouverait un moyen pour rentrer, que ce soit avec son frère ou avec quelqu'un d'autre.

Même si elle n'est pas habile à manier les courroies, Rosalie a vite compris que les chiens connaissaient le chemin. Ils n'ont pas eu besoin de ses indications pour traverser la rivière sur le pont de glace et pour enfiler ensuite le sentier en bordure du Bonanza, étant passés par là il y a quelques jours à peine.

Le vent souffle encore, plus fort il lui semble. Il a figé sur son visage les dernières larmes versées au départ de Dawson, créant des glaçons dans ses cils et au coin de ses yeux. Avec la nuit qui tombe, le froid devient mordant et les bourrasques ne cessent d'effacer le chemin, les montagnes et le ruisseau gelé. L'attelage poursuit sa course folle à travers un nuage dansant, si bien que lorsqu'une immense branche apparaît dans le sentier, les chiens ne peuvent l'éviter. Ils sautent par-dessus, ce qui n'empêche pas le patin de heurter l'obstacle de plein fouet. Le traîneau est renversé par la secousse et Rosalie se trouve brutalement projetée dans le sous-bois.

*

Les heures ont passé et la nuit s'est installée avec la tempête. Rosalie s'est traînée sous les branches maigres d'un sapin. Allongée à même le sol, elle observe les flocons qui virevoltent au-dessus de sa tête. On dirait un délicat travail de broderie que le vent soulève en poudrerie. Ainsi balayée, la neige s'amoncelle au pied des arbres, des rochers ainsi que sur ses jambes immobiles. Rosalie s'émeut de tant de beauté, et une larme glisse sur sa tempe entre les cristaux de glace salée, vestiges de ses autres pleurs taris.

Elle a entendu l'os de sa cuisse se briser. Un craquement sinistre que n'a pas dissimulé le hurlement du vent. Une douleur impossible à taire. Son cri a retenti dans la nuit et l'air froid est entré dans ses poumons avec violence. Les chiens poursuivaient leur course, indifférents à son malheur. Ou peut-être ne se sont-ils pas rendu compte qu'il n'y avait plus de maître derrière pour manier les courroies et les guider ? Après tout, ne se guidaient-ils pas tout seuls depuis Dawson ? Comment auraient-ils pu percevoir la différence ? Au début, elle a attendu le passage d'un nouveau traîneau. Mais avec le blizzard qui gagnait en intensité, elle a dû accepter l'évidence : personne ne se risquera sur la route par ce temps.

Les chiens n'ont pas encore atteint Grand Forks à l'heure qu'il est. Et quand bien même on les apercevrait, personne ne viendra au secours de Rosalie. Saint-Alphonse n'est pas en état de quitter sa cabane et Liliane n'osera pas le laisser seul. Elle enverra peut-être Joe, en admettant qu'elle se rende compte du retour de l'attelage. Quant à Joshua, il doit encore boire et jouer aux cartes en ce moment. Il constatera sa disparition demain matin, quand il la cherchera ou cherchera le traîneau.

La douleur s'est évanouie depuis un moment. Le froid a endormi ses pieds et ses jambes. Il a effacé la brûlure qui irradiait dans sa cuisse, là où l'os a fendu la peau. Grâce au froid, donc, Rosalie ne souffre plus. De sensation il ne reste que la chaleur qui grandit sous elle, à mesure que se répand dans la neige le sang tiède. Bientôt, ce voile blanc né de la nature l'aura ensevelie, comme il aura enseveli la branche qui a provoqué l'accident. Parce qu'il se trouve en retrait du sentier, son corps passera inaperçu, sans doute jusqu'au printemps.

Le vent hurle de plus belle et une musique endiablée emplit soudain la tête de Rosalie. Les notes se fondent dans les acclamations de la foule. Saint-Alphonse au violon, Dennis-James au piano. *Orphée aux enfers* gronde dans le Tivoli. Ce souvenir la fait sourire, malgré le sommeil qui la gagne. Orphée, c'est son homme. Qu'attend-elle pour fermer les yeux et le rejoindre ? Lasse de toujours nager à contre-courant, Rosalie abandonne la lutte. Elle n'a qu'un regret : jamais elle ne connaîtra cet enfant. Comme l'autre, elle l'aura perdu dans la neige, cette fois, en même temps que sa vie.

Épilogue

La disparition de Rosalie a plongé Grand Forks dans un émoi sans précédent. Les hommes ont organisé des battues qui sont toutes demeurées vaines. Après un court répit, l'hiver a repris ses droits sur le Klondike et le froid a sévi rudement, forçant tout le monde à s'encabaner encore pendant plusieurs jours. Au bout d'un tel délai, on savait qu'il serait impossible de retrouver la trace de Lili Klondike. Aucun corps ne subsiste longtemps dans la nature sauvage.

Une fois remis de sa pneumonie, Saint-Alphonse s'est enfermé chez lui. Il a congédié ses employés et refusé obstinément toute visite. Même Walter a échoué dans ses démarches pour le sortir de sa cabane. Un coup de fusil, tiré dans sa direction, l'a convaincu de l'inutilité d'une récidive et on a abandonné le *Klondike King* à sa peine. En avril, lorsque la neige a commencé à fondre, deux mineurs ont découvert des ossements dans un sous-bois sur la route de Dawson. Des vêtements déchirés récupérés sur les lieux ont permis d'identifier Rosalie. De son corps, dévoré par les loups, il ne restait pas grand-chose. La nouvelle de cette macabre découverte a cependant eu du bon : elle a rendu le deuil de Saint-Alphonse officiel.

Plus bas, dans la vallée, Joshua s'est enfoncé dans une cuite monumentale. Aussi inconsolable que Saint-Alphonse, il n'a pas dégrisé pendant tout un mois, racontant les aventures de Lili Klondike à qui voulait l'entendre, décrivant les charmes de la belle cuisinière et vantant ses multiples talents comme s'il s'agissait de sa propre femme. Afin de le provoquer et de le faire sortir de sa léthargie, Liliane l'a mis à la porte, ce qui n'a absolument rien changé. Joshua a continué de traîner sa carcasse ivre d'un saloon à l'autre et on l'a plus d'une fois retrouvé endormi dans une dépendance ou sous un appentis. De toute cette beuverie, il n'a tiré que des engelures mineures, et, vers le milieu du mois de mai, il a repris sa place au Lilis' Café, Hotel, Baths and Laundry.

Liliane a longtemps été troublée par la mort de Rosalie. Elle a eu de la peine et, comme plusieurs, elle l'a pleurée à ses heures. Le fait que son amie ait été dévorée par les loups n'est pas étranger aux multiples cauchemars qui ont habité ses nuits durant tout le printemps. Elle n'a pas voulu redéplacer l'apostrophe de l'enseigne. Le panneau annonce donc toujours la présence des deux Lili, même si les clients n'en rencontrent qu'une seule. Le menu est revenu à l'ordinaire, mais personne ne s'en plaint. Les fèves au lard, la soupe aux pois, le bacon et le rôti de caribou contentent la plupart des hommes. Les plus difficiles se rendent à Dawson où Mrs. Mulroney les reçoit au Fair View avec sa carte de luxe.

Au-delà de la peine de Liliane se cache toutefois une révélation. La mort de Rosalie a mis en évidence la précarité de l'existence. Quand Liliane compare son sort à celui réservé à son amie, elle se voit obligée d'admettre que, malgré tout ce qu'elle a enduré, elle aime vraiment sa vie. Il lui suffit maintenant d'en apprécier tous les aspects, les bons comme les mauvais, ayant désormais la certitude que la fin peut surgir à tout moment. Lorsque la mort se présentera, les listes et les profits ne seront d'aucun réconfort, car, peu importe la quantité qu'on accumule, l'or ne ressuscite personne.

Depuis qu'elle en est arrivée à ces conclusions, Liliane trouve futiles toutes ces luttes pour s'enrichir davantage. Elle dresse ses listes moins souvent et quand elle le fait, c'est avec davantage de lucidité. Le regard qu'elle porte sur les autres a changé lui aussi. Elle se montre plus indulgente avec Joe, plus compréhensive avec Joshua.

Puis, avec le dégel, une rumeur balaie les environs. On aurait trouvé de l'or à Nome, sur la côte ouest de l'Alaska. En quelques semaines, la vallée du fleuve Yukon se vide de plusieurs milliers de prospecteurs demeurés jusque-là bredouilles. La population de Dawson chute radicalement et on peut d'ores et déjà annoncer que la ruée vers l'or au Klondike est terminée. À Grand Forks aussi on recense quelques départs, mais parce que les *claims* du Bonanza et de l'Eldorado s'avèrent toujours rentables, les dégâts sont plus limités. L'or abonde et on prévoit qu'il en sera ainsi encore longtemps.

À Grand Forks, donc, juin s'entame dans la chaleur, les moustiques et le ronronnement des *rockers* dans lesquels on nettoie le gravier. Comme l'été précédent, la ville grouille d'activité. Les saloons sont bondés et le Lilis' Café fait des profits. Par un matin ensoleillé, alors que Canuck est sans doute parti chasser, Liliane désherbe le nouveau potager dans la cour. À genoux dans la terre humide, elle ne se doute pas que, ce jour-là, elle recevra trois visiteurs. Le premier se présente à neuf heures. Il s'agit de Joshua Ashley.

– Je suis venu vous dire au revoir, Miss.

Liliane abandonne ses plants pour accueillir son employé. Il y a longtemps qu'elle l'a vu dans ses vêtements de mackinaw.

– Tu t'en vas ? demande-t-elle simplement, alors qu'elle anticipait ce départ depuis des semaines.

– Mes frères et moi, on s'embarque demain pour St. Michael. On fera le reste à pied jusqu'à Nome s'il le faut, mais la rumeur a l'air d'être vraie. Vous comprenez, on ne voudrait surtout pas laisser passer l'occasion de nous enrichir, nous aussi.

Liliane comprend. Elle s'approche un peu plus et dépose un bref baiser sur la joue de Joshua.

– Je te souhaite bonne chance, dit-elle en le voyant rougir.

– Merci, Miss.

– Merci à toi. Pour tout.

Tout s'avère beaucoup dans le cas de Joshua. C'est la descente du fleuve Yukon, le passage incognito au poste de la police, c'est le partage des tentes pendant l'hiver. C'est aussi l'escorte jusqu'à Skagway et les secours pour la tirer des griffes de Soapy Smith. Mais cela signifie également un lien d'amitié qu'elle imaginait impossible à leur première rencontre. Ému, Joshua l'entoure de ses bras et la serre très fort, la soulevant de terre.

– Vous allez nous manquer, Miss, lui murmure-t-il à l'oreille avant de la déposer sur le sol.

C'est avec sincérité que Liliane lui lance un « Vous aussi » étranglé tandis qu'il s'en va retrouver ses frères sur la route. Au même moment, Marvin lui envoie la main, Percy hoche la tête avec discrétion. Les trois hommes se mettent alors en marche à côté d'un chariot tiré par des chiens. À bord se trouvent leurs poêles, leurs tentes, leurs fusils de chasse, des pics et des pelles de même que des provisions pour plusieurs mois. Liliane voit avec émotion le groupe disparaître au bout de la grand-rue. Une autre page de sa vie vient d'être tournée.

Le deuxième visiteur est en fait une visiteuse. Dolly se matérialise un peu plus tard derrière la lessive qui flotte dans la brise.

– Doux Jésus ! s'écrie-t-elle en admirant le potager. Tu n'arrêtes donc jamais ?

Liliane rit et serre son amie dans ses bras. Lorsqu'elle relâche son étreinte, Dolly hume avec un plaisir évident l'odeur de viande grillée provenant de la cuisine.

– Je suis venue t'annoncer la nouvelle, lance-t-elle à brûle-pourpoint.

Liliane lève un sourcil, mais ne pose pas de question.

– Bien, oui, la nouvelle. Hans et moi, on va se marier.

Réprimant un sourire ironique qui serait de mauvais goût étant donné les circonstances, Liliane lui tend la main.

– Toutes mes félicitations ! dit-elle, espérant que cette fois-ci sera la bonne.

– Je voudrais que tu sois mon témoin. Je veux dire, si ça te gêne pas de servir de témoin à une fille comme moi. Je sais que tu es devenue une dame respectable à Grand Forks.

Liliane sourit franchement.

– Ça me ferait plaisir.

Elle chasse du revers de la main les réserves qu'elle aurait pu avoir il y a six mois à peine. Chacun fait ce qu'il peut au Klondike et personne ne peut jurer qu'il ne poserait pas tel ou tel geste si le malheur frappait. Surtout si sa vie en dépendait. Voilà, entre autres, ce que la mort de Rosalie lui a appris.

– On aimerait tenir la noce chez toi, poursuit Dolly, si tu es d'accord évidemment.

– Chez moi ? Tu veux dire ici ?

– Eh bien, oui. Est-ce que tu habites ailleurs ?

Cette fois, Liliane jubile. Depuis le temps qu'elle veut une fête dans son restaurant !

– J'organiserai ta noce avec plaisir, Dolly. Tu diras au Suédois que je vais lui faire un prix d'ami.

– Parfait !

Le bonheur de Dolly est communicatif et Liliane se sent revivre. La lumière et la chaleur du soleil de juin arrivent enfin à effacer les vestiges de cet hiver terrible.

Le troisième visiteur se présente un peu avant l'heure du dîner. Occupée à rentrer les draps propres et secs, Liliane ne l'entend pas arriver. C'est en décrochant la dernière taie d'oreiller qu'elle l'aperçoit, debout en retrait, silencieux mais attentif à chacun de ses gestes.

– Tu connais la nouvelle ? demande Saint-Alphonse en s'avançant, les mains dans les poches.

Liliane fait oui de la tête et, son panier sous le bras, elle se dirige vers le banc. Saint-Alphonse l'y rejoint et, pendant plusieurs minutes, ni l'un ni l'autre ne trouve de quoi à dire. Liliane a fermé les yeux et laisse les rayons du midi lui chauffer le visage. Il y a un an, presque jour pour jour, elle était assise avec lui au même endroit. Et le même silence embarrassant les empêchait de tenir la moindre conversation. Liliane décide qu'il est plus que temps de briser la glace, d'exprimer ce qu'elle ressent.

– J'ai eu beaucoup de peine quand tu as épousé Rosalie, lance-t-elle d'une traite.

Elle le sent qui se tourne vers elle, mais il ne dit rien. Elle poursuit, espiègle :

– Et ce n'était pas parce que tu me volais ma cuisinière.

Elle l'entend rire faiblement. Puis une main s'empare de la sienne. Elle laisse les longs doigts se glisser entre les siens, les serrer avec douceur mais fermeté.

– Ce n'est pas habituel, commence-t-il, et je suis certain que ce n'est pas du tout convenable, mais je pense que, dans ton cas, il vaudrait mieux qu'on en parle.

Liliane sait à quoi il fait allusion et elle a honte de ce qu'elle ressent. Elle a entendu le sermon de sa mère, elle a vu le mépris sur son visage, et elle craint maintenant de retrouver le même air outragé chez Saint-Alphonse. Elle garde donc les yeux fermés.

– Je ne peux pas te promettre qu'on n'aurait pas d'enfant…, dit-il avant de s'interrompre, à court de mots.

Liliane sent sa gorge se nouer. Contre toute attente, Saint-Alphonse ne la réprimande pas.

– Je ne peux pas te promettre qu'on n'en aura pas, répète-t-il en changeant le temps du verbe, mais je peux te jurer que je ferai attention.

Faire attention. Voilà une bien drôle d'expression. Son père faisait-il attention ? Elle est persuadée que non. Monsieur le curé prêchait tout le contraire quand il venait s'asseoir dans le salon pour accuser sa mère d'empêcher la famille et la menacer de lui refuser l'absolution si les choses ne rentraient pas dans l'ordre. Saint-Alphonse irait donc à l'encontre de l'Église.

Elle se tourne vers lui et le regarde enfin.

– Tu sais comment?

Cette fois, il éclate de rire. Évidemment qu'il sait comment. Elle se trouve sotte d'avoir même posé la question.

– Ce n'est pas parfait, mais ça limite les... *dégâts*.

Malgré l'espoir qui l'habite, le visage de Liliane trahit sa confusion.

– Je suis médecin, lance Saint-Alphonse comme si cela expliquait tout.

Puis, constatant que Liliane est toujours dans le néant, il ajoute:

– Il existe des moyens... Et quand je vivais au Colorado, j'ai rencontré des gens mariés qui utilisaient...

Il se tait encore, visiblement gêné.

– C'était interdit même d'en parler, mais ça fonctionnait plutôt bien, à ce que j'ai pu savoir.

Puis, comme s'il avait peur que Liliane se méprenne, il précise:

– Est-ce que deux ou trois seraient acceptables dans ton cas?

Deux ou trois? Est-ce vraiment possible d'avoir si peu d'enfants une fois mariés?

– Comme les Anglais? demande-t-elle enfin, incrédule.

Pendant un moment, elle a l'impression que Saint-Alphonse lui offre la lune et elle craint qu'il la lui reprenne.

– Comme les Anglais, répète-t-il, amusé de la comparaison.

Liliane lui sourit.

– Est-ce que ça veut dire que je peux faire ma demande ? poursuit Saint-Alphonse.

Liliane sent un long frisson lui parcourir l'échine. Impossible de reculer maintenant. Saint-Alphonse n'accepterait pas une autre réponse négative. Liliane se mord la lèvre, nerveuse. Elle a l'impression d'avoir attendu ce qui va suivre depuis le jour où elle l'a repoussé et, en même temps, elle est terrifiée à l'idée de le laisser continuer. Elle ne sait pas si elle est prête pour la vie qu'il va lui proposer. Une fois amorcée, la situation n'aura pas le choix de débouler, de se conclure, d'une manière ou d'une autre. L'image de Rosalie lui apparaît soudain. La mort peut frapper à tout moment. L'important, c'est de ne pas regretter d'avoir dit non quand une occasion s'est présentée.

Elle hoche la tête et Saint-Alphonse se lève. Après s'être assuré que personne ne pouvait les apercevoir dans la cour du restaurant, il met un genou dans la poussière.

– Est-ce que tu veux m'accompagner au mariage du Suédois ?

Liliane écarquille les yeux, stupéfaite et déçue. Remarquant tout à coup le sourire narquois sur les lèvres de Saint-Alphonse, elle se rend compte qu'il se moque d'elle.

– Tu es censée dire oui, murmure-t-il comme s'il lui soufflait une réplique au théâtre.

Liliane obéit. Il poursuit donc :

– Dans ce cas, est-ce que tu accepterais de devenir ma femme, même si je ne veux pas beaucoup d'enfants finalement et que ma mine est loin d'être vide et que je devrai sans doute demeurer au Klondike le reste de ma vie ?

Liliane laisse alors couler les larmes, qui, rapidement, lui inondent les joues. Saint-Alphonse considère cette réaction comme une réponse affirmative. Il se redresse, secoue la poussière qui macule son pantalon et vient reprendre sa place à côté d'elle. Cette fois, c'est au tour de Liliane de lui prendre la main et de la serrer dans la sienne. Elle la presse contre sa cuisse, goûtant un moment de pur bonheur. Pendant plusieurs minutes, tous les deux savourent cette nouvelle entente entre eux. Puis Saint-Alphonse s'éclaircit la gorge et lui lance :

– Comme tu as pu le constater, je n'ai pas pris de chance. J'avais tellement peur que tu dises non une autre fois que j'ai modifié mes conditions.

Liliane rit de bon cœur.

– Je dois t'avouer, explique-t-il encore, que je n'ai jamais vraiment voulu une grosse famille. Je croyais par contre que c'était le souhait de toutes les femmes.

Liliane soupire, mais n'ajoute rien. Saint-Alphonse conclut donc :

– Tu sais, chez les Anglais, ce qui se passe dans la chambre à coucher, c'est un peu comme la religion. Pourvu que tu ailles à l'église, on se fout pas mal de quelle église il s'agit. Alors, pourvu qu'on soit mariés, personne ne posera de question, qu'on ait des enfants ou pas.

Liliane approuve en silence. Comme s'il avait attendu ce signal, Canuck apparaît soudain, fendant les broussailles à toute allure pour terminer sa course, haletant, aux pieds de sa maîtresse. Lorsqu'il s'allonge et se tourne sur le dos afin de se faire gratter le ventre, Liliane est persuadée qu'elle ne pourra jamais être plus heureuse qu'en cet instant. Son âme est comme son visage, baignée d'une lumière chaude et bienfaisante. Elle se sent tellement bien ! C'est à cet instant précis qu'elle se souvient de ses rêves d'antan. Les traits paisibles de Mrs. Burns lui reviennent, de même que le calme de sa maison dans le quartier nord de Sherbrooke. Liliane comprend tout à coup la source du malaise de sa vie d'avant. Dans le fond, elle ne voulait pas être une Anglaise, elle voulait simplement vivre comme une Anglaise. Tout son bonheur se trouve dans cette nuance.

Le soleil brille sur Grand Forks, et le chinook y souffle sa brise d'été. Ici et là, on construit encore des maisons, on creuse dans les mines, on lave du gravier, on ouvre des boutiques, on danse et on chante. Et dans cette vie qui se développe au jour le jour, l'esprit des Canadiens français se fait sentir, se fait entendre. Dans les vallées de l'Eldorado, du Bonanza, de la Klondike ou du fleuve Yukon, dans les rues de Dawson et jusque dans la scierie de Joseph Ledoux, dans la cabane d'Émilie Fortin-Tremblay ou sur le *claim* 17 Eldorado de Narcisse Picotte, les voix se mélangent. Deux mots de français, trois d'anglais et quelques jurons directement venus du Québec. Cent ans plus tard, les conducteurs de traîneaux à chiens s'écrient encore *Mush !* pour ordonner à l'attelage de se mettre en *marche*. Sans s'en rendre compte, c'est à l'héritage français du Klondike qu'ils rendent hommage.

FIN

Références bibliographiques

ADNEY, Tappan, *The Klondike Stampede*, Vancouver, UBC Press, 1994.

BACKHOUSE, Frances, *Women of the Klondike*, Vancouver, Whitecap Books, 1995.

BERTON, Pierre, *Klondike : The Last Great Gold Rush 1896-1899*, Toronto, Anchor Canada, 1972.

BERTON, Pierre, *The Klondike Quest : A Photographic Essay/1897-1899*, Erin, The Boston Mills Press, 1997.

COHEN, Stan, *The Streets Were Paved with Gold : A Pictorial History of the Klondike Gold Rush 1896-1899*, Missoula, Pictorial Histories Publishing Company Inc., 1977.

COHEN, Stan, *Yukon River Steamboats : A Pictorial History*, Missoula, Pictorial Histories Publishing Company Inc., 1982.

DUNCAN, Jennifer, *Frontier Spirit : The Brave Women of the Klondike*, Toronto, Doubleday Canada, 2003.

KESTEMAN, Jean-Pierre, *Histoire de Sherbrooke, tome II : De l'âge de la vapeur à l'ère de l'électricité (1867-1896)*, Sherbrooke, Éditions GGC, 2001.

LÉTOURNEAU, Lorenzo, *17 Eldorado : Le journal d'un chercheur d'or au Klondike 1898-1902*, Montréal, Linguatech Éditeur, 2006.

MACDONALD, Ian, et Betty O'KEEFE, *The Klondike's « Dear Little Nugget »*, Victoria, Horsdal and Schubart Publishers, 1996.

MCLAREN, Angus, *Histoire de la contraception*, Paris, Noêsis, 1996.

MAYER, Melanie J., *Klondike Women : True Tales of the 1897-1898 Gold Rush*, Athens, Swallow Press/Ohio University Press, 1989.

MORGAN, Lael, *Good Time Girls of the Alaska-Yukon Gold Rush*, Vancouver, Whitecap Books, 1998.

MOYNAHAN, Jay, *Red Light Revelations : A Peek at Dawson's Risqué Ladies 1898 to 1900*, Spokane, Chickadee Publishing, 2001.

POMERLEAU, Jeanne, *Les chercheurs d'or : des Canadiens français épris de richesse et d'aventure*, Sainte-Foy, Éditions J.-C. Dupont, 1996.

PORSILD, Charlene, *Gamblers and Dreamers : Women, Men and Community in the Klondike*, Vancouver, UBC Press, 1998.

QUAN, Holly, *Sam Steele : The Wild West Adventures of Canada's Most Famous Mountie*, Canmore, Altitude Publishing Canada, 2003.

RUDOLF MURPHY, Claire, et Jane G. HAIGH, *Gold Rush Women*, Portland, Alaska Northwest Books, 1997.

SAUERWEIN, Stan, *Soapy Smith : Skagway's Scourge of the Klondike*, Canmore, Altitude Publishing Canada, 2005.

SHAPE, William, *Faith of Fools : A journal of the Klondike Gold Rush*, Pullman, Washington State University Press, 1998.

TONE, Andrea, *Devices and Desires*, New York, Farrar, Straus and Giroux Publishers, 2002.